D0285583

BOLSILLO
ZETA

Título original: *Eternity*

Traducción: Rosalía Vázquez

1.ª edición: noviembre 2008

para el sello Zeta Bolsillo
Bailén, 84 - 08009 Barcelona (España)
www.edicionesb.com

Publicado por acuerdo con Pocket Books, Nueva York.

Printed in Spain
ISBN: 978-84-9872-064-8
Depósito legal: B. 40.937-2008

Impreso por LIBERDÚPLEX, S.L.U.
Ctra. BV 2249 Km 7,4 Polígono Torrentfondo
08791 - Sant Llorenç d'Hortons (Barcelona)

ETERNITY

JUDE DEVERAUX

1

Warbrooke, Maine, 1865

Jamie Montgomery recorría la casa sin reparar apenas en nada, ya que había nacido en ella y la conocía bien. Si cualquier otro se hubiera detenido a considerar la acogedora comodidad de la mansión jamás habría podido imaginar la fortuna de la familia propietaria. Tan sólo un estudiante de arte sería capaz de reconocer la importancia de las firmas, en los cuadros que colgaban de las paredes estucadas, o de los nombres que podían leerse en las esculturas de bronce. Y únicamente un conocedor podría calcular el valor de las alfombras, desgastadas y manchadas por el uso que durante años hicieran de ellas niños y perros.

El mobiliario no se había elegido por su valor, sino respondiendo a las necesidades de una familia que llevaba habitando la casa doscientos años. Un anticuario hubiera reconocido al punto el viejo aparador Reina Ana adosado a la pared y las pequeñas sillas doradas Imperio ruso, así como que eran chinas las porcelanas de la vitrina del rincón y demasiado antiguas como para que pudiese valorarlas una joven mente americana.

La casa estaba atestada de cuadros, muebles y tejidos procedentes de todo el mundo, atesorados por generaciones de hombres y de mujeres Montgomery en sus viajes. Había recuerdos de todos los rincones del globo, desde piezas exóticas encontradas en cualquier isla minúscula hasta pinturas de maestros italianos.

A grandes pasos de sus largas piernas, Jamie atravesó una tras otra las habitaciones de la inmensa casa. En un par de ocasiones dio una palmada a la pequeña bolsa de franela que llevaba debajo del brazo, sonriendo cada vez que la tocaba.

Finalmente se detuvo ante una puerta y, tras rozarla apenas con los nudillos, como si le importara poco que pudiera oírse, entró en el dormitorio en penumbra. Si bien el resto de la casa mostraba una opulencia marchita, en aquella habitación se apreciaba hasta el último centavo de la riqueza de los Montgomery.

Incluso en la oscuridad podía ver el destello del baldaquín de seda de la inmensa cama imperial que fuera tallada en Venecia, con sus postes desbordantes de ángeles dorados. Del dosel de la cama colgaban centenares de metros de seda azul claro y las paredes de la habitación estaban tapizadas con damasco de un azul más oscuro, tejido en Italia y devuelto a América en un barco de los Montgomery.

Bajó la vista al lecho y sonrió al contemplar la cabeza rubia que sobresalía apenas del cobertor de seda. Se acercó a las ventanas, apartó los pesados cortinajes de terciopelo, para dejar entrar el sol en la habitación, y vio que la cabeza se hundía más entre las sábanas.

Se aproximó sonriente a la cama y se quedó mirando a la durmiente, pero todo lo que podía ver era un rizo dorado que se enrollaba en la sábana. Lo demás quedaba oculto bajo la ropa de la cama.

Se quitó de debajo del brazo la bolsa que llevaba, desató los cordones y sacó un diminuto perro que no pesaría más de tres kilos y medio y cuyo cuerpecillo apenas podía verse a causa del pelo largo y sedoso que lo cubría. Era un maltés, y Jamie lo había llevado hasta allí desde China como regalo para su hermana pequeña.

Levantó con extrema lentitud la colcha, dejó al perrito en la cama, junto a su hermana, y luego, disfrutando por anticipado de la sorpresa, tomó asiento en una silla y observó al animal, que empezó a agitarse y a lamer a su compañera de lecho.

Carrie fue despertándose poco a poco y de mala gana. Siempre le fastidiaba abandonar el tibio cobijo del sueño y lo demoraba tanto como le era posible. Hizo un ligero movimiento con los ojos, todavía cerrados, mientras apartaba levemente las sábanas de sus hombros. Sonrió al sentir un primer lametazo del perrito y volvió a sonreír con el segundo. Tan sólo abrió los ojos cuando oyó un pequeño ladrido y, en cuanto su mirada se encontró con la cara de aquella criatura, se sentó sobresaltada y se llevó una mano a la garganta. Al apoyarse contra la cabecera de la cama, se clavó en la espalda la punta del ala de uno de los ángeles tallados y se quedó mirando al perro, parpadeando asombrada.

La risa de su hermano fue lo que le hizo volver la cabeza y aun así pasó un momento antes de que se diera cuenta de lo que ocurría. Cuando al fin descubrió que su queridísimo hermano había regresado del mar, lanzó un grito alborozado y se lanzó seguidamente hacia él, arrastrando consigo el cobertor de seda y las mantas de cachemira.

Jamie, sujetándola en vilo con sus brazos fuertes y atezados, le hizo girar en remolino mientras que en la cama, detrás de ellos, el perrito ladraba excitado.

—Tenías que llegar la semana que viene —dijo Carrie sonriente, mientras besaba a su hermano en las mejillas, en el cuello y donde podía.

Simulando que no disfrutaba con el recibimiento entusiasta de su hermana, Jamie siguió manteniéndola en vilo, apartada de él.

—Y de haber sabido cuándo llegaba, sin duda habrías ido a recibirme al muelle. Aun cuando la llegada estuviera fijada para las cuatro de la mañana.

—Pues claro —asintió ella. Luego, con expresión preocupada, le puso una mano en la mejilla—. Has perdido peso.

—Y tú no has crecido ni un centímetro. —La miró de arriba abajo e intentó adoptar una expresión de hermano mayor, pero no resultaba fácil mostrar severidad ante la pequeña y exquisita figura de su hermana. Carrie medía poco más de un metro y medio, en tanto que todos sus hermanos sobrepasaban el metro ochenta—. Esperaba que hubieses crecido hasta llegarme por lo menos a la cintura. ¿Cómo es posible que nuestros padres trajeran al mundo una enana como tú?

—Son cosas de la suerte —replicó ella muy satisfecha, al tiempo que se volvía a mirar al perro, que permanecía en la cama, con su sonrosada lengua colgando—. ¿Es éste mi regalo?

—¿Qué te hace pensar que te haya traído un regalo? —dijo Jamie en un tono de reproche—. No estoy seguro de que lo merezcas. ¿Sabes que son las diez de la mañana y que tú sigues aquí durmiendo?

Carrie sacudió los hombros para que su hermano la soltara. Sabiendo que estaba de nuevo en casa sano y salvo, todo su interés se centró en el precioso perrillo. En cuanto puso los pies en el suelo volvió a meterse en la cama y, tan pronto como estuvo entre las sábanas, el pequeño animal acudió en busca de mimos.

Mientras Carrie se encontraba ocupada con el perro, Jamie miró en derredor, observando las novedades incorporadas desde la última vez que estuvo en casa.

—¿De dónde sale esto? —preguntó enarbolando una

bella e intrincada figura de una dama oriental, cincelada en marfil y de unos treinta centímetros de alto.

—De Ranleigh —contestó Carrie, refiriéndose a otro de sus hermanos.

—¿Y esto?

—De Lachlan.

Dejó de mirar al perro y le mostró una sonrisa a su hermano, como si no tuviera la más leve idea de lo que le hacía fruncir así el entrecejo. Tenía siete hermanos, todos mayores que ella y todos viajeros empedernidos; y cada vez que salían del país regresaban con un presente, siendo cada uno de ellos de una belleza más perfecta que el que le hubiera llevado algún otro de los hermanos. Parecía como si estuvieran compitiendo para ver quién podía ofrecerle a su hermana pequeña el regalo más maravilloso.

—¿Y esto otro? —volvió a preguntar Jamie, tomando un collar de perlas del tocador de Carrie.

El tono de su voz era completamente forzado, y Carrie, con una sonrisa enigmática, abrazó al perrito y hundió su cabeza en el sedoso pelo.

—Es, con mucho, el regalo más bonito que me han hecho en la vida.

—¿Le dijiste lo mismo a Ranleigh cuando te trajo la figura de la dama?

Podía percibirse una inflexión casi celosa en el tono de Jamie. Y, en realidad, Carrie le había asegurado a Ranleigh que su regalo era el mejor, pero no estaba dispuesta a confesárselo a Jamie.

—¿Cómo se llama? —preguntó, refiriéndose al animalito y haciendo lo posible por cambiar de conversación.

—Eso eres tú quien ha de decidirlo.

Mientras Carrie acariciaba al perro, éste estornudó.

—De veras, Jamie, es el regalo más precioso que jamás he recibido. ¡Tiene tanta vitalidad!

Cuando Jamie tomó de nuevo asiento en la silla junto al lecho de Carrie, ella pudo ver en su rostro que la afirmación de que su regalo era, sin duda alguna, el mejor, le había apaciguado en cierto modo. Jamie contempló sonriente la abundante mata de cabello rubio oscuro, iluminado por el sol, y el brillo de placer en aquellos ojos azules mientras jugueteaba con el perro. Llegó a la firme conclusión de que era lo más bonito que había visto en mucho tiempo. Tan pequeña como grandes sus hermanos, de temperamento tan dulce como irascible el de ellos, tan pronta a la risa como ellos al enfado y tan acostumbrada al lujo como ellos lo estaban al trabajo, Carrie era la chiquilla mimada y adorada de una familia numerosa y cualquiera de sus hermanos hubiera matado a quien hubiera pensado siquiera en hacerle daño.

Jamie se recostó en su asiento, contento de encontrarse de nuevo en casa y de haber abandonado los balanceos del barco.

—¿Qué habéis estado haciendo últimamente tú y la Horda de las Feas?

—¡No las llames así! —protestó Carrie, aunque en realidad no estaba enfadada—. No son feas. —Sonrió al oír el gruñido de su hermano—. Al menos, no demasiado feas. Y, además, ¿qué importa la apariencia física?

—Con diecinueve años y toda una filósofa —comentó Jamie, sonriendo.

—Pronto cumpliré los veinte.

—Caramba, caramba. Prácticamente una anciana.

A Carrie poco le importaron sus chanzas, pues para ella nada de lo que sus hermanos hicieran o dijeran podía estar mal.

—Cualquiera que sea nuestro aspecto físico —recalcó, y así se incluía entre las «feas»—, las chicas y yo estamos ocupadas en un proyecto muy importante.

—Estoy seguro. —Jamie habló con tono condescendiente, aunque al propio tiempo profundamente cariñoso—. ¿Tan importante como rescatar de las trampas a las ranas o conseguir que el pobre señor Coffin les deje a sus gansos espacio para corretear?

—Esos proyectos pasaron a la historia. Ahora nos ocupamos de... —Se interrumpió al oír estornudar al perro dos veces seguidas—. ¿No te parece que está resfriado?

—Lo que le pasa, seguramente, es que le molesta tanta cantidad de seda. Este lugar tiene todo el aspecto de un harén.

—¿Qué es eso?

—Algo que no voy a explicarte.

Carrie hizo un mohín.

—Si alguna vez quisieras hacerme un regalo verdaderamente espectacular, podrías contarme con detalle todo lo que hubieses hecho durante un viaje.

Jamie palideció ligeramente, sólo de pensar lo que semejante revelación podría representar, y pasó un momento antes de que se recuperara.

—Ése es un regalo que es improbable que recibas de ninguno de nosotros —replicó sonriendo—. Ahora dime qué habéis estado haciendo tú y las Feas.

—Estamos casando gente —contestó Carrie, orgullosa de ver a su hermano quedarse boquiabierto por el asombro.

—¿Has encontrado a alguien que esté dispuesto a casarse con esas amigas tuyas tan feas?

Carrie le miró exasperada.

—No son tan feas y tú lo sabes. Y todas ellas son de lo más agradable. Lo que pasa es que tú crees que todas las mujeres han de ser absoluta y totalmente hermosas.

—Como mi querida hermanita —afirmó Jamie. El tono de su voz era franco y su mirada desbordaba cariño.

—Me harás volver la cabeza —dijo Carrie, sonriendo complacida.

Ante algo tan imposible Jamie prorrumpió en carcajadas, lo que provocó que el perro se pusiera a ladrar y de nuevo estornudase.

—¡Hacerte volver la cabeza! —exclamó—. Como si no supieras ya que eres la cosa más bella en cinco estados.

Carrie le miró burlona, fingiendo sentirse muy dolida.

—Ranleigh dice que en seis.

Jamie se rio de nuevo.

—Entonces yo diré siete.

—Eso está mucho mejor —admitió Carrie, riéndose ella también—. Me fastidiaría perder un estado. El séptimo no es Rhode Island, ¿verdad?

—Texas —repuso Jamie.

Se miraron sonrientes.

Mientras Carrie se inclinaba hacia delante para abrazar al perrito, Jamie pensó que ya parecía como si su hermana y el animal se complementaran, tal como supo que ocurriría cuando compró aquel cachorro, que le cabía acurrucado en la palma de una mano.

—Es verdad que estamos casando gente, Jamie —dijo su hermana, en un tono de sinceridad y con una expresión seria en el rostro—. Desde la Guerra Entre los Estados ha habido muchas mujeres que perdieron a su marido, y en el oeste hay un gran número de hombres que necesitan esposa. Los emparejamos entre sí. Ha sido un trabajo muy interesante.

Jamie se quedó un momento mirándola sin dejar de parpadear, intentando comprender lo que su hermana le estaba diciendo. A veces pensaba que de toda la familia la más tenaz era la dulce y adorable Carrie. Cuando decidía hacer algo, se convertía en una mujer con una idea fija. Nada en la Tierra podía detenerla. Y había que dar gracias al cielo de que, hasta ese momento, todas sus causas hubieran merecido la pena.

—¿Cómo encontráis a esas personas?

—A las mujeres ya las tenemos; muchas de ellas son de aquí, de Warbrooke, aunque estamos haciendo saber a la gente del resto de Maine que estamos facilitando este servicio. Pero a los hombres se los localiza por medio de anuncios en el periódico.

—Novias por correo —. Observó Jamie en voz baja, y fue subiendo el tono con cada palabra—: Estáis facilitando novias por correo como en China. Habéis metido las narices en la vida de otras gentes.

—No creo que sea exactamente meter las narices. Sería más propio decir que hacemos un servicio.

—Actuáis de casamenteras, eso es lo que estáis haciendo. ¿Lo sabe papá?

—Pues claro.

—¿Y no se ha opuesto? —Antes de que Carrie contestara Jamie siguió hablando—: Claro que no se opone. Desde el día en que naciste siempre te ha permitido hacer lo que quisieras.

—Supongo que no pensarás protestar, ¿verdad? Ranleigh no lo hizo —insinuó Carrie, sonriendo con dulzura a su hermano al tiempo que movía levemente las pestañas, mientras su mano acariciaba al perrito.

—Porque él te malcría —afirmó Jamie con expresión grave. Pero Carrie seguía sonriéndole y él, desde luego, se sentía incapaz de continuar mostrándose severo—. Muy bien. —Respiró hondo, consciente de haber fracasado en su intento de mostrarse estricto—. Cuéntame más sobre esas actividades que no son propias de entrometidas.

El delicado rostro de Carrie se iluminó con una expresión vehemente.

—¡Ah, Jamie, es maravilloso! Lo hemos pasado muy bien. Quiero decir que disfrutamos muchísimo realizando este servicio tan necesario. Ponemos anuncios en los periódicos del oeste diciendo que, si los hombres quieren enviarnos una fotografía y una carta explicando lo que desean en una mujer, intentaremos emparejarlos con una dama. No aceptamos ocuparnos de nadie que no envíe una fotografía, ya que ésta revela mucho de la personalidad.

—¿Y qué se espera que hagan las mujeres?

—Deben acudir a nosotras para que las entrevistemos. Rellenamos una tarjeta con una relación de sus requisitos y, luego, las emparejamos con un hombre. —Mostró una sonrisa ensoñadora—. Hacemos muy feliz a la gente.

—¿Cómo se reúnen esas mujeres con los hombres que les están destinados?

—Normalmente por diligencia —repuso Carrie, y bajó la vista hacia el perro. Pero como su hermano no decía nada volvió a mirarle, con un gesto de desafío en su pequeña barbilla—. Muy bien, de acuerdo. El viaje se paga con dinero de los Montgomery, pero es para una buena causa. Esas personas se sienten solas y se necesitan mucho unas a otras. Tendrías que leer algunas de las cartas de esos hombres, Jamie. Viven solos en unos lugares de los que nunca ha oído hablar nadie y necesitan desesperadamente compañía.

—Por no hablar de una espalda bien fuerte que ayude en el trabajo de la granja, como también alguien con quien compartir el lecho —dijo Jamie, intentando inyectar una nota de realismo en los sueños de amor eterno de su hermana.

—¡También las mujeres lo necesitan! —le espetó Carrie.

—¿Y qué sabes tú de esas cosas?

Estaba bromeando, pero Carrie no pudo evitar sentirse molesta con esa actitud. Casi siempre la encantaba que la mimasen sus hermanos mayores, pero en ocasiones también podían resultar irritantes.

—Más que tú y los otros creéis que sé —replicó—.

Por si no te has dado cuenta todavía, ya no soy una chiquilla. Soy una mujer hecha y derecha.

Sentada allí entre todo aquel montón de ropa de seda, con la gran mata de pelo suelta sobre los hombros, y apretando contra ella aquel animal que parecía de juguete, no representaba tener más de diez años.

—Sí, toda una ilustre anciana —bromeó Jamie en un tono delicado.

Carrie suspiró. Pese al gran cariño que sentía por sus hermanos, también los conocía bien y ninguno de ellos, como tampoco su padre, quería que creciese. Deseaban que siguiera siendo su adorada hermanita que sólo pensaba en ellos.

—No estarás tú también buscando un marido, ¿verdad? —se inquietó Jamie, con un atisbo de alarma en la voz.

—No, claro que no. —No se le ocurriría ni por un instante decirle a cualquiera de los hombres de su familia que pensaba casarse algún día, porque todos ellos la consideraban tan sólo una cría—. Tengo aquí todos los hombres que quiero.

Jamie escudriñó su expresión.

—¿Qué quieres decir con eso? ¿Todos los hombres que quieres? ¿Desde cuándo los hombres han formado parte de tu vida?

Carrie hubiera querido responder: desde el día en que nací; desde que a los quince minutos de venir al mundo levanté la vista en mi cuna y vi mirándome con atención a siete de los muchachos más guapos de la Tierra y, detrás de ellos, una madre y una hermana; desde que di mis primeros pasos llevada siempre de la mano de un hombre, ya que fueron hombres quienes me enseñaron a montar a caballo, a navegar, a hacer nudos, a jurar, a trepar a los árboles y a mostrarme coqueta para obtener cuanto quisiera.

—¿Por qué no te vienes conmigo al centro de la ciudad? Tenemos nuestro cuartel general en casa del viejo Johnson. Así podrás ver lo que estamos haciendo.

Le dirigió su mejor y más seductora mirada a través de los párpados entornados, confiando en que fuera persuasiva. Jamie palideció ante la invitación.

—¿Quieres que me meta por las buenas entre ese montón de mujeres feas?

Carrie se mordió el labio para disimular su sonrisa. Sabía que lo que en realidad aterraba a Jamie era la manera en que sus amigas perdían la cabeza a la vista de cualquiera de sus hermanos solteros. Sabía que sería conveniente que hablase con sus amigas en relación a ese comportamiento, pero resultaba tan divertido ver lo incómodos que se sentían sus guapos hermanos que no podía por menos que presentárselos a sus amigas.

—Ranleigh vino conmigo —le tentó, bajando los ojos al tiempo que esbozaba un mohín—. Pero bien es verdad que Ranleigh no le teme a nada. Tal vez sientas cierto temor por ser mi segundo hermano más atractivo y posiblemente también porque Ranleigh tiene más seguridad en sí mismo que tú. Quizá Ranleigh...

—Tú ganas —le interrumpió Jamie, agitando las manos en un ademán de derrota—. Iré, pero sólo si me juras que no intentarás emparejarme con alguna de tus mujeres rechazadas.

—Jamás se me pasaría esa idea por la cabeza—contestó Carrie como si la sola idea la aterrara—. Además, ¿quién te querría después de haber visto a Ranleigh?

Jamie esbozó una sonrisa perversa.

—Media China más o menos. —Se inclinó hacia delante y puso la barbilla sobre la cabeza de su hermana. Luego, bajó la mirada al estornudar el perro de nuevo—. ¿Cómo le vas a llamar?

—*Chu-chú* —respondió con alegría, provocando un gruñido de Jamie ante aquel nombre infantil, exactamente lo que ella esperaba que haría.

—Ponle un nombre que tenga un poco de dignidad.

—Háblame de las mujeres de China y le llamaré Duke —repuso ella con entusiasmo.

—Te daré una hora para vestirte —le propuso Jamie, sacando su reloj de bolsillo y consultándolo— y, por cada diez minutos que no me hagas esperar, te contaré una historia sobre China.

Carrie hizo una mueca desdeñosa.

—¿Sobre los paisajes? ¿Sobre las calles y las tempestades en el mar?

—Sobre las chicas que bailaban para el emperador. —Bajó la voz—: Y... que bailaban para mí. En privado.

Carrie saltó de la cama como un rayo entre un remolino de sedas y almohadas que volaban.

—Treinta minutos. Si logro vestirme en treinta minutos, ¿cuántas historias me ganaré?

—Tres.

—Más te vale que sean buenas historias y que merezcan la pena todas estas prisas —le advirtió en tono amenazador—, porque si son aburridas invitaré a cenar a Euphonia todas las noches que pases en casa.

—Cruel. Verdaderamente eres cruel. —Consultando de nuevo su reloj añadió—: Empieza a correr el tiempo... ¡ahora!

Carrie salió del dormitorio y entró corriendo a su cuarto vestidor con *Chu-chú* en los brazos.

—Treinta minutos —protestó Jamie entre enfadado y exasperado—. Dijiste que estarías lista en treinta minutos. No en una hora y treinta minutos, sino exactamente en treinta minutos.

Carrie bostezó, sin preocuparse lo más mínimo por ese tono. A Jamie podía aplicársele lo de perro ladrador poco mordedor.

—Tenía sueño. Y ahora cuéntame otra historia. Me debes dos más.

Mientras daba golpecitos con las riendas al caballo enganchado al pequeño carruaje, Jamie bajó la vista y la miró. Era consciente de que se quejaba a sus hermanos por la forma en que malcriaban a la pequeña, y también de que debía mostrarse firme y negarse a contarle las historias prometidas; pero al ver cómo le miraba, con sus inmensos ojos azules desbordantes de cariño y adoración, sólo pudo maldecir entre dientes. Ningún miembro de la familia era capaz de negarle nada.

—Bueno, quizás una historia más. Y eso que no te la mereces.

Carrie se abrazó sonriente a su brazo.

—¿Sabes una cosa? Creo que vas ganando con los años y que dentro de uno o dos es posible que resultes más atractivo que Ranleigh.

Jamie intentó disimular su sonrisa, pero finalmente renunció y sonrió francamente.

—¡Diablillo! —la reprendió, al tiempo que le hacía un guiño—. Como lo del perro, ¿verdad?

Carrie abrazó a *Chu-chú*.

—Mi regalo favorito, sin duda alguna —aseguró, y esa vez era sincera—. Ahora cuéntame más cosas sobre las danzarinas.

Cuando Carrie entró en el salón de la vieja casa con el perrillo blanco debajo de un brazo y aferrada con el otro a su hermano, se hizo el silencio más absoluto. Las seis jóvenes, que habían sido toda la vida amigas de Carrie, levantaron los ojos al unísono. En un principio se limitaron a interrumpir lo que estaban haciendo, pero luego, abriendo mucho los ojos, las seis lanzaron un suspiro salido de lo más profundo de su ser. Porque, pese a las bromas que Carrie le gastaba asegurándole que no era tan guapo como su hermano Ranleigh, Jamie era lo bastante atractivo como para que las mujeres perdieran la cabeza.

Carrie sonrió orgullosa, mientras contemplaba a las jóvenes convertidas prácticamente en estatuas, se inclinó ligeramente y apagó de un soplo la cerilla que Euphonia tenía encendida, evitando así que le quemara los dedos.

—Todas vosotras conocéis a mi hermano Jamie, ¿no?

Procuraba comportarse como si no se diera cuenta de la inmovilidad de sus amigas. Miró a Jamie y, aun cuando éste pretendiera sentirse incómodo, le conocía lo bastante bien para saber que en realidad estaba halagado por la reacción de las jóvenes.

Le tomó del brazo, con ademán posesivo, y le empujó hacia delante. El movimiento hizo salir a las jóvenes de su inmovilidad y empezaron a aclararse la garganta, intentando disimular su torpeza.

—¿Qué tal la travesía, capitán Montgomery?

Helen trató de que su voz sonara normal, pero le salió más bien desentonada.

—Muy bien —repuso lacónico Jamie, deseando no haber accedido a acompañar a su hermana.

Carrie le arrastró hasta la pared del fondo de la sala, donde estaban pinchadas veinticinco fotografías de hombres. Sus edades oscilaban desde un muchacho que no parecía tener más de catorce años hasta un vejestorio con una barba gris que le llegaba a la mitad del pecho.

—Éstos son los hombres —fue la explicación innecesaria.

Jamie, pasándose un dedo nervioso alrededor del cuello, se quedó mirando el tablero, pero apenas vio nada. Las mujeres se encontraban ya detrás de él y podía sentir todos los ojos clavados en su espalda y tal vez incluso el ardoroso aliento colectivo en el cuello.

—¿Ha habido hoy más envíos? —preguntó Carrie, apartándose del tablero.

Tuvo tiempo de ver a Helen comportarse de manera extraña. Estaba deslizando algo debajo de un libro que había sobre la mesa. Carrie simuló no haberlo visto.

—Algunos. Pero nada prometedor —respondió una de las chicas—. Tenemos casi el doble de hombres que de mujeres. ¿No le gustaría poner su retrato en el tablero, capitán?

Hizo todo lo posible por parecer imperturbable, pero en su voz se percibía un atisbo de desesperación y anhelo.

Jamie dirigió una sonrisa forzada a la joven.

—Carrie, cariño, me temo que debo marcharme. Tengo que...

No se le ocurría lo que pudiera tener que hacer, salvo salir de allí, porque aquellas jóvenes le hacían sentirse como si se encontrara en un zoológico. Y se esfumó después de darle un rápido beso a su hermana en la mejilla, acompañado de una mirada que significaba «ya te arreglaré las cuentas».

Por un momento se hizo el silencio en la sala, y luego las jóvenes lanzaron un nuevo suspiro al unísono y devolvieron su atención a los montones de cartas y fotografías. Carrie permaneció un rato donde estaba y, tras dejar a *Chu-chú* en el suelo, le dio un empujoncito en la dirección de Helen.

—¡Cógelo! —gritó—. ¡Que se escapa!

Helen se puso a perseguir al perrito, abandonando así la mesa en la que había permanecido sin hacer otra cosa que mirar, sólo como si la estuviera custodiando. *Chu-chú* decidió que no quería que lo capturaran, y pronto todas las mujeres de la sala andaban a su caza; todas menos Carrie, por supuesto. Aprovechó el alboroto para acercarse disimuladamente a la mesa de Helen, levantó el libro y se apoderó de lo que estaba escondido debajo.

No se trataba de otra cosa que de lo que ya era un sobre muy familiar. El tipo de sobre que contenía una fotografía y una carta de un hombre que deseaba encontrar novia.

Mientras las demás estaban ocupadas en perseguir al perro por la sala, abrió la carta, sacó la foto y la miró. Era la de un hombre joven detrás de dos niños mal vestidos. Los niños fueron los que primero llamaron la atención de Carrie. Eran un muchacho alto y de unos nueve o diez años y una chiquilla de cuatro o cinco. Las ropas que llevaban estaban limpias, pero no les sentaban bien, como si cualquier centro benéfico se las hubiera endosado sin preocuparse de la talla.

Pero algo mucho más importante que la ropa era aquella expresión de tristeza en las miradas, una especie de soledad melancólica que desvelaba la falta de alegría en sus vidas.

Cuando dejó de mirar a los niños, Carrie se quedó boquiabierta, porque lo que vio fue un rostro que le pareció el del hombre más guapo del mundo. Bueno, quizá no lo fuera tanto como sus hermanos, ya que su aspecto era absolutamente distinto, pero aquel hombre tenía una expresión de melancolía que jamás tuvo Montgomery alguno.

Helen le arrebató a Carrie la foto.

—No está demasiado bien que digamos el que vayas husmeando por ahí. Ésta es mía.

Carrie no contestó y se limitó a sentarse como si se hubiera quedado sin respiración. Tan pronto como lo hubo hecho, *Chu-chú* llegó corriendo y saltó a su regazo. Sin darse siquiera cuenta, Carrie abrazó al cariñoso animal.

—¿Quién es? —susurró.

—Para tu información, es el hombre con el que voy a casarme —respondió Helen, con orgullo—. He tomado la decisión y nadie logrará impedírmelo.

—¿Quién es? —repitió Carrie.

Euphonia le quitó la foto a Helen y le dio la vuelta.

—En el dorso pone que él se llama Joshua Greene, y los niños, Tem y Dallas. Vaya un nombre para una niña. ¿O es que es ella la que se llama Tem? Mira, escribe mal Tim.

Le fue enseñando la foto a las otras chicas, una por una. Aquel pequeño grupo formaba una preciosa familia, pese a la ropa de los niños, y el hombre era ciertamente guapo, aunque de un estilo más bien sombrío; pero todas ellas habían visto antes hombres más guapos. Ninguna alcanzaba a comprender por qué Helen había escondido la foto ni el motivo de que Carrie se hubiera quedado mirándola como si viese un fantasma.

—Me gustó más el hombre que vimos la semana pasada. ¿Cómo se llamaba? Logan no sé qué o no sé qué Logan, ¿no? Aquél no tenía ya dos niños. Si tuviera que casarme con un hombre al que jamás hubiera visto, preferiría uno sin hijos, para poder tener los míos propios.

El resto de las jóvenes asintió con la cabeza.

Helen les quitó la foto.

—No me importa lo que penséis. Voy a casarme con él y eso es todo. Me gusta.

Euphonia, que durante ese tiempo había estado leyendo la carta, rompió a reír a carcajadas.

—No te querrá porque dice que necesita alguien que sepa trabajar. Quiere una mujer con gran experiencia en labores de granja, que pueda dirigirla llegado el caso, y no le importa si es mayor que él y tampoco que sea viuda. Él tiene sólo veintiocho años. Incluso está dispuesto a aceptar más niños. Lo verdaderamente importante es que la mujer sepa cuanto hay que saber sobre la explotación de una granja. —Miró a Helen con expresión socarrona—. Tú sabes tan poco sobre labores de granja que seguramente crees que para sacar la leche hay que ordeñarle la cola a la vaca.

Helen le arrebató la carta.

—No me importa lo que él diga que quiere. Sé lo que va a conseguir.

Al quitarle Helen la carta se le cayó la foto de las manos al suelo y Carrie la recogió. Mirándola de nuevo llegó a la conclusión de que lo que la atraía eran los ojos del hombre. Aquellos ojos expresaban dolor, anhelo y carencia. Eran los ojos de un hombre que pedía desesperadamente ayuda. Mi ayuda, necesita mi ayuda, dijo para sí.

Se puso en pie y, después de meterse a *Chu-chú* debajo del brazo, se alisó la falda de seda azul y le entregó la foto a Helen.

—No puedes casarte con él —anunció en un tono tranquilo— porque soy yo quien va a hacerlo.

Hubo unos momentos de silencio estupefacto antes de que las jóvenes prorrumpieran en risas.

—¿Tú? —Y se rieron con más fuerza—. ¿Qué sabes tú de labores de granja?

Carrie no se reía.

—No sé nada de llevar una granja, pero sí mucho sobre ese hombre. Me necesita a mí. Ahora, si me perdonáis, he de hacer algunos preparativos —concluyó en un tono majestuoso.

2

Carrie nunca hubo de hacer en toda su vida nada secreto. Jamás tuvo que ocultar nada a su familia ni a sus amigos, pero en esa ocasión debía actuar de la manera más furtiva posible.

Le fue fácil conseguir que sus amigas guardaran silencio. Desde que, ya de pequeñas, formaran su círculo de siete, Carrie había sido siempre la cabecilla del grupo, y las otras seis la seguían en todo cuanto decidía hacer. Algunas veces se asombraban y hasta se aterrorizaban si alguna de las cruzadas de Carrie amenazaba con ponerlas en apuros, pero siempre obedecieron sus deseos. El hermano mayor de Carrie aseguraba que ése era el motivo de que Carrie las conservara como amigas, que siempre lograba que hicieran lo que ella quería.

Y había surgido algo que Carrie ansiaba más de lo que nunca en su vida había deseado.

A partir de ese primer día, el día en que Jamie regresó a casa, el día en que ella vio por primera vez la fotografía de aquel hombre, Carrie se convirtió en una mujer obsesionada.

Le resultó más bien fácil derrotar a Helen y «robarle» a Joshua Greene. Carrie se sentía algo incómoda por habérselo quitado, pero su amiga tenía que comprender que Josh, como ya le llamaba Carrie, le pertenecía a ella. Josh era suyo y sólo suyo.

Cuando aquel primer día abandonó la vieja casa de Johnson, con la fotografía y la carta en una mano y su perro en la otra, dirigió sus pasos hacia el viejo embarcadero de los Montgomery, que ya apenas se utilizaba. Quería estar sola para sentarse, pensar y mirar a ese hombre y a sus hijos.

Parecía que todavía le quedase algo de sentido común, pues se repetía sin cesar que se estaba comportando de una manera ridícula, que aquel hombre no era distinto de otros cien que habían enviado sus fotografías. Carrie las había visto todas, pero ninguna de aquellas fotos la había impresionado lo más mínimo. En absoluto. Jamás se le había ocurrido abandonar su hogar y a su familia para irse al oeste a casarse con alguno de los hombres de las fotografías. Pero ése era diferente. Su familia era diferente. Aquella familia era suya y la necesitaban.

Pasó el día en el embarcadero, tan pronto sentada en una canoa sobre una vieja y polvorienta estera, como paseándose o, sencillamente, contemplando la foto. Finalmente, la clavó en una de las paredes y se quedó mirándola, intentando analizar qué era lo que le gustaba de aquel hombre y de sus hijos. Trató de reflexionar fríamente y sin pasión, pero por mucho que lo intentó no pudo obtener respuesta alguna.

Por dos veces se dijo que debería olvidarse de aquel hombre, que acaso la expresión de sus ojos se debiera tan sólo a un efecto de la luz. Tal vez fuera otro el motivo de la tristeza que le parecía ver. Acaso aquella mañana hubiera muerto el perro de los niños y por esa razón todos parecían tan perdidos y solitarios.

Alrededor de las cuatro, cuando *Chu-chú* empezaba a mostrarse desasosegado y la propia Carrie sentía los aguijones del hambre, apareció en el embarcadero uno de los viejos que trabajaban en los almacenes.

—Excúseme, señorita. Ah, es usted, señorita Carrie.

Ella le saludó con la cabeza y le indicó con un gesto que se acercara.

—Mire esa foto —le dijo, señalando hacia la pared—. ¿Qué ve en esa foto?

El hombre examinó la fotografía entrecerrando los ojos. Carrie la retiró de la pared para que el viejo pudiera acercarse a la ventana y verla a la luz del día. Finalmente volvió a mirarla a ella.

—Hermosa familia.

—¿Algo más? —preguntó Carrie con tono apremiante.

El hombre parecía confundido.

—Nada que yo pueda ver. No parece que sean ricos, pero tal vez estén pasando un mal momento.

Carrie frunció el entrecejo.

—¿No le parece, bueno... , no le parece que están tristes?

El viejo pareció sorprenderse.

—¿Tristes? Pero si todos sonríen...

Le tocó entonces a Carrie mostrarse sorprendida. Le quitó de las manos la foto y volvió a mirarla. Hubiera creído que no le sería posible descubrir nada nuevo, pero la observó bajo una nueva luz. Las tres personas que aparecían en la foto estaban, desde luego, sonriendo. Y si sonreían, ¿cómo pudo imaginar por un solo momento que estuvieran tristes? El chiquillo rodeaba con su brazo a la niña y el padre descansaba una mano en uno de los hombros de cada uno de sus hijos. ¿Cómo podían sentirse solos si se tenían mutuamente? Miró de nuevo al viejo.

—¿No los ve tristes ni solitarios?

—A mí me parecen especialmente felices, pero ¿qué puedo saber yo? —Le sonrió a la joven—. Si usted quiere que estén tristes, señorita Carrie, supongo que es posible que lo estén.

Carrie sonrió a su vez al hombre, que se llevó una

mano a la visera de la gorra, a modo de saludo, y abandonó el embarcadero.

Ni solos ni tristes, se dijo Carrie. Otras personas veían en ellos una familia feliz y sonriente y, sin embargo, ella no; y no acababa de entender por qué le parecían tan tristes y qué era lo que la atraía de aquella familia. En realidad clamaba por ella desesperadamente.

Siguió en el embarcadero todavía unos minutos y luego recogió a *Chu-chú* y regresó a casa. Aquella noche se celebraba una cena para festejar la vuelta de Jamie y allí estaban todos los familiares Montgomery y Taggert, lo que significaba que en la casa había tantísima gente que nadie prestó atención a la inhabitual quietud de Carrie.

Durante los tres días siguientes permaneció tranquila. Continuó haciendo su vida normal, fue todos los días a la vieja casa de Johnson y examinó las fotografías enviadas por los hombres, entrevistó a las mujeres que buscaban marido e intentó fingir que su mente estaba ocupada en algo más que en la familia de la fotografía.

Contemplaba la foto y leía la carta de Josh hasta la saciedad. Se sabía de memoria cada frase y hubiera reconocido la letra entre centenares de otras.

Al cabo de tres días supo exactamente lo que tenía que hacer. Tal como lo planeara en un principio se casaría con Joshua Greene. Al parecer, éste pensaba que necesitaba una mujer que supiera ordeñar vacas y todo cuanto se relacionaba con las labores de una granja, pero Carrie estaba convencida de que lo que necesitaba realmente era a ella.

Cuando les contó a sus amigas lo que iba a hacer se mostraron escandalizadas. Incluso Helen, que todavía seguía profundamente resentida por la descarada manera en que Carrie le había quitado a Josh, se sintió trastornada.

—Estás mal de la cabeza —dijo Euphonia—. Puedes tener cualquier hombre que desees. Con tu físico y con tu dinero... —Las otras se quedaron boquiabiertas, porque siempre había estado prohibido hablar del dinero de Carrie—. Alguien tiene que hablar con claridad. —Euphonia hizo un gesto despectivo con la nariz—. Y ese hombre quiere una mujer campesina, mientras que tú, Carrie, ni siquiera sabes coser, y ni qué decir tiene que tampoco plantar maíz. ¿Sabes acaso que lo del estigma del maíz no se refiere precisamente a una marca que tiene el maíz?

Carrie no tenía la más remota idea de ello, pero no era eso lo que se debatía.

—He considerado la posibilidad de que si escribiera al señor Greene tal vez no me considerara apropiada como esposa. Como al parecer cree que lo que necesita es alguien que trabaje y no una esposa, he decidido casarme con él antes de ir a ese pueblo suyo en Colorado, a Eternity.

Aquel anuncio disparó a las jóvenes, que empezaron a hablar todas a un tiempo intentando razonar con Carrie. Pero era como hablar con la pared. Apuntaron la circunstancia de que tendría que mentir al señor Greene y que uno de los puntos de su política había sido siempre no mentir a los hombres que solicitaban novia. A un hombre que deseaba una mujer de temperamento apacible jamás le enviarían un marimacho. El señor Greene había pedido una campesina y eso era lo que debían proporcionarle.

—Yo no le decepcionaré —aseguró Carrie, con una leve sonrisa de suficiencia.

Al oír aquello: las jóvenes se sentaron de nuevo y se quedaron mirando a Carrie. Era tan bonita que adondequiera que fuese los hombres se desvivían por captar su atención. Tenía un estilo tan peculiar que toda mujer que la veía hubiera vendido su alma por poseerlo. Carrie gustaba a los hombres. Los hombres adoraban a Carrie. Tal vez el haber crecido junto a siete hermanos mayores y un padre le había enseñado cuanto hay que saber sobre los hombres. Pero, fuera cual fuese la razón, Carrie podía conseguir cualquier hombre que quisiera. Todo lo que debía hacer era elegir.

Al cabo de dos días de intentar «razonar» con Carrie, sus amigas se dieron por vencidas. Estaban cansadas de hablar, y Carrie no había retrocedido un ápice. Aseguraba que si fueran de veras amigas suyas intentarían ayudarla a imaginar cómo casarse con el señor Greene de manera que no pudiese renunciar al matrimonio cuando descubriera que Carrie lo ignoraba todo sobre los trabajos de granja.

—Es posible que se muestre algo, bueno..., fastidiado al descubrir que he adornado la realidad de mis habilidades. Tal vez se sienta tentado de decirme, por ejemplo, que me vuelva a casa. Con los hombres nunca se sabe. Cuando piensan que se los ha engañado nunca reaccionan de forma racional, y yo lo que quiero es obligarle a que me dé una oportunidad de demostrarle que soy la esposa perfecta para él.

Las jóvenes tenían sus propias opiniones sobre lo que el señor Greene podría hacer al descubrir que Carrie había mentido, ocultado, intrigado y urdido, y todo para atraparle con un matrimonio que no le interesaba. Pero Carrie estaba tan decidida que, al cabo de un tiempo, empezaron a intentar ayudarla en su plan para embaucar a Joshua Greene. A fin de cuentas, era todo tan maravillosamente romántico...

Lo primero que hicieron fue intentar enterarse de lo referente a las labores de granja. Todas las jóvenes habían crecido cerca del mar y su vida había transcurrido confortablemente con sirvientes que las atendían. La comida la recibían directamente de la cocina y ellas no tenían la más remota idea de cómo llegaba hasta allí. Sarah aseguró que un hombre la metía por la puerta de servicio de la casa.

Una vez señalado el objetivo, se dedicaron a investigar sobre labores agrícolas, del mismo modo que lo hubieran hecho con una tarea escolar. Unos días después, llegaron a la conclusión de que el tema de la agricultura resultaba muy aburrido, así que le pidieron a una de las mujeres que acudían a ellas en busca de marido que les escribiera una carta de muestra. Carrie la copió con su propia caligrafía y envió un mensajero, por cuenta de su padre, a hacer todo el viaje desde Maine hasta el pequeño pueblo de Eternity, en Colorado.

Carrie y sus amigas habían pergeñado una rebuscada historia para explicar al confiado señor Greene el motivo por el que la mujer perfecta para él tenía que casarse por poderes antes de viajar hasta Eternity. En el caso de que el señor Greene estuviera de acuerdo, todo cuanto había de hacer era firmar los documentos adjuntos, y el casamiento tendría lugar en Warbrooke. De aceptarlo así, cuando Carrie llegara para reunirse con él estarían ya casados.

—Tu padre jamás firmará los documentos —le advirtió Euphonia.

Carrie sabía que tenía razón. Su padre jamás permitiría que su hija pequeña se casara con un hombre al que ella no conocía y que era también un desconocido para él. Se moriría de risa al escuchar la declaración de Carrie de que se había enamorado de la fotografía de un hombre con sus dos hijos.

Ya encontraré la manera —aseguró Carrie con más confianza de la que en realidad sentía.

Una vez despachada la carta, debía esperar meses antes de recibir la respuesta porque, incluso mediante el envío de un mensajero hasta Colorado, el viaje de ida y vuelta requería mucho tiempo. Carrie poseía una copia de la larga carta y a medida que pasaban los días encontraba motivo de crítica para todas y cada una de las frases allí contenidas. Tal vez no debería haber escrito aquello, acaso hubiera sido conveniente suprimir tal cosa, posiblemente debiera haber incluido tal otra.

Durante los largos meses de espera, quizá le asaltaran dudas respecto a la carta, pero ni por un momento flaqueó su convicción de que lo que hacía estaba bien. Noche tras noche se besaba las yemas de los dedos y trasladaba sus besos a su futura familia, y todos los días pensaba en ellos. Compró telas para hacerle vestidos a la chiquilla que había de ser su hija y adquirió una embarcación para el muchacho. Compró libros, silbatos y cajas de azúcar solidificado para los niños y ocho camisas para Josh.

Al cabo de seis meses de espera, Carrie entró una mañana en el antiguo embarcadero y allí estaban en pie sus seis amigas esperándola, con una expresión tal de expectación en sus rostros que no necesitó que le dijeran que había llegado la carta de Josh. Sin decir palabra alargó la mano para recibirla.

La abrió con manos temblorosas y la recorrió rápidamente por encima. Luego, examinó presurosa los documentos legales. Se dejó caer pesadamente en una silla, como si se hubiera quedado sin respiración.

—Los ha firmado —dijo entre maravillada e incrédula.

Al principio las jóvenes no supieron si alegrarse o echarse a llorar. Carrie sonrió.

—Felicitadme. Ya casi soy una mujer casada.

La felicitaron, aunque también le hicieron saber que pensaban que estaba loca y no pudieron resistir el decirle por enésima vez que el señor Greene se pondría realmente furioso cuando descubriera que le había engañado.

Carrie no les hizo el menor caso porque deliraba de felicidad. Lo único que le quedaba por hacer era lograr que su padre firmara los documentos, ya que ella todavía era demasiado joven. A renglón seguido buscaría un pastor para que llevara a cabo la ceremonia del matrimonio por poderes.

Carrie se desenvolvió en aquellas circunstancias como lo hiciera antes con Joshua Greene: mintiendo.

Se encaminó a las oficinas de la Warbrooke Shipping, de la que era propietaria su familia, y como sin darle importancia se ofreció a llevar a su padre un montón de papeles para que los firmara. Deslizó entre ellos los documentos del matrimonio por poderes y su padre los firmó si saber siquiera lo que rubricaba. El dinero le permitió encontrar un pastor que celebrase la ceremonia.

De manera que, una mañana de finales de verano, un año después de que terminara la Guerra Entre los Estados, Carrie Montgomery se convirtió legalmente en la esposa de Joshua Greene, representando Euphonia a Josh en la ceremonia.

Una vez terminado el servicio, Carrie fue abrazando a cada una de sus amigas y les dijo que las echaría mucho de menos, pero que iba a ser muy, pero que muy feliz en su nueva vida. Las jóvenes se deshicieron en lágrimas, humedeciendo la pechera del vestido nuevo de Carrie.

—¿Qué pasará si te pega?

—¿Y si bebe?

—¿Y qué me dices si resulta ser un ladrón de bancos o un jugador o que ha estado en la cárcel? ¿Y si fuera un asesino?

—Si no os habéis preocupado por los cientos de mujeres que hemos enviado lejos, ¿por qué habéis de hacerlo ahora por mí? —replicó Carrie, fastidiada por que las jóvenes no se sintieran contentas de su felicidad.

Con ello sólo logró que arreciara el llanto de sus amigas, que empapaban sus pañuelos.

A Carrie le parecía fácil cuanto había hecho hasta ese momento en comparación con lo que todavía le quedaba por hacer: decírselo a sus padres. Una vez lo hubo hecho, su madre no se mostró ni con mucho tan consternada como su padre.

—Ya te dije que entre todos la estabais malcriando, y ésta es la consecuencia —se quejó la madre, dirigiendo a su marido una mirada reprobadora.

Carrie creyó que su padre iba a romper a llorar. Adoraba a su hija pequeña y jamás pensó por un solo instante que era posible que creciera, y mucho menos que se casaría con alguien que se la llevaría a vivir a centenares de kilómetros de distancia de ellos.

La madre de Carrie sugirió que se trataba de un matrimonio ilegal y que podían hacer que lo anulasen.

—Me fugaré —aseguró Carrie, con absoluto laconismo y total convicción.

La madre examinó el rostro de Carrie y comprendió que no bromeaba. La terquedad de los Montgomery alcanzaba cotas increíbles y sabía que, si su hija estaba resuelta a seguir casada con un hombre al que no conocía, así sería.

—Me gustaría que 'Ring estuviera aquí —se lamentó el padre, refiriéndose a su hijo mayor.

Carrie se estremeció. De haber estado allí su hermano mayor habría tenido que esperar a que se fuera antes de enfrentar a sus benévolos padres con los hechos consumados. Su hermano mayor no se mostraba en modo alguno benévolo y tampoco especialmente indulgente con los ardides de su hermana. De hecho, Carrie jamás se lo hubiera dicho a sus padres de haber estado en casa cualquiera de sus hermanos.

—No creo que podamos hacer nada —comentó tristemente su padre—. ¿Cuándo te irás?

En su voz palpitaba el llanto. Carrie contestó:

—En cuanto haga el equipaje.

La madre se quedó mirando con los ojos entrecerrados a su hija pequeña.

—¿Y qué piensas llevarte a ese lugar inhóspito?

—Todo —respondió Carrie a una pregunta que le

pareció realmente extraña—. Pienso llevarme cuanto poseo.

Al oír aquello, las caras largas de sus padres pasaron de la tristeza a la hilaridad, pero fueron unas risas que pusieron a Carrie a la defensiva. Enderezó la espalda y se puso en pie. El tono de aquellas risas casi podría parecer ofensivo.

—Si me perdonáis, he de ir a mi cuarto y empezar a preparar mis cosas para el viaje que me ha de llevar junto a mi marido.

Abandonó la habitación con paso firme.

3

La señora de Joshua Greene se hizo aire con un abanico de varillaje de marfil y país de plumas, acarició al perrito, que estaba a su lado, e intentó calmar los latidos de su corazón. Sólo unos minutos más y ella, junto con los demás pasajeros de la diligencia, habrían llegado a Eternity. Dado que llevaban cuatro días completos de retraso sobre el horario previsto, se preguntaba si su marido estaría allí para recibirla.

Sonreía para sí cada vez que evocaba la palabra marido. Pensaba en el placer que vería reflejarse en la cara de Josh cuando se diera cuenta de que su nueva esposa no era una mujer fornida destinada a manejar el arado, sino una señorita con cierto..., bueno, atractivo.

Al pensar en la primera noche que pasarían juntos empezó a abanicarse con más ímpetu. Aun cuando sus hermanos creían que habían logrado mantener la mente de su hermana pequeña pura y sin contaminación alguna de las realidades del mundo, Carrie se había enterado de muchas cosas relativas a los hombres y las mujeres mientras permanecía sentada y en silencio escuchando las observaciones de sus hermanos acerca de la vida de soltero. Desde luego, estaba segura de que sabía mucho más que la mayoría de las jóvenes y, si de algo no le cabía duda, era de que no sentía el más mínimo temor de lo que ocurría entre un hombre y una mujer. A tenor de las risas y los comentarios de sus hermanos, lo que un hombre y una mujer hacían juntos era lo más excitante, agradable y fantástico del mundo. A decir verdad, Carrie esperaba anhelante la experiencia.

Cuando al fin la diligencia entró en Eternity y se detuvo ante la estación, lo vio antes de que el vehículo parara.

—¿Ha venido? —le preguntó la mujer que se sentaba frente a ella.

Carrie esbozó una tímida sonrisa y asintió. Había viajado con aquella mujer durante más de mil kilómetros y le había contado que iba a reunirse con su nuevo marido. No especificó todos los detalles, prefiriendo omitir que en su carta a Josh contaba bastantes mentiras, pero sí se refirió a los detalles más románticos de su inminente historia de amor. Le relató la aventura en la que se había embarcado al convertirse en la novia elegida por correo y casarse después por poderes, porque se enamoraron a través de la correspondencia, y que en ese momento iba a conocer a su marido.

La mujer, que vivía con su marido y sus cuatro hijos en California, se inclinó hacia delante y le dio unas palmaditas en la mano.

—Se sentirá todavía más enamorado en cuanto la vea. Es un hombre muy afortunado.

Carrie se ruborizó, con la vista fija en sus manos.

Cuando al fin se detuvo la diligencia, se dio cuenta de repente de que estaba asustada y le acudieron a la mente todas y cada una de las palabras de sus padres y de sus amigas. ¿Qué es lo que he hecho?, se preguntó de súbito.

Bajaron dos hombres de la diligencia, pero Carrie no se movió; apartó un poco la cortina de cuero del carruaje y observó al hombre que se encontraba de pie en el porche, mirando hacia la diligencia con expresión hermética.

Le hubiera reconocido en cualquier parte. Aquel hombre era Josh, aquel hombre era su marido. Le examinó en secreto, protegida por las sombras de la cortina. Era más bajo que sus hermanos, pues mediría un metro setenta y cinco o poco más, pero su constitución parecía tan vigorosa como la de ellos y era tan ancho de espaldas y estrecho de cintura como ellos e igual de guapo. Tenía ojos oscuros y de mirada penetrante, una mirada que clavaba en aquel momento, inquisitiva, en la diligencia, con la espalda apoyada contra el muro de la estación, con la mayor indiferencia, como si no tuviera preocupación alguna. Vestía un traje negro de corte y calidad excelentes, y la mirada experta de Carrie supo reconocer que se trataba de un traje muy caro, pero que ya estaba algo desgastado, con roces aquí y allá.

Carrie, limpiándose las manos en su falda de viaje, oyó al cochero descargar los equipajes de la parte superior de la diligencia, pero aun así siguió sentada allí, sujetando a *Chu-chú* en su regazo y mirando hacia fuera, a Josh. Quería contemplarlo bien para asegurarse de que lo que había sentido ante la foto era auténtico al verle en persona. ¿Qué tipo de hombre sería?

Siguió apoyado en la pared, inmóvil, incluso cuando pareció que ya no iban a bajar más pasajeros. Permanecía muy quieto, observando y esperando.

Sabe que estoy dentro, lo sabe y está esperándome, se dijo Carrie. Aquella idea contribuyó a tranquilizarla y sonrió. Y la mujer de enfrente también esbozó una sonrisa.

Carrie se colocó en la muñeca el lazo de la correa de *Chu-chú*, se levantó de su asiento y se encaminó hacia la portezuela de la diligencia.

Tan pronto como Josh vio aparecer por el hueco de la portezuela una falda, se apartó del muro y se dirigió hacia la diligencia. Se detuvo al ver a Carrie.

En el mismo instante en que sus miradas se encontraron, Carrie supo sin la más mínima duda que no se había equivocado. Joshua Greene era suyo y lo sería por el resto de su vida.

Le sonrió. Fue una sonrisa trémula porque sentía el corazón en la garganta, latiéndole con tal fuerza que incluso casi le impedía pensar.

Sin mostrar sonrisa alguna, Josh se acercó a paso rápido. Nadie hubiera podido decir, por la expresión de su atractivo rostro, que se sentía ansioso, pero estuvo a punto de derribar al cochero en su precipitación por llegar junto a Carrie. Alargó las manos hacia la cintura de ella y esperó para poder ayudarla a bajar.

Al tocar las manos de Josh la cintura de Carrie, en el instante mismo en que ambos entraron en contacto, los dos quedaron como petrificados. Él la sujetó por la cintura, con la mirada levantada hacia ella, que permanecía inmóvil en el vano de la portezuela, y se produjo tal carga de excitación entre ambos que Carrie tuvo la seguridad de que el corpiño le iba a estallar por culpa de los latidos de su corazón.

Durante unos segundos permanecieron allí en pie, las manos de Josh rodeándole la cintura, mientras los pies de Carrie apenas rozaban el escalón de la diligencia; ambos inmóviles, mirándose. Para un espectador podrían haber sido dos estatuas, salvo por el hecho de que tenían las venas hinchadas y palpitantes.

—¿Les importaría a los enamorados apartarse de mi camino? —dijo el cochero de la diligencia al tiempo que intentaba hacer a un lado a Josh, que se encontraba prácticamente clavado, como si le hubieran plantado y hubiese echado raíces hasta una treintena de metros de profundidad.

Fue ella quien rompió el hechizo al sonreír a su marido.

Josh le sonrió a su vez y Carrie pensó que iba a derretirse. Tenía la sonrisa más hermosa del mundo, una dentadura muy blanca y perfecta y unos labios perfectamente dibujados.

Lentamente, haciendo caso omiso del cochero, que seguía allí parado y mirándola irritado, Josh dejó a Carrie en el suelo. Según la iba bajando, sus manos, sus fuertes manos, fueron deslizándose hacia arriba, hacia las axilas, y cuando las palmas pasaron a la altura de los pechos Carrie tuvo la seguridad de que estaba a punto de desmayarse.

Una vez que los pies de Carrie se encontraron firmes en el suelo, literalmente hablando, Josh retrocedió, se llevó la mano al sombrero y dijo en voz baja:

—Señora.

Si Carrie no hubiera estado ya enamorada de él, seguro que no habría podido evitarlo al oír su voz. Resultaba extraño, pero en ninguna de sus fantasías sobre él se le ocurrió pensar en cómo sería su voz. Era profunda y..., y, bueno, maravillosa, casi como una voz de cantante.

Sabía que debía presentarse, pero de repente se le atragantaban las palabras. ¿Qué podía decir, «hola, soy tu esposa» o «querías de verdad, sinceramente, de todo corazón una muchacha campesina»? Tal vez debería decir lo primero que se le había ocurrido: «Bésame.»

Una vez descartadas todas esas alternativas, no dijo palabra, se limitó a apartarse de la diligencia, con *Chu-chú* siguiéndola jadeante y se dirigió hacia la sombra del porche de la estación. Allí, de pie, tomó el abanico que llevaba en la muñeca y lo utilizó mientras observaba que Josh se acercaba de nuevo a la diligencia.

Bajó de la diligencia la mujer que viajaba con ella y Josh le ofreció la mano con cortesía para ayudarla a bajar. A la mujer le sobraban por lo menos veinte kilos y era bastantes años mayor que Josh.

—¿Es usted la señorita Montgomery? —le oyó preguntar—. Quiero decir, la señora Greene.

La mujer sonrió.

—Deje de tener esa expresión preocupada, joven. No soy yo su novia.

Le vio quitarse de inmediato el sombrero e inclinarse ante la desconocida. ¡Qué pelo más bonito!, pensó Carrie. Josh dijo:

—Si hubiera tenido semejante honor me habría sentido el hombre más afortunado, señora.

La mujer, que por su edad podría ser la madre de Josh, soltó una risita al tiempo que se ruborizaba por la galantería.

Detrás de ellos Carrie sonrió. De haber tenido la menor duda de que su decisión no era la correcta, se hubiese disipado al comprobar la caballerosa cortesía de Josh. Le correspondía, pues, a ella decidir cuándo sería el momento oportuno de decirle a Josh que se pertenecían el uno al otro; y quería hacerlo en privado.

Vio a Josh mirar en el interior de la diligencia vacía, acercarse luego al cochero para interrogarle y recibir como única respuesta que ya habían bajado todos los viajeros.

Se sentó en un banco polvoriento del porche de la estación, con *Chu-chú* a sus pies, y vio que Josh se sacaba del bolsillo de la chaqueta su carta y la releía. Observó el movimiento de las manos. Eran unas manos expresivas y recordó su tacto.

Cuando el cochero llamó a los pasajeros que proseguían viaje, para que subieran de nuevo a la diligencia, lo fueron haciendo uno a uno. Una vez todos a bordo y el cochero encaramado en su asiento, Josh se volvió hacia Carrie y la miró interrogante. Carrie sabía que no había olvidado por un solo instante su presencia, que había estado tan pendiente de ella como ella de él.

—¿Puedo ayudarle a subir a la diligencia? —le preguntó en un tono delicado, y el corazón de Carrie empezó a latir con más fuerza tan sólo de sentir esos ojos sobre ella.

Logró mover la cabeza, pero parecía como si no le fuera posible hablar.

El cochero azuzó a los caballos y la diligencia arrancó entre una nube de polvo. El jefe de la estación volvió a entrar en el edificio y Carrie y Josh se quedaron solos fuera.

En pie bajo el sol, de espaldas a Carrie, Josh vio alejarse la diligencia. En cuanto se hubo perdido de vista se giró lentamente hacia Carrie y se puso a la sombra, pero todavía a cierta distancia de ella.

—¿Espera a alguien? —preguntó.

—A mi marido —repuso Carrie, sonriendo levemente al ver la expresión disgustada de él—. ¿Y usted? ¿Espera a alguien?

—A mi... —Hizo una pausa y se aclaró la garganta—. A mi esposa.

—Ya. ¿Y cómo se llama?

Josh miraba a Carrie con tal fijeza que por un momento pareció como si no pudiera pensar.

—¿Cómo se llama quién?

—Su esposa. ¿Cómo se llama su esposa?

Buscó en el interior de la chaqueta, sacó la carta y luego, evidentemente con desgana, apartó de Carrie la vista y miró la carta.

—Carrie. Se llama Carrie Montgomery.

—No parece que sepa mucho sobre ella —comentó Carrie con ironía.

—Pues claro que sé. —Lo dijo con tal abatimiento que casi hizo reír a Carrie—. En un solo día puede arar cuatro hectáreas de tierra. Es capaz de criar cerdos, de sacrificarlos y de cocinarlos. Puede curar mulas, gallinas y niños. Y también esquilar ovejas, tejer la lana y hacer prendas de vestir. Incluso, en caso de apuro, puede construir su propia casa.

—¡Santo Cielo! Parece una mujer muy competente. ¿Es bonita?

—Me inclino a creer que no.

Miró a Carrie de arriba abajo, y había tal deseo en esos ojos oscuros que Carrie sintió un hilillo de sudor por su nuca.

—Entonces, ¿no la conoce?

—Todavía no.

Dio otro paso más hacia ella.

Y en ese preciso momento *Chu-chú* decidió perseguir a un conejo que corría por la hierba, hizo que se soltara la correa de la muñeca de Carrie y salió de estampida tras él. Carrie se levantó como impulsada por un resorte y corrió tras el perro, que se había convertido en algo muy valioso para ella. Era lo único con vida que había podido llevarse de casa.

Pero Josh echó a correr antes que ella y persiguió al perro como si en su recuperación le fuera la vida, corriendo campo a través.

Durante varios minutos los dos corrieron persiguiendo al animal; Carrie con su miriñaque, que permitía a sus piernas una gran movilidad, y Josh con su traje negro. Fue Josh quien capturó al perrillo antes de que se escabullera por una madriguera, y *Chu-chú* en señal de agradecimiento le mordió la mano.

—¡Eres un perro muy malo! —le reprendió Carrie, pese a lo cual le acogió entre sus brazos al tiempo que se volvía hacia Josh—. Muchísimas gracias por haberle salvado. Podía haber sufrido algún daño.

Josh sonrió, sosteniendo en alto la mano herida.

—Por aquí hay crótalos. Más vale que sujete bien la correa.

Carrie asintió, dejó al perro en el suelo, se sujetó en el brazo la lazada de la correa y sacó su pañuelo.

—Deje que le vea la mano.

Tras una protesta de pura fórmula, Josh alargó la mano y Carrie la tomó entre las suyas.

No estaba preparada para la conmoción que sintió al tocar esas manos. Se encontraban de pie a la sombra de un viejo álamo, soplaba fragante el aire de las altas montañas y a su alrededor todo permanecía silencioso y desierto. Por lo que a ellos concernía no existía el resto del mundo.

Procurando que no le temblaran las manos aunque sin lograrlo, Carrie limpió la sangre de la de Josh.

—No..., no creo que la herida sea muy profunda.

Josh tenía los ojos clavados en el cabello de Carrie.

—No tiene suficiente dentadura como para ahondar demasiado.

Carrie levantó la vista hacia él y sonrió. Por un instante estuvo segura de que iba a besarla. Con todo su ser intentó transmitirle ideas que le hicieran abrazarla y besarla hasta dejarla sin la capacidad de pensar.

Josh se apartó con brusquedad.

—Tengo que irme. He de ver qué le ha pasado a mi..., a mi...

—Esposa —le facilitó Carrie.

Josh asintió con la cabeza, pero no pronunció la palabra.

—He de irme.

Dio media vuelta y encaminó sus pasos de nuevo hacia la estación.

—Yo soy Carrie Montgomery.

Josh se paró en seco, de espaldas a ella.

—Yo soy Carrie Montgomery —repitió, en un tono de voz algo más alto.

Cuando él inició el movimiento de volverse, Carrie sonrió anticipándose a la feliz sorpresa. Pero Josh se limitó a mirarla con gesto hierático.

—¿Qué quiere decir? —preguntó en voz baja.

—Que yo soy Carrie Montgomery. Soy la mujer que está esperando. Soy... —Bajó los ojos y susurró—: Soy su esposa.

Más que oírlo sintió que daba unos pasos hacia ella y, cuando estuvo tan cerca que casi notaba su aliento en la cara, levantó la vista. Josh no sonreía. De hecho, si se hubiera tratado de alguno de sus hermanos, Carrie hubiera pensado que su expresión era de furia.

—Usted no ha manejado un arado en su vida.

Carrie sonrió al oír aquello.

—Es verdad.

Con manos temblorosas, Josh sacó la carta del bolsillo interior de su chaqueta.

—Ella me escribió sobre todo lo que sabía hacer. Me dijo que había llevado una granja desde que era poco más que una niña.

—Tal vez adorné un poco la verdad —contestó Carrie con modestia.

Josh dio un paso más hacia ella.

—Mintió. ¡Me contó una puñetera sarta de mentiras!

—Me parece que está comportándose de un modo grosero. Preferiría que usted no...

Dio otro paso más, por lo que Carrie hubo de retroceder, ya que estaba metiéndose en su espacio.

—Escribí diciendo que necesitaba una mujer que supiera hacer las labores del campo, no una..., no alguien de la alta sociedad acompañada de una rata de pelo largo a la que llama perro.

Como si se hubiera dado cuenta de que se estaba refiriendo a él, *Chu-chú* se puso a ladrarle.

—Espere un momento... —empezó a decir Carrie.

Pero Josh no le dejó hablar.

—¿Acaso es ésta su idea de una broma? —Se llevó la mano a la frente, como si fuera presa de un gran sufrimiento, y se apartó de Carrie—. ¿Qué voy a hacer ahora? Ya me pareció sospechoso recibir los documentos del matrimonio por poderes, pero pensé que se debería a que la mujer era más fea que un pecado. Estaba preparado para eso. —Se volvió de nuevo y la miró de arriba abajo con profundo desdén—. ¡Pero usted! Lo que sí puedo decir es que no estaba preparado para alguien como usted.

Tratando de hacer callar a *Chu-chú*, Carrie bajó la vista a su persona, preguntándose si no se habría convertido de repente en una rana, ya que, desde luego, jamás se le había quejado nadie de su aspecto.

—¿Qué hay de malo en mí?

—¡Todo es malo en usted! ¿Ha ordeñado alguna vez una vaca? ¿Sabe acaso cómo matar una gallina y cómo desplumarla? ¿Sabe cocinar? ¿Quién le hizo ese vestido? ¿Una modista francesa?

Por supuesto que la modista de Carrie era francesa, pero aquello no venía a cuento.

—No veo qué importancia puede tener ninguna de esas cosas. Si me permite explicarme, se lo podré aclarar todo.

Al oír aquello, Josh se acercó al árbol, se recostó en él y se cruzó de brazos.

—Estoy escuchando.

Después de respirar hondo para tranquilizarse, Carrie le contó su historia. Empezó diciendo que ella y sus amigas habían puesto en marcha una oficina de novios por correo, confiando en que eso le demostrara que sabía hacer muchas y muy buenas cosas. Josh permaneció callado, así que como ella no podía leer sus pensamientos siguió contándole cómo llegó a sus manos la foto que él envió y que desde el primer momento supo que le amaba.

—Sentí que usted y sus hijos me necesitaban. Podía verlo en sus ojos.

Josh no movió un solo músculo.

Carrie le habló con gran detalle de su indecisión, de lo profundamente que reflexionó sobre el asunto. No quería que pensara que tenía la cabeza llena de pájaros y que hacía las cosas sin pensarlas antes. Luego, le hizo una relación de todas las complicadas medidas que hubo de tomar para casarse con él y, cuando le dijo que había abandonado a su familia y a sus amigos para reunirse con él, se le llenaron de lágrimas los ojos.

—¿Eso es todo? —preguntó Josh con la mandíbula apretada.

—Creo que sí. Como verá no quería que esto pudiera parecer vulgar. Sentí que me necesitaba. Sentí que...

—Usted sintió —interrumpió Josh, apartándose del árbol y acercándose a ella—. Usted decidió. Usted y sólo usted decidió la suerte de quienes la rodeaban. No tomó en consideración a nadie. Hizo pasar a su familia y a sus amigos por un infierno, y todo porque tuvo la idea romántica de que un hombre que jamás la había visto... —añadió, la miró directamente a los ojos y pronunció lo siguiente con terrible sorna—: la necesitaba. —Se acercó a ella tanto que Carrie tuvo que echarse un poco para atrás—. Para su información, pobrecita niña rica, mimada y malcriada, lo que yo necesito es una mujer que pueda dirigir una granja. Si lo que necesitase fuera una inútil de cabeza hueca, como usted, la habría podido encontrar en cualquier parte del mundo. Aquí mismo, en Eternity, podría haber elegido entre media docena de mujeres semejantes a usted. No necesito una intrépida compañera de cama. ¡Necesito una mujer que sea capaz de trabajar!

Llegado a aquel punto dio media vuelta y con paso airado se dirigió de nuevo hacia la estación.

Carrie se quedó petrificada, parpadeando de asombro. Nadie le había hablado jamás como acababa de hacerlo aquel hombre... y nadie iba a hacerlo. Se estiró con gesto vigoroso el corpiño, como para reforzar su decisión, y se fue tras él. Dado que él caminaba muy deprisa no resultaba fácil de alcanzar, pero Carrie lo logró. Y se plantó delante de él.

—No sé cómo habrá llegado a la conclusión de que lo sabe todo sobre mí, pero no es así. Yo...

—Por las apariencias. La he juzgado por las apariencias. ¿No es eso lo que hizo usted conmigo? Echó una mirada a la fotografía y decidió cambiar el curso de mi vida. Nunca se paró a considerar que tal vez yo no quisiese que mi vida cambiara.

—No decidí cambiar su vida. Decidí...

—¿Sí? —Los ojos le centelleaban—. ¿Qué otra cosa decidió sino cambiar mi vida? Y las de mis hijos. —Emitió un bufido que quería ser de risa—. Les he dicho que esta noche llevaría a casa a alguien que podría cocinar para ellos y les juré que jamás volverían a comer mis guisos. —Agarró bruscamente las manos de Carrie y se las quedó mirando como si fueran su enemigo. Las tenía cuidadas y suaves, con las uñas recortadas y limadas—. Tengo la impresión de que yo he guisado mucho más que usted.

Se las soltó desdeñoso y empezó a caminar de nuevo. Carrie se plantó de nuevo delante de él, con aire resuelto.

—Pero yo le gusto. Sé que es así. No le dije de inmediato quién era porque quería cerciorarme de si le gustaba o no.

Al oír aquello, la expresión irritada de Josh se tornó divertida.

—¿Era eso lo que pensaba, que cuando nos conociéramos me quedaría tan deslumbrado por su belleza que no me daría cuenta de que para lo único que sirve es para sentarse en el salón de algún hombre acaudalado y tocar minués en la espineta? ¿De veras creyó que me cegarían de tal modo su belleza y mi ardiente deseo de llevármela a la cama por la noche que no sería capaz de escuchar los lamentos de hambre de mis dos hijos?

—No —dijo Carrie en voz queda, pero Josh se había acercado a la verdad más de lo que ella hubiera querido aceptar—. No creí eso. Pensé...

De nuevo aquella expresión iracunda.

—No pensó en absoluto. Al parecer jamás se le ocurrió que pudiera encontrar aquí una esposa. ¿Es que cree que ninguna mujer querría casarse conmigo? ¿Piensa que soy demasiado feo para atraer a una mujer?

—¡Vaya, no! Creo que es usted...

No le dejó terminar la frase.

—Sí, ya sé lo que cree. Muchas mujeres lo creen. Si quisiera podría encontrar una mujer, pero no tengo tiempo ni ganas de cortejar a nadie y todas las mujeres quieren que las cortejen, por feas que sean. Me dirigí a esa compañía suya de lunáticas para tratar de encontrar una esposa, y no una joven con la cabeza llena de fantasías, para así poder alimentarnos mis hijos y yo. —Con algo parecido a una risa sarcástica, la miró una vez más de arriba abajo—. Y ahora, señorita Montgomery —agregó, llevándose la mano al ala del sombrero—, le deseo que pase un buen día y me despido. Espero que en el futuro recapacite antes de hacer algo.

Se alejó, dejándola allí con el pequeño perro a sus pies.

No estaba muy segura de lo que debía hacer, porque lo ocurrido era algo que jamás había imaginado que pasara.

Tratando de ganar tiempo para reflexionar, se preguntó cuándo saldría la siguiente diligencia. Temía regresar a Warbrooke, pero tendría que hacerlo. Al levantar la vista, su irritada mirada tropezó con la espalda de Josh, que caminaba hacia la estación.

—Señora Greene —le dijo a la espalda, en voz baja. Luego añadió, alzando más la voz—: Da la casualidad de que me llamo Greene. Señora de Joshua Greene.

La última frase la dijo casi gritando. Josh se paró en seco y se volvió a mirarla.

Carrie cruzó los brazos, se quedó mirándolo desafiante.

Con ira bien visible en cada uno de sus pasos Josh desanduvo el trecho que le separaba de ella. Era tal la furia que emanaba de su rostro que Carrie se alejó de él.

—Si se atreve a tocarme, le...

—Hará una media hora me estaba suplicando prácticamente que lo hiciera. Si hubiera empezado a desnudarla ni siquiera habría protestado.

—¡Eso es mentira! —protestó Carrie, aunque se ruborizó.

—Desde luego, es experta como nadie en mentiras.

Alargó la mano, la aferró por el antebrazo y empezó a arrastrarla en dirección a la estación.

—Suélteme ahora mismo. Exijo que...

Él se detuvo y acercó su rostro al de ella hasta casi tocarse con las narices.

—Como bien me ha recordado, hizo un trabajo tan concienzudo para engañarme que ahora me encuentro casado con usted. Vendrá a casa conmigo hasta la próxima semana, cuando pase de nuevo la diligencia y pueda enviarla junto a su padre, que es donde debe estar.

—No puede...

—Puedo y voy a hacerlo —le aseguró él, y la arrastró mientras caminaba. Se detuvo al llegar a la estación—. ¿Dónde está su equipaje?

Carrie cesó por un momento en sus esfuerzos por soltarse el brazo de aquella férrea mano y miró en derredor. Durante el tiempo que permanecieran debajo del árbol, había llegado el carro con su equipaje y al verlo Carrie se dio cuenta de que el asiento del cochero estaba vacío, así que el hombre debía de encontrarse dentro de la estación.

—Allí —indicó Carrie, señalando con la cabeza hacia el carro—. Puedo ocuparme de mí misma. Puedo...

Se calló al darse cuenta de la expresión en el rostro de Josh, porque parecía que hubiera visto un monstruo de los pantanos. Estaba aterrado, escandalizado, prácticamente paralizado por la incredulidad. Carrie siguió la dirección de su mirada, pero no logró ver nada fuera de lo normal, tan sólo el carro con su equipaje.

Sólo que lo que Josh veía era toda una montaña de baúles, sujetos con una gruesa cuerda a un enorme carro arrastrado por un tiro de cuatro caballos. Dudaba de que el total de pertenencias de toda la población de Eternity fuera suficiente para llenar tal número de baúles.

—¡Que el Cielo me ayude! —musitó. Luego, miró de nuevo a Carrie—. ¿Qué es lo que me ha hecho usted?

4

Cuando Carrie estuvo sentada en el pescante de la vieja carreta de Josh empezó a desear no haber visto jamás su fotografía. Su marido estaba tan furioso con ella que ni siquiera le hablaba ni la miraba. Azuzó los caballos y sacudió las riendas, como si los animales fueran el motivo de sus problemas, y emprendieron la marcha bajo el sol de poniente, seguidos por el carro con el equipaje de Carrie.

—En realidad no quise decir... —empezó a alegar Carrie, pero Josh la cortó en seco.

—No me diga una palabra, ni una sola palabra. Necesito reflexionar sobre lo que vaya hacer al respecto.

—Podría dejarme demostrar de qué soy capaz—murmuró ella entre dientes.

Al oír eso, Josh la miró de reojo, con tal expresión burlona que Carrie apretó los labios y se negó a dirigirle de nuevo la palabra.

Al cabo de un largo recorrido por una carretera polvorienta y llena de baches, enfilaron por un camino que apenas era un sendero invadido por la cizaña y avanzaron lentamente bajo los altos árboles. Al cabo de unos minutos fueron escaseando los árboles y Carrie pudo ver la casa.

En su vida había visto un lugar tan abandonado y de aspecto tan triste como aquella pequeña y destartalada casa. Carrie había visto pobreza en Warbrooke, y algunos de sus primos Taggert eran pobres; pero sus casas no tenían ese aire triste, miserable y abandonado de aquélla.

Todo el terreno que se extendía por delante de la casa y rodeaba el pequeño cobertizo de detrás aparecía yermo de hierba y plantas, y la lóbrega casa no tenía cristales en las ventanas, tan sólo papel encerado. El interior de la casa estaba iluminado, aunque con escasa luz, y no se veía salir humo de la deteriorada y alta chimenea.

La casa en sí no era más que una especie de cajón con una puerta y una ventana a cada lado. Anejo a la parte trasera podía verse otro horrible cajón, perfectamente cuadrado, y Carrie se preguntó si sería un dormitorio.

Se giró y miró a Josh a la luz de la luna, con expresión de incredulidad ante lo que estaba viendo. Jamás hubiera podido imaginar que aquel hombre viviera en semejante lugar.

Él tenía clavada la vista ante sí, con expresión hierática, negándose a mirarla, pero Carrie sabía que era consciente de que le estaba mirando.

—Ahora comprenderá por qué quería alguien que supiera trabajar. ¿Acaso puede vivir ahí, señora princesa?

A Carrie le pareció extraño que él se diera cuenta de lo aterrador de aquel lugar y que, sin embargo, no hiciera nada al respecto. Sus primos Taggert vivían en la semisuciedad, pero a todos ellos parecía encantarles el desorden. Cuando iban a su casa se sentían incómodos y estaban deseando irse.

Con gesto iracundo, como si la casa y todo cuanto la rodeaba fuera culpa de ella, Josh detuvo la carreta y bajó al suelo. Vista desde más cerca, la casa era mucho peor de lo que parecía a distancia. Las tablillas que faltaban en el tejado le hicieron a Carrie pensar que habría goteras. La puerta de entrada colgaba de un solo gozne, dándole la apariencia de embriagada. Como la casa carecía de porche, se formaba un al parecer permanente charco de barro delante de la puerta.

Josh, dando muestras de lo que parecía en él un talante habitual, se acercó irritado al otro lado de la carreta y bajó a Carrie del pescante. Pero sus manos no se demoraron en la cintura y, de hecho, ni siquiera la miró al dejarla allí de pie mientras iba a ocuparse del carro con el equipaje.

Después de echar otro vistazo a la casa, Carrie se volvió hacia el carro y le pidió al cochero las dos maletas pequeñas que iban cargadas en la parte delantera. Una de ellas estaba llena de sus cosas para pasar la noche y en la otra llevaba los regalos para los niños.

—¿Están dentro los niños? —le preguntó a Josh.

—Están dentro con frío y a oscuras y tengo la seguridad de que también con hambre.

Su voz, desbordante de furia y amargura, parecía dar a entender que la deplorable condición de aquel lugar era culpa de Carrie.

Ella no dijo nada. Dio media vuelta y se dirigió a la casa. No resultaba fácil sostener a un mismo tiempo las dos maletas y a *Chu-chú*, pero Josh no hizo esfuerzo alguno por ayudarla. Daba órdenes al cochero del carro acerca de dónde tenía que descargar los baúles de Carrie, haciendo llegar a quienes quisieran oírle lo que pensaba de todo aquel equipaje. El gozne roto de la puerta de entrada apenas permitía abrirla y cuando al fin Carrie lo logró el marco estuvo a punto de golpearle la cara. Hubo de forcejear, pero consiguió abrirlo lo suficiente para poder entrar en la casa.

Si desde fuera la casa le pareció desastrosa, no estaba en modo alguno preparada para enfrentarse con el interior. Horrorosa, fue lo que pensó. Un lugar inhóspito, siniestro y triste en el que sus habitantes no podían sino sentirse desgraciados. Las paredes eran sencillamente tablones ennegrecidos por el hollín de muchos fuegos. En el centro de la habitación se veía una mesa redonda y sucia y cuatro sillas desparejas, una de ellas peligrosamente inclinada a un lado, al ser demasiado corta una de las patas.

En un rincón de aquella habitación única había una especie de hueco que al parecer era la cocina de la casa, ya que en la parte superior estaba amontonada una alta pila de platos desconchados y que llevaban tanto tiempo sin lavar que se hallaban llenos de polvo y con comida seca pegada.

Carrie se quedó de pie y de espaldas a la puerta rota, recorriendo con la mirada el espantoso lugar, y en un principio no vio a los niños. Se encontraban en la penumbra de la puerta de lo que Carrie supuso que sería el dormitorio, inmóviles, observando, a la espera de lo que iba a ocurrir.

Eran unos chiquillos guapos, más guapos incluso de como aparecían en la foto. El niño daba la impresión de que cuando creciera sería más guapo que su padre, y resultaba a todas luces evidente que la niña se convertiría en una criatura esplendorosa.

A pesar de su aspecto encantador parecían tan desdichados como la casa. Hacía días, tal vez meses que ninguno de los dos se había peinado y, aunque ellos estaban bastante limpios, llevaban la ropa sucia, rota y con el aspecto descolorido que los tejidos sólo adquieren después de infinidad de lavados.

Al verlos, Carrie supo que estaba en lo cierto: esa familia la necesitaba.

—Hola —dijo Carrie tan alegremente como le fue posible—. Soy vuestra nueva madre.

Los chiquillos se miraron y miraron luego a Carrie con los ojos muy abiertos por el asombro.

Ella se acercó a la mesa, dejó encima las maletas y se dio cuenta de que estaba grasienta y necesitaba un buen fregado. *Chu-chú*, olisqueando entre las piernas de Carrie, intentó soltarse y cuando lo logró corrió inmediatamente hacia los niños, que se le quedaron mirando asombrados. Ninguno de los dos hizo el menor movimiento para tocar al perrito.

Carrie abrió la primera maleta y sacó una muñeca con la cara de porcelana, una figura exquisita, hecha en Francia y con vestidos de seda confeccionados a mano.

—Esto es para ti —le dijo a la niña.

Esperó lo que le pareció un momento interminable hasta que la chiquilla se adelantó a coger el regalo. Parecía como si tuviese miedo de tocar aquella muñeca tan elegante.

Carrie sacó de la maleta el velero.

—Y esto para ti.

Mientras le alargaba la embarcación al muchacho, pudo ver en sus ojos que ansiaba tomar el regalo y que incluso dio un paso adelante, pero luego retrocedió, sacudiendo negativamente la cabeza.

—Lo he traído precisamente para ti —le alentó Carrie—. Mis hermanos van en barcos desde Maine a todas las partes del mundo y éste es igual que los suyos. Me gustaría que te lo quedaras.

Parecía como si el niño estuviera luchando con un demonio interior, resistiéndose a aquella parte de él que deseaba ardientemente coger el juguete y también a la otra parte que, por algún motivo, quería rechazar el regalo.

¿Dónde está papá? —preguntó finalmente en un tono beligerante, y apretó los labios, lo que le hizo parecer la viva imagen de su padre.

—Creo que está ayudando a un hombre a descargar mi equipaje.

El niño, tras hacer un firme movimiento con la cabeza, echó a correr hacia la puerta, acostumbrado, a todas luces, al gozne roto, ya que la manejó sin que llegara casi a matarle.

—Bien —dijo Carrie, sentándose en una de las sillas en mejor estado—. Creo que está enfadado conmigo. ¿Sabes tú por qué?

—Papá dijo que serías fea y que no deberíamos mencionarlo. Dijo que hay muchas cosas que son feas, pero que no pueden evitarlo —contestó la chiquilla y, luego, ladeó la cabeza mientras estudiaba a Carrie—. Pero tú no eres nada fea.

Carrie le sonrió a la niña. Pese a que seguramente no tenía más de cinco años hablaba ciertamente con soltura.

—Me parece un poco injusto enfadarse sólo porque una no es fea.

—Mi madre es muy guapa.

—Ah, ya. Comprendo —aseguró Carrie.

Y en realidad así era. Si su propia madre, que era muy guapa, hubiera muerto y su padre se hubiese vuelto a casar con otra mujer hermosa, a ella no la habría hecho muy feliz. Si su padre hubiera tenido que volver a casarse habría preferido con mucho que lo hiciera con una mujer fea, una mujer muy, muy fea.

—A ti no te importa que yo no sea fea, ¿verdad? Puedo serlo si lo prefieres.

Y se puso a hacer carantoñas y se estiró con los dedos la piel de debajo de los ojos y empujó hacia arriba con los pulgares las ventanas de la nariz.

La niña dejó escapar una risita.

—¿Crees que le gustaría más a Temmie si tuviera esta cara?

La niña asintió con la cabeza, riéndose de nuevo.

—¿Por qué no te acercas y me dejas que te cepille el pelo y me dices qué nombre le vas a poner a tu muñeca?

Mientras la chiquilla vacilaba, como intentando decidir si sería algo que a su padre le gustaría que hiciera, Carrie sacó de su neceser el cepillo de plata. La niña soltó una exclamación admirativa al ver aquel bonito cepillo, se acercó a Carrie, se situó entre sus rodillas y dejó que le cepillara suavemente el pelo.

—¿Y tú te llamas Dallas? —le preguntó Carrie, mientras pasaba el cepillo por el suave y bonito cabello de la niña—. ¿No es un nombre poco corriente?

—Mi madre decía que allí fue donde me hicieron.

—¿Como en una fábrica? —Lo dijo sin pensarlo. Luego se aclaró la garganta, contenta de que la niña no pudiera ver lo colorada que se había puesto—. Ah, sí, comprendo. ¿Y cómo te llaman? ¿Dallie?

La niña pareció reflexionar sobre ello un instante.

—Puedes llamarme Dallie si quieres.

A su espalda, Carrie sonrió.

—Me sentiría muy honrada si me permitieras llamarte por un nombre por el que nadie más te llama.

—¿Y él cómo se llama? —preguntó Dallie, señalando a *Chu-chú*.

Carrie se lo dijo.

—Fue porque el día en que mi hermano me lo regaló estornudó muchas veces. ¿Sabes que desde aquel día no creo que haya vuelto a estornudar una sola vez?

Dallas no se rio, sino que se limitó a asentir con gesto solemne. Carrie sintió que se le encogía el corazón. No había derecho a que una niña tan pequeña tuviera que ser tan seria.

—Bueno, ya está. Ya tienes el pelo arreglado. ¡Y qué bonito es! ¿Te gustaría verte? —La niña tomó el espejo, también de plata, y se miró como estudiándose—. Eres muy linda —le aseguró Carrie.

Dallas asintió con la cabeza.

—Pero no guapa. No soy como mi madre.

Le devolvió el espejo, y Carrie pensó, mientras miraba en derredor de la habitación triste y fría, que era muy raro que dijera eso una niña.

—Tendremos que ocuparnos de la cena. ¿Qué hay en la casa para comer?

—Papá dijo que tú harías la cena. Dijo que sabías guisar cualquier cosa del mundo y que jamás nos dejarías que tuviésemos hambre.

Carrie sonrió.

—Entonces, eso es lo que tengo que hacer.

Se puso de pie, se acercó a la única alacena y abrió las puertas. Se sintió descorazonada al ver lo poco que había dentro. A la vista de la media hogaza de pan reseco y las tres latas de guisantes sintió un ramalazo de ira contra Josh. Aunque fuera la mejor cocinera del mundo, no estaría en condiciones de preparar una comida con tan escasos ingredientes.

Registrando la alacena encontró al fondo un tarro de mermelada de fresas casera. Sonrió al cogerlo.

—Esta noche nos daremos un banquete de pan y mermelada. Tengo en la maleta un enorme paquete de té de China, así que celebraremos un elegante té.

—No podemos comer eso —dijo Dallas, indicando con la cabeza el tarro de mermelada—. Papá dice que tenemos que guardarlo para algo especial. La hizo la tía Alice. Fue un regalo.

Carrie sonrió.

—Todos los días son especiales. Nunca hay un día en el que no encuentres algo que celebrar y, sobre todo hoy, tenemos montones de cosas que celebrar. He llegado yo y tú tienes una muñeca nueva y Temmie tiene un nuevo juguete y...

—No le gustará que le llames Temmie. Es Tem, nada más.

—Ya. Es demasiado mayor para ser Temmie, ¿verdad?

Dallas asintió en silencio, con expresión solemne.

Carrie sonrió.

—Trataré de recordar que es demasiado mayor para

llamarle Temmie. Bien, y ahora vamos a poner la mesa para cenar.

Era evidente que la niña no tenía la menor idea de lo que quería decir eso de «poner la mesa», de manera que Carrie dejó las maletas en el suelo y sacó un precioso y enorme chal de *paisley*. Los tonos rojo y rosa del chal parecieron centellear en la triste y pequeña habitación iluminada tan sólo por una única vela situada sobre la repisa de la chimenea. Dallas abrió mucho los ojos al ver a Carrie recoger unos periódicos de un pequeño montón junto a la chimenea, extenderlos sobre la mesa y colocar encima el chal. A renglón seguido, Carrie empezó a buscar platos limpios sin conseguir encontrar ninguno. Echó un vistazo al montón de platos que había en el fregadero, pero no le parecieron gran cosa. Sabía que en su casa los platos salían sucios del comedor y los volvían a llevar limpios, pero no estaba segura de lo que pasaba entre medias. Así que, como no había platos limpios, hurgó en su bolso, sacó cuatro pañuelos de lino y los extendió sobre el chal. Sacó también cuatro vasitos de plata. Cuando viajaba siempre los llevaba consigo, porque su madre decía que no debía utilizar nunca las tazas en las que otros pasajeros hubieran bebido.

Dallas, que permanecía de pie a un lado, observaba fascinada todo aquello y, después de que Carrie sacara del bolso los vasos de plata, se acercó a atisbar en el bolso, como si éste perteneciera a un cuento de hadas y se pudiera encontrar en él cualquier cosa.

Sacó del bolso el cuenco de cristal tallado donde ponía las horquillas, le pasó un pañuelo limpio y lo llenó de confitura de fresas. Dallas no recordaba haber visto nunca sobre la mesa otra cosa que tarros, así que le resultaba nueva la idea de poner la comida en platos bonitos. Carrie cortó rebanadas de pan y las puso sobre otro pañuelo en el centro de la mesa. Luego, retrocedió unos pasos para observar el resultado.

—Está bonito, ¿no te parece?

La niña asintió con la cabeza sin decir nada. La llama de la vela centelleaba sobre la plata de los vasitos y del cuenco de las horquillas, haciendo brillar al tiempo los colores del chal. Era la mesa más preciosa que había visto nunca. Después de esa mujer que decía que era su nueva madre, de la muñeca que apretaba con fuerza entre sus brazos y de aquel perro pequeñito, la mesa era lo más bonito que Dallas había visto en toda su vida. Y cuando levantó la vista y sonrió, Carrie le sonrió a su vez.

Fue en aquel preciso momento cuando Josh y el niño entraron en la casa, y Carrie se dio cuenta de que su marido no estaba precisamente de buen humor después de haber descargado unos veinte baúles llenos de ropa de mujer.

—Están almacenados todos en el cobertizo —dijo Josh, apretando la mandíbula—. Naturalmente, no queda sitio para el pienso del caballo y las herramientas ha habido que sacarlas fuera, así que si esta noche llueve estamos listos; pero sus baúles estarán a cubierto, calentitos y protegidos. —Miró la mesa, que su hijo contemplaba boquiabierto por el asombro—. ¿Qué es esto?

—La cena —repuso orgullosa Carrie, esperando que Josh admitiera que se había equivocado con ella. Les había prometido a sus hijos que la nueva madre les daría de cenar esa noche y eso era precisamente lo que estaba haciendo—. Los niños están hambrientos.

Con su ceño siempre fruncido, Josh cogió el recipiente de cristal lleno de mermelada y miró el pan, tan cuidadosamente cortado y colocado sobre el pañuelo marcado con iniciales.

—Pan y mermelada —dijo desdeñoso—. ¿No le parece que no es una cena muy apropiada para unos niños?

Carrie le miró fijamente y pensó que ese hombre era incapaz de reconocer cuándo estaba equivocado.

—He recurrido a lo que había. Nadie en el mundo, ni

siquiera el dechado de perfección que usted esperaba, sería capaz de preparar una comida con los escasos alimentos que hay en la casa.

—Hay latas de conservas —replicó Josh sin ceder un ápice—. Al menos sabrá calentar el contenido de una lata, ¿no? ¿Y por qué ha dejado que se apague el fuego? ¿Por qué no lo ha animado? Hace frío.

Los niños miraban consternados a Carrie y a su padre. Les había repetido infinidad de veces que debían ser amables con esa mujer que iba a ir para cuidar de ellos y, sin embargo, él no era nada amable con ella.

Carrie se quedó mirando a Josh, decidida a no responder a sus acusaciones. Finalmente, él sacudió la cabeza, con aire de incredulidad.

—Ya comprendo. No tiene ni la menor idea de cómo abrir una lata, ¿no es verdad? Y apostaría cualquier cosa a que nunca ha echado un tronco al fuego.

Tenía razón, pero no estaba dispuesta a admitirlo. Siguió donde estaba, sin quitarle la vista de encima.

Dallas los miraba a ambos, a punto de llorar.

—Me gusta el pan con mermelada, papá. ¿Quieres ver mi muñeca? Puedes ponerle nombre si quieres, pero si te gusta el de Elsbeth a mí también.

Carrie, que no había dejado de mirarle, vio cómo le cambiaba el rostro al atender a su hija. Hasta entonces sólo había visto dos de sus expresiones: la de cuando sin saber quién era ella la había deseado, y la enfurecida al enterarse de su verdadera personalidad. Pero ahora lo que descubría era cariño en aquel hermoso rostro moreno, un rostro que tenía la seguridad de conocer ya muy bien. Vio que le sonreía a la niña, se sentaba y le pedía que le enseñara la muñeca. Escuchó a Dallas contarle a su padre todo lo referente a la muñeca, lo que le pareció realmente asombroso, pues tenía la impresión de que la niña apenas si había mirado el juguete. La niña le mostró a su padre la linda ropa interior de la muñeca y las piernas confeccionadas con piel de cabrito.

—Creo que Elsbeth es el mejor nombre para ella —dijo Josh con voz cariñosa mientras acariciaba el pelo de Dallas. Por un instante miró agradecido a Carrie.

—También he traído un regalo para Tem.

Carrie tomó la embarcación de donde la había dejado, sobre la repisa de la chimenea. El niño miró anhelante el juguete, pero se volvió hacia su padre, como pidiéndole permiso para cogerlo. El rostro de Josh revelaba que no quería que sus hijos recibieran nada de ella, pero también se veía que la felicidad de los niños significaba para él más que cualquier enemistad. Sonriente, le hizo un gesto de asentimiento a su hijo.

Tem se acercó con aire vacilante, cogió el barco, retrocedió hasta donde se encontraba su padre y mantuvo el juguete a su espalda, como si no se atreviera a mirarlo. Carrie vio que, aunque no lo miraba, sí lo acariciaba con las manos.

—Tengo hambre, papá —dijo Dallas.

Josh respiró hondo, miró hacia la mesa y les indicó con la cabeza a los niños que podían sentarse.

—Si tiene una tetera, podría preparar té —propuso Carrie en un tono amable, pues estaba dispuesta a corregir sus errores.

Ese hombre que miraba a sus hijos con tanto amor era el mismo que ella vio en la foto, el hombre del que se había enamorado y por el que mintió para lograr casarse con él.

Pero cuando la miró a ella no quedaban vestigios de aquel amor.

—¿Sabe preparar el té en una tetera? —Su tono era sin lugar a dudas burlón—. Claro que supongo que se trata de una ocupación propia de damas, ¿no?

Se levantó con gesto brusco, echó leña al fuego, puso

a hervir un recipiente de hierro con agua y finalmente, tras rebuscar debajo del montón de platos sucios, encontró una tetera desconchada y la dejó sobre la mesa.

Permanecieron allí sentados, sin decir palabra, mientras el agua se calentaba; todos ellos, tristones, con los ojos clavados en los pañuelos que servían de platos.

Es ridículo, se dijo Carrie, mirando a los otros tres. Resultaba verdaderamente absurdo estar vivos y saludables y sentirse tan tristes. La pobreza y tener que vivir en semejante casa no justificaba tanta melancolía.

—Tengo siete hermanos mayores —rompió alegremente el silencio—. Cada uno de ellos es tan guapo como un príncipe de un cuento de hadas. Además, todos han navegado por el mundo con sus barcos. Hace algunos meses, no mucho antes de que vuestro padre y yo nos casáramos —recalcó, e hizo caso omiso de la mirada sobresaltada de Josh ante semejante declaración—, mi hermano Jamie me trajo a *Chu-chú*. ¿Os gustaría oír algunas de las historias que me contó sobre los lugares que había visitado? Viajó a China.

—Sí. Por favor, sí —se entusiasmó Dallas.

El tono de su voz y su rostro revelaban ansiedad por que algo los librara de su eterna tristeza.

Carrie miró a Tem y, aun cuando el chiquillo intentaba comportarse como si le importara un bledo lo que hiciera ella, en su mirada se reflejaba el anhelo. Asintió con la cabeza. Carrie miró entonces a Josh y se mantuvo a la espera, obligándole a que formara parte de la familia.

—Lo que quieran los niños —contestó él, con tono cansado.

Se puso a relatarles con entusiasmo lo que Jamie le había contado sobre China, en especial lo del palacio que visitó su hermano, describiendo con fantásticos detalles las sedas y los ornamentos. Tal vez ella lo embelleciera un poco, pero también era probable que Jamie no le hubiera narrado todo. Inclinada hacia delante, con la voz reservada para las historias de fantasmas, les habló a los niños de la costumbre china de vendar los pies de las mujeres.

Entre tanto, el agua rompió a hervir, así que se levantó, llevó el recipiente a la mesa, llenó de agua la tetera, añadió su delicioso té y, seguidamente, empezó a untar las gruesas rebanadas de pan con la mermelada de fresas. Luego, las repartió entre los niños y Josh. Como por entonces Carrie estaba hablando sobre el vendaje de los pies, Josh se encontraba tan atento a la historia como los niños y no se acordó de decirle que podía servirse él mismo.

Carrie siguió hablando durante toda la cena. En un momento dado, les contó una historia china sobre un verdadero amor que terminó bruscamente, convirtiéndose la mujer en un espíritu. Una vez que terminaron con el pan y la mermelada, rebuscó en su maleta y sacó una caja de bombones. Puso dos delante de cada uno de los comensales mientras terminaba de contar su historia.

Cuando ya se había terminado la comida y el té, Carrie dejó de hablar y por un momento se hizo el silencio alrededor de la mesa.

—¡Caramba! —exclamó Dallas con los ojos muy abiertos, rompiendo el silencio.

—¿Es verdad algo de todo eso? —preguntó Tem, tratando de parecer un adulto escéptico.

—Absolutamente todo. Mis hermanos han recorrido el mundo y me han contado las historias más extraordinarias. Y lo de India no podéis siquiera imaginarlo. Luego, también están los países del desierto y Egipto. Además, dos de mis hermanos han peleado contra los piratas.

—¡Los piratas! —se asombró Tem, pero se contuvo de inmediato.

—Y uno de mis hermanos sirvió en el ejército de Estados Unidos y luchó contra los indios, pero asegura que le gustan más los indios que la mayoría de los soldados.

He traído algunas de las cosas que mis hermanos me regalaban, cosas que compraron, robaron o intercambiaron durante sus viajes.

—¿Tus hermanos roban cosas? —se horrorizó Dallas—. Tío Hiram dice que robar es un pecado.

—Lo es y no lo es —le aseguró Carrie—. Uno de mis hermanos le robó una bonita joven a un traficante de esclavos. Pero ésa es otra historia que tendré que dejar para otra noche. Ahora creo que ya es hora de que vosotros dos os vayáis a la cama.

Se hizo de nuevo el silencio hasta que Josh dijo:

—Sí, claro. Es hora de acostarse. Incluso más de la hora. Así que en marcha.

Carrie observó a los niños abrazar y besar a su padre en la mejilla deseándole buenas noches. Luego, los dos se volvieron hacia Carrie, sin saber bien qué hacer. Carrie les sonrió.

—Vamos, a la cama —los apremió sin dejar de sonreír, sacándolos así del apuro.

Les observó escabullirse por una escalera apoyada en la pared a la sombra de la chimenea. Luego les oyó acostarse arriba, en lo que debía de ser un minúsculo desván.

Todavía sonriendo miró a Josh, pero él no sonreía ni mucho menos. De su atractivo rostro había desaparecido todo rastro de humor y felicidad, y su agria expresión borró la sonrisa de Carrie.

—Voy limpiar todo esto.

—A menos que piense dejárselo a la criada.

Con los dientes apretados, Carrie se detuvo en su ademán de recoger los pañuelos.

—¿Qué es lo que más le irrita de mí? ¿Tal vez el que hasta ahora haya salido con bien en lo que usted pronosticó el fracaso? —Se sentó de nuevo y se le quedó mirando, con las manos unidas delante de ella—. Ahora puedo darme cuenta de que lo que he hecho no ha sido justo para usted ni para los niños, pero pienso que debería darme una oportunidad. Creo que me ha juzgado mal.

Por un instante volvió a ver en él aquella expresión de deseo y sintió una descarga eléctrica en la nuca, pero al punto se desvaneció, y Josh la miró fríamente.

—Déjeme que le explique algo, señorita Montgomery. Yo... —Alzó una mano para impedir la protesta de ella—. Muy bien, de acuerdo, señora Greene. Mis hijos me importan más que nada en el mundo. Lo son todo para mí y quiero darles todo lo mejor y por lo mejor me refiero a una vida absolutamente estable. Quiero que tengan un padre y una madre. Quiero que tengan lo que yo no tuve y que crezcan en el campo, al aire libre. También quiero que tengan comida, comida hecha en casa. Estoy dispuesto a cualquier cosa con el fin de lograr todo eso para mis hijos. Si tengo que casarme con una mujer que sea medio animal de carga para obtenerlo, no le quepa ninguna duda de que lo haré. ¿Me comprende?

—¿Y qué me dice del cariño? —preguntó en voz queda Carrie—. ¿Acaso el cariño no significa nada para usted?

—El cariño que les tengo es mayor que el de doce personas juntas —contestó Josh, evitando la mirada de ella—. Lo que necesitan es buena comida, una casa aseada y ropas limpias.

—Ya veo. Y ha llegado a la conclusión de que yo no puedo darles ninguna de esas cosas. Tan sólo hace unas horas que me conoce y ya sabe exactamente cómo soy.

Josh le sonrió con aire condescendiente.

—Mírese. ¿Cuánto le ha costado ese vestido? Y no me negará que las perlas que lleva son auténticas. No tiene que contestarme. He descargado sus baúles, ¿recuerda? ¿Me cree lo bastante estúpido como para pensar que alguien como usted va a sentirse feliz viviendo en esta...? —Hizo un ademán con la mano—. Bien, en este cuchitril. —Se inclinó hacia ella, separados como estaban por la mesa—.

¿Sabe lo que creo, señorita Montgomery? Y, desde luego, es y seguirá siendo siempre la señorita Montgomery, porque ni qué decir tiene que no pienso convertirla en la señora Greene, y espero que sepa lo que quiero decir.

Sin poder evitarlo, Carrie desvió la vista en la dirección del dormitorio, que todavía no había visto.

—Exactamente —prosiguió Josh—. Pues lo que yo creo es que ésta es una gran aventura para usted. Probablemente ha crecido malcriada y mimada por esos hermanos suyos tan increíblemente magníficos y ha llegado a creer que puede hacer cuanto quiera. En estos momentos pretende contribuir, con la alegre presencia de su personilla, a animar la casa de un pobre hombre con dos hijos. Pero ¿qué nos ocurrirá cuando se canse de todos nosotros? Entra en nuestras vidas haciéndonos reír con sus historias, haciendo que los niños y... —Respiró hondo—. Vaya, haciendo que los niños se encariñen con usted y, a fin de cuentas, provocando acaso que yo también llegara a adorarla para, luego, cuando se haya cansado de nosotros volver junto a papá y sus fascinantes hermanos. ¿Es eso lo que pasará?

—No —repuso Carrie, dispuesta a defenderse, pero Josh no le dejó hablar.

—¿Qué edad tiene, señorita Montgomery? ¿Dieciocho? ¿Diecinueve? Yo le echo todo lo más veinte.

Carrie no contestó. Al parecer, Josh se había formado su composición de lugar, por lo que le pareció inútil intentar disuadirle.

—No ha tenido tiempo de ver nada del mundo ni de acumular experiencias. Se enamoró, de una forma muy romántica, de una fotografía y se decidió a probar el matrimonio. Pensó que sería muy excitante viajar al oeste con cientos de vestidos y... —Se calló bruscamente y se puso en pie—. ¿De qué diablos sirven las explicaciones? Jamás lo entendería, ni en un millón de años. —Suspiró resignado—. Muy bien, señorita Montgomery, éste es el plan: puede quedarse aquí una semana, hasta que vuelva a pasar la diligencia, y entonces la enviaré de nuevo con su padre, tan intacta como cuando llegó. Se las arregló usted tan bien por sí sola para llevar a cabo el matrimonio que igualmente podrá ocuparse de su anulación.

Carrie se levantó a su vez del asiento.

—¿Ha terminado? ¿Ha dejado ya de insultarnos a mí y a mi familia? Tal vez deba hablarle del pueblo en el que he crecido para que también pueda insultarlo. Es verdad que he vivido en un ambiente de riqueza, pero por lo que yo sé no es necesario ser pobre para dar y recibir cariño. Y me crea o no el amor es lo que me ha impulsado a venir hasta aquí. Yo...

No dijo más, porque de hacerlo hubiera roto a llorar. Cuando pensaba en todas sus esperanzas y en la realidad del encuentro con el hombre al que creía iba a amar, no podía hacer otra cosa que llorar.

Haciendo acopio de dignidad recogió su neceser de noche, se puso al perro debajo del brazo y se dirigió hacia el dormitorio.

—Me quedaré aquí una semana, señor Greene, aunque no por usted, sino porque sus hijos necesitan en sus vidas algo de felicidad y si yo puedo hacerles durante una semana felices eso es mejor que nada. Al cabo de la semana regresaré junto a mi padre, tal como usted desea. —Dio un paso en el interior del dormitorio, con la mano en la puerta—. En cuanto a su decisión de no tocarme en toda la semana, usted se lo pierde.

Dicho lo cual, cerró de un portazo.

Mantuvo vivo su enfado durante unos tres minutos, pero, acto seguido, se dejó caer en la cama, no demasiado limpia, y prorrumpió en llanto. *Chu-chú* le lamió la cara y parecía tan triste como ella.

5

A la mañana siguiente, se levantó de la cama antes del alba, o al menos así le pareció a ella. Por lo general, se despertaba temprano, pero tenía un talento especial para dar media vuelta y volverse a dormir; sin embargo, aquella mañana hubo de pensar un momento para recordar dónde se encontraba. Tenía los ojos hinchados, de haber llorado hasta quedarse dormida, y también le dolía un poco la cabeza.

De mala gana saltó de la tibia cama, abrió la puerta y salió a la sala de estar, si es que podía llamársele así. Sonrió al ver que estaba desierta. Estupendo, pensó, se había levantado antes que ellos. Pero entonces vio que había una nota sobre la mesa. No era posible que se hubiesen levantado e ido ya. ¿O tal vez sí? Apenas apuntaba el día.

Hizo caso omiso de la nota y volvió al dormitorio, intentando ignorar el lúgubre aspecto de la pequeña habitación. Adosado a la pared había un escritorio, que no parecía valer siquiera para encender un buen fuego, y sobre la tapa superior un reloj de bolsillo, que supuso que sería de Josh. Entrecerrando los ojos por la crudeza de la luz matinal, consultó el reloj. Eran las ocho de la mañana. ¡Santo cielo, jamás en su vida se había levantado tan pronto! Incluso en el colegio el preceptor fijaba en las once la hora de empezar las clases.

Volvió bostezando a la habitación grande y recogió el papel de encima de la mesa. Al reconocer la letra de Josh se sintió al punto transportada de nuevo a aquella época, en Maine, cuando leía y releía la carta de él en busca de una esposa y, más adelante, se aprendía de memoria la otra carta, en la que decía que estaba de acuerdo con sus condiciones de celebrar un matrimonio por poderes.

Se sentó y, con *Chu-chú* en el regazo, leyó la nota.

Querida señorita Montgomery:

La pasada noche no dormí mucho reflexionando sobre nuestras contadas conversaciones, si es que se pueden llamar así. Pese a todo lo ocurrido, pienso que sus intenciones eran buenas y que tal vez haya algo de verdad en lo de que mis hijos necesitan algo más que ropa limpia y comida caliente. Pero cualesquiera que sean sus intenciones mis hijos necesitan esas cosas.

Por dos veces me ha pedido que le dé una oportunidad para demostrar de lo que es capaz, para convencerme de que no es lo que aparenta ser; de manera que he decidido darle esa oportunidad. Ha probado que sabe ocuparse de mis hijos de forma maternal. A la hora del desayuno apenas podían apartar los ojos de la puerta del dormitorio. Si he de ser justo, usted parece sentir una genuina simpatía por mis hijos, pero me pregunto si podrá llevar a cabo las tareas propias de la esposa de un granjero.

Incluyo una lista de tareas que espero que haga durante la semana que va a permanecer con nosotros. Si es capaz de sacarlas adelante, estoy dispuesto a discutir su posible futuro como madre de mis hijos.

Le saluda atentamente,

JOSHUA T. GREENE

Una vez leída la nota, Carrie revisó la lista de las tareas domésticas y se quedó boquiabierta al comprobar lo larga que era. Cinco mujeres no podrían en seis semanas hacer todas las cosas que Josh le encargaba.

Tomó de nuevo asiento y entornó los párpados, con la carta en una mano y la lista en la otra.

—Así que me permitirás que sea la madre de tus hijos, ¿no? —dijo, hablándole al vacío—. No tu esposa, sino la madre de alguien. —Dejó los papeles a un lado y rascó pensativa la cabeza de *Chu-chú*—. Como en *El enano saltarín*, eso es lo que parece. El rey Joshua me encomienda una lista de tareas como el rey del cuento le daba a la joven una habitación repleta de paja para que la hilara convirtiéndola en oro, de modo que, si conseguía realizar semejante proeza imposible, el rey se casaría con ella. En este caso, el premio consistiría en convertirme en la madre de los hijos del rey. —Miró a su alrededor. Parecía imposible, pero aquella estancia resultaba más inhóspita y miserable a la luz del día que la noche anterior—. Me pregunto qué habrán tomado para desayunar. ¿Tal vez guisantes? —Se encogió levemente de hombros, se puso de pie y dejó a *Chu-chú* en el suelo—. ¿Te parece que vayamos en busca de nuestro enano saltarín? —le preguntó al perro—. ¿De alguien que nos ayude a realizar las tareas que nos ha impuesto el rey?

Una hora después, cuando la señora Carrie Greene, de soltera Montgomery, entró en la localidad de Eternity cabalgando sobre el hundido lomo del caballo de tiro de Josh Greene y enfundada en el traje de montar más fabuloso que jamás se había visto al oeste del río Misisipí, el pueblo entero se quedó prácticamente paralizado. Todos quienes se encontraban presentes suspendieron su actividad para contemplar aquella deliciosa visión. El traje era de un color rojo oscuro, ribeteado de terciopelo negro, y ladeado sobre un ojo llevaba el modelo más atrevido de sombrero con velo que nadie hubiera visto nunca.

—Buenos días —saludaba Carrie a toda persona junto a la que pasaba—. Buenos días.

La gente la miraba y la saludaban con un movimiento de cabeza, atónitos ante aquella encantadora imagen semejante a un figurín, demasiado desconcertados para moverse o hablar.

Carrie hizo detenerse al caballo, si es que al pobre animal podía llamársele así, delante del almacén, donde el propietario, que estaba barriendo el porche, la miró boquiabierto.

—Buenos días —le dijo Carrie, con un ademán de cabeza, y se metió acto seguido en la tienda fresca y en penumbra.

Una vez que se hubo recuperado de su asombro, el propietario del almacén dejó la escoba apoyada contra el muro, se alisó el delantal y entró en el local.

Carrie había tomado asiento en una silla cerca de la estufa de leña, que se hallaba apagada, y se estaba quitando los guantes de montar.

—¿En qué puedo servirle, señorita...?

—Señora Greene —contestó Carrie, muy segura de sí misma—. Señora de Joshua Greene.

—No sabía que Josh se hubiera casado. Hiram no me ha hablado de ello.

Era la segunda vez que Carrie oía mencionar a ese Hiram y no tenía la más vaga idea de quién pudiera ser, pero no estaba dispuesta a que aquel hombre se enterara.

—Fue algo más bien repentino —repuso, con una actitud recatada e intentando aparentar que ella y Josh habían obrado impulsivamente, que su matrimonio era cosa del amor.

—Comprendo —asintió el propietario del almacén—. Bien, ¿en qué puedo servirle?

Para entonces, una cuarta parte de los habitantes del pueblo había llegado a la conclusión de que tenía algo que comprar en el almacén, por lo que había entrado en él lo más calladamente posible. Se encontraban adosados contra la pared que había frente a Carrie, sin moverse y mirándola como pudieran haberlo hecho ante un artista circense.

—Me gustaría comprar unas cuantas cosas.

Carrie sabía que Josh estaba convencido de que ella no tenía cualidad alguna, por el simple hecho de que no sabía lavar los platos o abrir latas de conservas; pero había algo que hacía a la perfección: sabía comprar. Tal declaración podría provocar la risa de algunos, pero la cualidad de saber utilizar adecuadamente el dinero es un talento que nunca se ha valorado lo suficiente. Algunas personas muy acaudaladas malgastan su dinero en pésimas inversiones, contratan a gentes incompetentes y si compran arte lo que se llevan son falsificaciones.

Pero Carrie sabía qué hacer con el dinero, sabía cómo obtener el ciento por ciento de su dinero. En su ciudad se bromeaba con que era preferible trabajar para cualquier otro Montgomery que no fuera Carrie, porque ella conseguía que se hiciera el doble de esfuerzo por la mitad del dinero. Tenía una manera de mirar a la gente, con sus inmensos ojos azules, que lograba que se desvivieran por hacer lo que ella quería.

—Me pregunto si en este encantador pueblo habría alguien que pudiera ayudarme —comentó con aire inocente—. Mi marido me ha pedido que le haga algunas cosas y, la verdad, no sé por donde empezar.

Le entregó la lista de Josh al propietario del almacén y, una vez la hubo leído, éste emitió un largo silbido sordo y le pasó la lista al hombre que se encontraba detrás de él, quien a su vez se la dio a la persona que tenía al lado.

—¿Cómo es posible? ¿Cómo? ¡Pobrecita! —exclamó una mujer después de leer la lista—. ¿En qué estaría pensando Josh?

Carrie suspiró.

—Soy recién casada y no tengo mucha idea de cómo hacer las cosas. Ni siquiera sé cómo abrir una lata.

—A mí me encantaría enseñarle a abrir una lata —farfulló un hombre, con lo que se encontró con un codazo de su esposa en las costillas.

—Quizá no sea capaz de hacer realmente las cosas que mi marido quiere que haga, pero pensé que tal vez pudiera encontrar alguien que me ayudara.

Se mostraron muy dispuestos a testimoniarle su simpatía, aunque nadie se apresuró a presentarse voluntario para reparar el tejado de la choza de Josh. Compadecerse era una cosa y sudar trabajando algo muy distinto.

Carrie desprendió de la muñeca su abultado monedero.

—Antes de salir de casa mi padre me dio algo de dinero, así que me preguntaba si podría contratar a alguien para que me ayudara. —Deshizo el lazo y dejó caer varias monedas en su pequeña y bonita palma—. Supongo que no importa que las únicas monedas que tengo sean de oro.

Una vez recuperados de su asombro se organizó la marimorena, al empezar todo el mundo a empujar, dar puntapiés y gritar, a fin de ofrecerle sus servicios a Carrie para cualquier cosa que necesitara. Eran sus esclavos, o acaso, hablando con más propiedad, sus empleados espléndidamente remunerados.

Carrie se levantó de la silla y se puso a la tarea. Era un instructor militar de voz dulce, pero, en definitiva, un instructor militar. En primer lugar contrató a media docena de mujeres para que limpiasen aquella cochiquera que Josh llamaba casa y, seguidamente, entró en tratos con otras dos mujeres para que se quedaran con todos aquellos platos sucios, desconchados y rajados a cambio de los tres rosales que crecían delante de sus casas. El plantarlos formaba parte del trato.

Les compró conservas caseras prácticamente a todas las mujeres del pueblo que para entonces se encontraban en el almacén, y también productos frescos de los huertos. Llegó a un acuerdo con una mujer, llamada señora Emmerling, para que en el futuro hiciera la comida y la llevara cada dos días a casa de Josh. A tal fin le pagó por anticipado un mes.

Una vez que hubo terminado con las mujeres la emprendió con los hombres. Apalabró las reparaciones del tejado y del cobertizo y contrató un carpintero para que arreglara la puerta de la entrada. Cuando preguntó si alguien tenía un porche en su casa que estuviera dispuesto a quitar para ponerlo delante de la casa de Josh, se desató una auténtica batalla de ofertas. Carrie se decidió por el hombre que tenía un porche con columnas blancas. También llegó a un acuerdo para que pintaran la casa.

—¿Cuándo quiere que esté todo terminado? —quiso saber uno de los hombres.

Carrie sonrió con dulzura.

—Por cada uno de los trabajos que quede terminado a la puesta de sol, pagaré un doce por ciento más sobre el precio acordado.

Una veintena de personas intentó salir por la puerta al mismo tiempo.

—Y ahora me gustaría hacer algunas compras —dijo Carrie, dirigiéndose de nuevo al propietario del almacén.

Compró una lata de todo cuanto había en la tienda. Compró tocino, jamón y harina y todo lo que la mujer del propietario le dijo que «necesitaba» un ama de casa. Sonriendo como si supiera lo que hacía, compró un abrelatas, un utensilio de aspecto extraño que no veía cómo podía manejarse. Y compró también un horno de cocina con el que, según le dijo el propietario, podía guisar cualquiera.

Adquirió cortinas de encaje y cristales para las ventanas y contrató gente para que se lo colocara.

Para entonces la gente acudía presurosa al almacén y le ofrecía a Carrie cosas que comprar, ya que Eternity era un pueblo pobre y la gente aprovechaba cualquier oportunidad para ganar algo de dinero. Compró alfombras de esparto, más rosales, una alacena para la cocina, de roble macizo, cuatro sillas iguales a cambio de las de Josh, colchas, mantas, almohadas y sábanas. Le compró a una viuda platos y cubertería de plata, desafortunadamente chapada, no de ley, y contrató mujeres para que acudieran un día a la semana a hacer la colada.

Apareció un carro lleno de muebles, propiedad de una familia que se iba de Eternity, y Carrie les compró varias piezas, incluida una gran bañera de cinc.

A las dos de la tarde, abandonó lo que ya era una ciudad casi desierta, pues la mayoría de sus habitantes se encontraba trabajando en casa de Josh, no sin que antes se le acercaran dos muchachos altos y fuertes y le preguntaran que qué podían hacer ellos. Los contrató para que subieran a la montaña, arrancaran cuatro árboles jóvenes y los plantaran delante de la casa.

A las tres se encontraba de vuelta. Un circo hubiera parecido un remanso de paz en comparación con el caos que reinaba alrededor de la casa, pues las mujeres intentaban plantar los rosales en el mismo lugar en que los hombres querían colocarse para pintar. Las mujeres robaban las escaleras de los hombres que arreglaban el tejado y los pintores se las robaban a ellas a su vez. Los nervios estaban a flor de piel y se oía un gran vocerío por doquier, porque todos y cada uno de ellos intentaba terminar su trabajo antes de la puesta de sol.

Carrie se sentó apartada y comía pan con mantequilla, le daba de vez en cuando trocitos a *Chu-chú* e iba pagando a hombres y mujeres a medida que terminaban su faena. No tenía que preocuparse respecto a la calidad del trabajo, ya que la gente estaba pendiente y dispuesta a informar sobre cualquier cosa hecha a medias.

Era verano, por lo que, afortunadamente, la puesta de sol se retrasó bastante y, cuando aparecieron en el horizonte unos destellos rojizos, la casa había quedado irreconocible. Salía humo por la chimenea reparada y, por encima de la peste a pintura fresca, olía a rosbif y posiblemente zanahorias hirviendo a fuego lento.

Casi estaba oscurecido, pero, por suerte, todavía no había rastro de Josh ni de los niños cuando la última mujer fatigada abandonó la casa, apretando con fuerza su dinero. Carrie dejó su asiento a la sombra del árbol y se dirigió a la casa, consciente de que lo que más necesitaba en aquellos momentos era un largo baño caliente, ciertamente merecido, después de lo que había trabajado ese día. Sabedora de antemano de esa necesidad, había hecho que dejaran varios baldes de agua caliente junto a la bañera instalada en el dormitorio, de manera que todo cuanto tenía que hacer era desnudarse, ardua tarea de por sí, teniendo en cuenta todos los botones del traje, y meterse en el agua.

Suspirando y sonriendo, satisfecha consigo misma y disfrutando ya con las inmediatas disculpas de Josh, Carrie entró de nuevo en la casa.

6

Cuando Josh y los niños aparecieron por el sendero que conducía a la casa, los tres montados en el mismo caballo, se detuvieron y se quedaron mirándola incrédulos. Al principio Josh pensó que se había equivocado de camino y tiró de las riendas del caballo para hacerle dar la vuelta y volver atrás. Pero allí estaba el gran grupo de álamos, que él sabía bien que se encontraba en la esquina del bosque, y también la vieja valla de manera, así que se convenció de que no se había equivocado. Hizo dar la vuelta de nuevo al caballo y lo dirigió hacia la casa hasta quedar delante de ella.

La luz de la luna iluminaba el pequeño edificio, pero había desaparecido la miserable choza de la que salieron por la mañana. En su lugar se alzaba una casa con porche. Las paredes estaban enjalbegadas, y no recubiertas con tablones de un tono gris mugriento, y en la parte delantcra crecían rosas. En las ventanas había cristales limpios y brillantes.

—¿Es que ha venido el hada madrina? —preguntó Dallas frotándose los ojos, por si acaso estaba dormida y soñando.

—Algo parecido —refunfuñó Josh—. Un hada buena con montones de dinero. Dinero de su padre.

Detuvo el caballo, ayudó a bajar a los niños y abrió la

puerta de entrada de la casa, una puerta que giraba fácilmente sobre sus engrasadas bisagras.

El interior se encontraba iluminado por velas y faroles distribuidos por la habitación y adosada a una de las paredes había un horno de cocina nuevo, esmaltado de un azul brillante y con un aspecto verdaderamente alegre. Las paredes ya no estaban desnudas, sino cubiertas con un bonito papel rosa que brillaba. En el suelo, alfombras, muebles por la habitación y una mesa en el centro, ya preparada con mantel y bonitos platos de porcelana.

—Es un castillo de cuento —exclamó Dallas, y Josh pegó un respingo.

La niña era demasiado pequeña para recordar una época en la que no vivían en una choza y no podía evocar otra cosa que comida mal preparada, suelos desnudos y un padre infeliz. No recordaba un tiempo en el que era su padre quien le proporcionaba todo lo necesario, y no una extraña.

Miró a su hijo y se dio cuenta de que también estaba impresionado por el nuevo ambiente y se sintió frustrado al no ser él quien les diera a sus hijos cosas básicas y sencillas, como buena comida y una casa acogedora. En cambio llegaba del este una cabecita loca, amante del prójimo y rica, que entraba en sus vidas decidida a favorecer con su caridad a la pequeña familia pobre de las montañas. Josh se dijo que debía de haberle producido una gran satisfacción actuar de hada madrina, como Dallas la llamaba. Cuando Carrie se marchara podría decirse que había hecho el bien, que durante toda la semana había proporcionado felicidad a aquella triste y pequeña familia. Estaría en condiciones de irse con la conciencia tranquila y sin el menor rastro de culpabilidad, sabiendo que había hecho tanto por esas pobres gentes. Pero sería Josh quien tendría que consolar a los niños cuando lloraran.

Con la mirada fija en la puerta cerrada del dormitorio

y los labios apretados fue hasta allí e hizo girar el pomo. Pero al abrir la puerta casi olvidó su enfado al ver a la Señorita Caridad sentada en el baño, con el agua hasta el cuello y rodeada de burbujas. Tenía la cara sonrosada a causa del agua caliente, y el pelo estaba recogido descuidadamente en la coronilla en un montón de bucles y de la superficie del agua surgían levemente los senos. Se quedó petrificado, boquiabierto por el asombro.

—Buenas noches —le saludó Carrie sonriendo, apartándose de la frente un rizo húmedo. De nuevo aquella expresión de deseo en el rostro de Josh, y Carrie se sintió encantada de haber logrado que desapareciera esa mirada pagada de sí mismo y condescendiente—. ¿Habéis pasado un buen día? —preguntó, como si se encontraran en la sala de estar, aunque mientras hablaba observó la indumentaria de faena, sucia y desgarrada, de Josh y pensó que le sentaba todavía peor que el otro traje.

Algunos hombres resultaban atractivos con pantalones de dril y camisa de algodón, pero a Josh no le iban, como si fingiese ser alguien que no era.

Josh luchó por recuperar el dominio de sí mismo y se dio cuenta de que su vida era muy diferente de lo que lo había sido. Las mujeres ya no le recibían en sus bañeras y nunca más sería libre de hacer con ellas lo que quisiera. Se había convertido en una persona seria, responsable y sensible, en un padre, y tenía que ocuparse de cuestiones serias. Y en esas cuestiones serias no se incluía lo que en esos momentos más deseaba hacer, es decir, cerrar la puerta del dormitorio y acompañar en la bañera a aquella atractiva criatura tan deliciosa, encantadora y exquisita.

Se puso tieso.

—Quisiera hablar con usted.

Había hecho acopio de toda la severidad posible, pero en aquel momento a Carrie le cayó un bucle sobre el ojo e intentó apartarlo con la mano enjabonada. Va a meterse jabón en el ojo y alguien tendría que ayudarla, pensó Josh.

Dallas pasó por delante de su padre y se quedó parada un momento, mirando maravillada el dormitorio. También habían empapelado las paredes de esa habitación y había una cama nueva de latón con ropa de cama mullida sobre un colchón de plumas.

—Es precioso —dijo.

Carrie sonrió.

—Me alegro de que te guste, pero no creo que tu padre piense igual.

Dallas miró incrédula a su padre.

—¡Pero si es precioso! —Parecía a punto de echarse a llorar—. ¿Podemos quedárnoslo?

Josh tomó a su hija en brazos.

—Pues claro que podemos. No se puede devolver el papel de las paredes.

Miró con el ceño fruncido a Carrie por encima del hombro de Dallas, pero ella se limitó a sonreírle.

Carrie vio a la niña en brazos de su padre y a Tem atisbando por detrás.

—Tendréis que perdonarnos, niños, pero creo que a vuestro padre le gustaría hablar conmigo en privado.

Josh tenía algunas cosas que decirle a Carrie, en realidad muchas cosas importantes, pero no pensaba quedarse solo con ella mientras siguiera sentada en una bañera. A pesar de lo poco que la conocía, no le extrañaría que se pusiera de pie y le pidiera que le acercase una toalla. Y si llegaba a ponerse de pie Josh sabía que estaría perdido.

—Lo que tengo que decirle puede esperar —dijo, con el tono más hosco de que fue capaz y al tiempo que dejaba a Dallas en el suelo.

La niña se aproximó a la bañera, tomo un puñado de burbujas y se quedó mirando dubitativa su mano.

—Son sales de baño efervescentes —le explicó Carrie— y vienen de...

—Permítame adivinarlo —le interrumpió Josh con tono sarcástico—. De Francia. Y uno de sus queridos hermanos se las trajo de allí.

—A decir verdad, me trajo además seis vestidos nuevos —repuso ella con dulzura, pues no estaba dispuesta a molestarse en defender a sus hermanos ante aquel hombre.

—Es maravilloso que usted haya nacido rica. El resto de nosotros, esclavos del mundo, tenemos que trabajar para ganarnos el pan de cada día y... —Recorrió con la mirada la habitación—. Y también hemos de trabajar para conseguir las alfombras, el papel de las paredes y la ropa.

Carrie sonrió.

—Entonces, parece que es un deber de la gente acaudalada compartir su riqueza, ¿no?

—Tal vez. Pero no todos aceptamos de buen grado la caridad.

Carrie se negó a permitir que Josh la pusiera de malhumor. Hubiera querido recordarle que estaban casados, que todo lo suyo era también de él y que esas compras las había hecho para su propia familia. En cuanto al orgullo de Josh, que al parecer se sentía herido, ella no había comprado una casa en el pueblo, aunque había en venta una bastante bonita, sino que se limitaba a decorar la que era de su propiedad.

No obstante, lo que hizo fue ofrecerle a Dallas compartir con ella la bañera. La niña miró a su padre, en solicitud de permiso, y rápidamente se desvistió y Josh la metió en el agua. A Carrie le divirtió ver el ceño fruncido de su marido cuando dio media vuelta y salió del cuarto.

Una vez fuera del dormitorio, Josh sintió que podía respirar de nuevo, aunque no le duró mucho, ya que la sala de estar tenía un aspecto completamente distinto.

Toda la habitación parecía evocar a Carrie. Allá donde miraba veía su estilo y, cuando dirigió la vista a Tem y le vio curioseando en la gran olla que borboteaba en el fuego, supo que su hijo sentía lo mismo. El niño se sobresaltó, sintiéndose culpable, cuando notó que le miraba su padre, como si supiera que no debería disfrutar de lo que Carrie había hecho por ellos.

Josh dio media vuelta y se acercó al hogar. Como el fuego ya no despedía nubes de humo que invadieran la habitación, tuvo la seguridad de que Carrie había hecho que limpiaran también la chimenea. Aunque a su pesar, se sentó en una de las dos mecedoras que había delante del fuego, se recostó sobre los bonitos almohadones sujetos al respaldo y al asiento y disfrutó de lo que veía y oía a su alrededor. Una vez que su padre hubo tomado asiento, Tem lo hizo a su vez, indeciso, en la mecedora de enfrente.

Josh se echó hacia atrás, cerró los ojos y por un instante pudo imaginar que la vida era tal como él había pensado que sería. Se oía a su esposa y a su hija chapoteando en el dormitorio y el sonido de sus risas invadía de calor humano la habitación... y a él también. Se olfateaba el olor a comida y se escuchaban los sonidos del borboteo del estofado y del chisporroteo de la leña. Abrió los ojos, vio a su hijo tan a gusto en su asiento y supo que todo aquello era casi exactamente como él había esperado que fuera. Así imaginaba su vida cuando solicitó una novia que supiera guisar, limpiar y llevar una granja. Quería lo mejor para sus hijos y estaba dispuesto a sacrificar su propia felicidad por la de ellos.

Pero sabía también perfectamente que todo eso era una ilusión, que nada era real, que no duraría. Viendo al niño a punto de quedarse dormido en su asiento fue consciente de que le tocaría a él quedarse con los niños y enjugar sus lágrimas una vez que Carrie se hastiara de vivir en una granja y los abandonara. Tendría que intentar explicarles el comportamiento de los adultos y su egoísmo, y estaba seguro de que lo haría tan bien como la vez anterior, cuando los abandonó la madre de los niños.

Levantó la vista al abrirse la puerta del dormitorio y vio que Carrie le había puesto a Dallas un camisón de algodón, que Josh estaba seguro de que acababa de salir de las estanterías del almacén. Una vez más le invadió la cólera. Había pasado mucho tiempo desde la última vez que pudo comprar regalos a sus hijos.

Pero olvidó su enfado al mirar a Carrie, con el cabello mojado y colgándole enredado por la espalda sobre un camisón de seda rosa oscuro y una bata de cachemira roja. Sintió dificultad para tragar y se aferró a los brazos de la mecedora con tal fuerza que los nudillos se le pusieron blancos. Ansiaba más que nada en el mundo retirarle la bata de los hombros y besar su cuello blanco y limpio.

—Y ahora los hombres tienen que peinarnos —dijo Carrie alargándoles dos peines de carey.

Miró a Josh, al niño y de nuevo a Josh. Sonrió al ver su expresión.

—No puedo hacer eso. Es cosa de niñas —protestó Tem.

De inmediato Josh le hizo callar.

—No hay motivo para que no puedas peinar a tu hermana.

Dallas se situó sonriente entre las rodillas de su hermano y, a pesar de su protesta, Tem se puso a desenredarle con cuidado el pelo.

Carrie seguía de pie en el hueco de la puerta, sonriéndole a Josh segura de sí misma y alargándole el peine a modo de invitación.

—No creo... —empezó a decir Josh, pero Tem dejó de peinar e interrogó a su padre con la mirada.

Su expresión significaba que si su padre no podía peinar a una chica tampoco él, así que, con un gruñido un poco semejante al de un animal atrapado, Josh alargó la mano y aceptó el peine.

Siempre sonriente, Carrie se acercó, le entregó el peine y se sentó en el suelo entre sus rodillas. Desde el primer instante en que la tocó, teniendo buen cuidado de limitarse al pelo sin rozar siquiera la piel, Carrie supo dos cosas: que el aire entre ellos estaba cargado de electricidad y que había peinado el pelo húmedo de otras mujeres. Por la forma experta y hábil de pasar el peine por su cabello, mucho se temía Carrie que en el pasado lo hubiera hecho bastantes veces.

Volvió ligeramente la cabeza para mirar a Tem y se dio cuenta de que éste observaba a su padre y aprendía. Pero la mano de Josh le tocó la frente y Carrie se olvidó de todo el mundo. Echó la cabeza hacia atrás, con los ojos cerrados, y sintió el contacto de aquella mano recorriéndole el cabello y el cuerpo entero.

Josh le apartó del rostro un mechón y al hacerlo le rozó la mejilla con la punta de los dedos. Ambos se quedaron inmóviles, y él no retiró los dedos cuando Carrie movió ligeramente la cabeza, de manera que una de las yemas quedó sobre la comisura de su boca. Sin moverse, quieta, Carrie sintió la emoción invadiendo su cuerpo. Giró un poco la cabeza y el dedo le quedó sobre los labios, y lo besó.

Josh movió la mano de modo que cubrió con dos dedos la boca de Carrie y empezó a seguir el dibujo de los labios. Carrie los abrió, y Josh introdujo los dedos hasta llegar a tocarle los dientes.

—Josh —murmuró Carrie en el más leve de los susurros.

Muy suavemente le fue mordiendo una a una las puntas de los dedos. Josh puso la mano sobre la boca y ella se la besó, le mordisqueó la palma y subió lentamente hacia la muñeca.

Que Josh se inclinara hacia su rostro hasta casi rozarle la oreja con los labios, haciéndole sentir su aliento suave y cálido, fue lo más excitante que Carrie había sentido nunca en su vida.

—¡Caramba! —exclamó Dallas, mirando con los ojos muy abiertos a los adultos.

Sobresaltados, ambos recuperaron la consciencia de lo que los rodeaba. Josh inició un movimiento para apartarse de Carrie, pero ella se lo impidió, aunque tampoco necesitó mucho esfuerzo para retenerle, sino que simplemente se recostó en su rodilla y él se puso a peinarla de nuevo.

Carrie vio que los miraban Tem y Dallas con los ojos muy abiertos por el asombro e intentó adoptar una expresión de madre comprensiva.

—A veces, los maridos y sus esposas... —empezó a decir Carrie.

—¡Cállese! —le cortó Josh con brusquedad—. ¿Hay algo para cenar? Creo que ya está peinada. —Miró a Tem—. ¿Qué me dices de tu hermana?

Tem seguía mirándolos, a uno y a otra. Sabía que acababa de ver algo importante para los adultos, pero desconocía su significado.

—¿Has terminado de peinar a tu hermana? —insistió Josh en un tono fuerte y agudo, sacando a Tem de su trance.

—Sí, claro —respondió, y miró a Carrie, luego a su padre y de nuevo a ella.

—Bien, podemos cenar entonces. —Y con eficiencia de peluquero le dio una última pasada al cabello de Carrie y le devolvió el peine—. ¿Podemos comer ya?

—Pues claro —contestó ella con dulzura, y se puso a servir la cena a su familia como si llevara haciéndolo toda la vida.

Al igual que la noche anterior, Carrie llevó el peso de

la conversación durante la cena. Pero le resultó más fácil, porque los niños hicieron preguntas y, en lugar de ocultar su interés por lo que les contaba sobre los viajes de sus hermanos, dieron rienda suelta a su curiosidad.

Terminada la cena, a la hora de irse a la cama los niños, Dallas, después de besar a su padre, no vaciló en echar los brazos al cuello de Carrie y besarla también. Tem se quedó de pie a un lado, con las manos en los bolsillos de sus sucios pantalones de faena, como sin saber qué hacer.

—Adelante —le animó Josh de mal humor, e indicó a Carrie con un movimiento de cabeza, dando así permiso a su hijo para besarla.

Tem se inclinó con timidez y le dio un rápido beso en la mejilla. Se puso un poco colorado, pero luego sonrió con aire suficiente, como orgulloso de sí mismo. A continuación, subió deprisa las escaleras hasta su cama.

Una vez que los niños salieron de la habitación, Josh no dijo palabra; se levantó de la mesa, se acercó a la chimenea y se quedó mirando a las llamas. Carrie retiró las cosas de la mesa en silencio y dejó en el fregadero los platos sucios. No tenía la menor idea de cómo limpiarlos y, ciertamente, tampoco el menor deseo de aprender. Le gustaban las cosas bellas, y los platos sucios no tenían nada de bellos.

Se volvió hacia Josh.

—¿Le gustaría que saliésemos un rato?

—¿Por qué? —preguntó Josh con suspicacia.

Tenía los brazos cruzados sobre el pecho, como decidido a no permitirse debilidad alguna.

—Para que pueda gritarme, naturalmente. Tengo la clara impresión de que ése era su principal deseo al llegar hoy a casa. No lo ha olvidado, ¿verdad? O tal vez haya cambiado de idea. Acaso quiere gritarme dentro de la casa para que nuestros hijos puedan oírle.

—Mis hijos.

—O sea que prefiere que le oigan.

Josh, entonces, la agarró por el antebrazo y la empujó fuera de la casa, a la noche fría y estrellada.

Carrie se encaminó al cobijo protector de los árboles, pero él no la siguió. Ella se volvió y suspiró.

—Muy bien. Estoy preparada.

—Lo que ha hecho está mal —empezó diciendo él—. Me ha convertido en el hazmerreír de todo el pueblo.

—En realidad, me inclino a pensar que la gente del pueblo piensa que es usted el hombre más afortunado de la Tierra, pero, claro, es que ellos no conocen tan a fondo mi carácter como cree usted conocerlo.

—El carácter no tiene nada que ver con esto. Es como si hubiera ido pregonando a todo el mundo que no soy capaz de cuidar de mi propia familia.

—Quiere a sus hijos más que cualquier persona que yo conozca, sólo que al parecer no tiene dinero. Personalmente prefiero el cariño al dinero.

Josh no sabía si retorcerle el cuello o ponerse a dar voces. Dijera lo que le dijese, Carrie parecía no oírle, no escuchar, no entender. Habló de nuevo, pero en un tono más tranquilo.

—A un hombre le gusta pensar que puede mantener a su propia familia, que su esposa..., quiero decir, su...

—Vamos, adelante. ¿Qué otra cosa soy para usted, si no su esposa? Josh no contestó; se quedó allí de pie, callado. Carrie suspiró—. Está bien, rey Joshua. He llevado a cabo la primera tarea, aunque según usted no de acuerdo con las reglas. Así pues, ¿qué ocurre con la segunda? Confío en que sólo sean tres.

Josh parecía confuso ante aquella insensatez. Carrie se lo explicó:

—En todos los cuentos de hadas, la princesa tiene que realizar tres tareas. Esta mañana me entregó una lista de cosas que ningún ser humano hubiera sido capaz de llevar a cabo, pero yo lo hice; claro que con la ayuda de un duende. Mi duende en este caso fue todo el pueblo de Eternity. Así que ¿cuál es la segunda tarea, mi señor?

A medida que lo iba comprendiendo, el rostro de Josh se había ido convirtiendo en una mueca.

—Lo que yo pensaba. Usted cree que todo este asunto es muy divertido, algo que les podrá contar a sus amigos ricos cuando vuelva a su casa de Maine.

—Y usted lo que cree es que en la vida todo es motivo de tristeza. ¿Qué tengo que hacer para demostrarle mi buena fe? —Tomó un poco de aire y siguió—: No, espere un momento. ¿Sabe que hay algo que jamás he podido comprender en el cuento del enano saltarín? Nunca entendía por qué la joven quería a ese rey. Él le había dicho que si no hilaba toda aquella paja convirtiéndola en oro haría que le cortasen la cabeza. ¿Cómo me iba yo a creer que la joven viviera luego feliz si tenía que casarse con un cretino como ése?

—No hay nunca un final feliz, eso es lo que estoy intentando hacerle ver —apuntó Josh, con tristeza.

—Tal vez usted no crea que lo haya, pero yo sí —casi le gritó Carrie—. Y estoy decidida a que así sea. Lamento muchísimo, señor Greene, haberle hecho semejante jugarreta, mintiéndole y casándome con usted. Como al parecer su principal preocupación en la vida es el dinero, tal vez lo que he gastado en su casa le compense en parte por lo que le hice. Y ahora, si me perdona, voy a hacer el equipaje.

Echó a andar hacia la casa, pero Josh la sujetó por el brazo.

—Es plena noche. No puede ir a ninguna parte.

—Vaya si puedo. Pienso ir al pueblo, si me presta usted el segundo de sus formidables caballos. Después del dinero que he gastado hoy en el pueblo, alguien me cederá con toda seguridad una cama para pasar la noche. E imagínese, señor, la satisfacción que sentirá usted cuando les diga a sus hijos que me he ido. Podrá darles la lección que tanto necesitan sobre la perfidia de la mujer.

—Carrie... —empezó a decir Josh, alargando el brazo para tocarla.

—¡Vaya, pero si sabe mi nombre! No tenía ni idea de que mereciera tal honor. Pensé que todo cuanto conocía de mí era lo de señorita Montgomery, pero, claro, usted lo único que necesitaba conocer era mi nombre; eso y, naturalmente, mi apariencia atractiva.

Cuando llegó al porche de la casa y abrió la puerta se encontró con dos niños pálidos y con aspecto atemorizado que, indudablemente, habían oído todo cuanto se había dicho fuera.

—No irás a irte, ¿verdad? —preguntó Dallas, con la voz empañada por las lágrimas y la carita lívida.

Al echar una rápida ojeada a Josh, Carrie vio en su rostro la expresión burlona de ya-os-lo-dije. Por un instante deseó poder borrársela de un trallazo. Fue en aquel momento cuando decidió contarles a los niños toda la verdad. Con frecuencia había pensado que los adultos alarmaban a los niños al decirles que había cosas que eran demasiado jóvenes para comprender, mientras que, en realidad, lo que asusta a la gente es la ignorancia, no el conocimiento.

Quiero que los dos os sentéis para que pueda contároslo todo —les dijo.

Como ya había supuesto, Josh inició una protesta, pero Carrie se volvió hacia él furiosa.

—Lo quiera o no formo parte legalmente de esta familia.

Los niños se sentaron a la mesa y permanecieron serios y callados mientras Carrie les contaba todo, cómo y por qué se encontraba ella en su casa.

—¿Nos quisiste al ver la foto? —preguntó Dallas.

—Sí. Así fue. Pero ahora he de irme porque vuestro padre teme que, si me quedo más tiempo, cuando por fin me vaya os haré mucho daño, y él no quiere que eso ocurra.

—¿Vas a dejarnos? —quiso saber Tem con un tono extremadamente adulto, aunque en el fondo palpitaba el temor de un chiquillo.

—Si vuestro padre y yo no nos queremos supongo que tendré que irme. Me parece que le he hecho una desagradable jugarreta, y él está muy enfadado.

A Dallas se le llenaron los ojos de lágrimas.

—No estés enfadado, papá.

Carrie se sentó a la niña en el regazo y la abrazó.

—No le eches la culpa a tu padre. Posiblemente él tenga razón. Tal vez llegue a aburrirme de vivir aquí, en este pueblecito. Veréis, es que donde yo vivía siempre estábamos de fiesta, bailando y riéndonos.

Estaba mintiendo, pero sabía que era por una buena causa. No podía soportar la idea de irse y que los niños creyeran que su padre tenía la culpa de su partida. Era preferible que sintieran antipatía por ella y no por su padre.

Dallas se abrazó con fuerza a Carrie y Josh apartó la mirada. Una niña de cinco años seguía siendo un bebé, por mucho que Dallas se comportase a veces como si fuera mayor.

—Puedes quedarte con nosotros toda la semana y no lloraremos cuando te vayas —propuso Tem, que por una vez no miró a su padre buscando aprobación. Todos se volvieron hacia él.

—No creo... —empezó a decir Josh.

—¡Puede quedarse! —gritó Tem, y era fácil ver que estaba al borde de las lágrimas, a punto de venirse abajo el dominio de sí mismo.

Fue Carrie quien habló:

—Me siento realmente halagada de que hayas llegado

a sentir tanta simpatía por mí, Teemie —le dijo con tono cariñoso—. Pero sé que estás pensando que tal vez me quede. Puedo asegurarte que no. Únicamente me quedaría si me enamorara de tu padre y te aseguro que eso no ocurrirá. Fui tan estúpida como para creer que sabía cómo era él con sólo ver su foto, pero no, no lo conocía. Es un sabelotodo y un terco, y no tiene el menor sentido del humor. Jamás podría amar a una persona así.

Josh miraba horrorizado a Carrie mientras ésta pronunciaba su juicio sobre él, en tanto que los niños tenían los ojos fijos en su padre, como analizando esa opinión.

—Papá antes se reía —observó Tem con seriedad—. Pero desde que mamá...

—Ya está bien —interrumpió con aspereza Josh, cortando a su hijo en seco.

—Quédate —suplicó Dallas—. Quédate, por favor. Es tan agradable cuando estás aquí...

Con la niña en brazos tuvo que esforzarse por contener las lágrimas. Tal vez fueron los niños lo que llegó a amar a través de la fotografía, porque eran exactamente como ella había esperado que fuesen. Era consciente de que si los quería tanto después de tan sólo dos días le resultaría insoportable marcharse si se quedaba toda una semana.

—Creo que es mejor que me vaya —dijo en voz baja.

—Pues a votos —sugirió Tem, aunque mirando a su padre para que diera permiso.

Josh tuvo un momento de vacilación y finalmente asintió con la cabeza, dando su consentimiento. Carrie sabía que iba a haber empate en la votación, dos para que se fuera y dos para que se quedara; pero cuando Tem preguntó que quién estaba a favor de que permaneciera con ellos el mayor tiempo posible, los dos niños levantaron la mano y, luego, muy despacio, también lo hizo Josh.

Carrie le miró.

—Quiero que mis hijos sean felices —explicó él, en un tono tranquilo—, aunque sólo sea durante unos días.

Carrie suspiró, porque tenía la sensación de que estaba cometiendo un error. Quería ya a aquellos chiquillos y los querría aún más en los días siguientes. No sabía cómo podría alejarse de ellos al cabo de unos pocos días más.

—A veces la diligencia se retrasa —insinuó Tem, en un tono esperanzado.

Carrie sonrió, alargó el brazo por encima de la mesa y tomó la mano del niño. Sí, pensó, ¿quién podía saber lo que ocurriría en una semana?

—Muy bien —aceptó finalmente—. Me quedaré todo el tiempo que pueda.

7

—¿Cómo se enamora la gente? —le preguntó Dallas a su hermano.

Era de buena mañana en el desván. Desde que Carrie llegó a la casa, Josh intentaba todas las noches acomodarse en la estrecha cama de Dallas, pero se quejaba de que la niña se movía demasiado. Aquella mañana, se levantó temprano y se fue a cortar leña para la nueva cocina, a fin de que Carrie pudiese preparar el desayuno. Dallas había oído a su padre farfullar que era de risa la idea de que Carrie pudiera cocinar, aunque no le había oído reír.

—No lo sé —respondió Tem, aunque él también había pensado en aquello—. Creo que el hombre le da flores a la mujer y se cogen las manos. Luego se casan. Y ya no sé más.

—Podemos preguntárselo a alguien. Por ejemplo, a la tía Alice.

—No creo que el tío Hiram sepa nada sobre amor.

Dallas se mostró de acuerdo. No era fácil compaginar la idea del amor con el tío Hiram.

Tem salió de la cama en silencio, se puso su sucia ropa de faena y ayudó a Dallas a vestirse con su sencillo y viejo vestido marrón. A renglón seguido, bajaron juntos la escalera.

Los dos niños se mantuvieron apartados mientras

Carrie y su padre iban de un lado a otro preparando el desayuno. Tem sabía que Dallas era demasiado pequeña para entender lo que estaba pasando y, además, estaba muy ocupada dejando correr el dedo por las rosas de la pared para prestar atención a cualquier otra cosa, pero Tem se daba perfecta cuenta de lo que estaba ocurriendo entre su padre y Carrie.

Se lanzaban pullas y se peleaban como el perro y el gato. Josh decía que Carrie no sabía cocinar, que a pesar de haberse comprado una cocina con el dinero de su padre no tenía ni idea de cómo usarla. Y Carrie replicaba que si Josh tuviera una pizca de decencia le enseñaría a guisar.

Aquello casi hizo soltar un bufido a Tem, ya que, de acuerdo con su experiencia, su padre era el peor cocinero sobre la faz de la Tierra. Antes de la llegada de Carrie, de no haber sido por algunas de las mujeres del pueblo y de tía Alice, que se apiadó de los niños que cada día estaban más delgados, tal vez hubieran muerto de hambre. En una ocasión, su padre puso huevos a hervir y se fue a darles el pienso a los caballos. Cuando volvió descubrió que había roto los huevos al ponerlos en el cazo y las yemas se habían salido. El desayuno se fue al traste.

Si Carrie le pedía a Josh que le diera lecciones de cocina, Tem esperaba que su padre dijera la verdad, que sabía tanto de guisar como Carrie; pero Josh no hizo eso. En su lugar, le dijo a Carrie que él no le había pedido que le enseñara a trabajar en el campo, por lo que ella no debía preguntarle cómo hacer su trabajo. Añadió que, de acuerdo con la carta que le escribiera, Carrie sabía cuanto había que saber sobre cocina. De hecho, Josh estaba pensando en llevar a casa un cabrito vivo, que Carrie habría de sacrificar y ocuparse también de todas las otras operaciones. Tem sabía que su padre no tenía ni idea de qué otra cosa podía hacerse con un cabrito para ponerlo a punto para la mesa, pero no daba esa impresión. Daba la impresión de que sabía cuanto había que saber sobre cabritos y sobre todo lo relativo a una granja. Carrie se enfadó muchísimo y le dijo que era un idiota y que no veía el momento de perderle de vista. Josh agregó que estaba pensando también en comprar conejos para que su mujer pudiera prepararlos.

Al final, desayunaron gachas de avena, tocino y huevos. Las gachas estaban sólo medio hechas, pues algunas capas seguían secas; el tocino, en parte quemado y en parte crudo, y los huevos, tan duros de puro cocidos que Tem se dijo que hubiera podido utilizar las yemas para jugar a hockey sobre hielo.

Los dos niños permanecieron sentados a la mesa, dando golpecitos en su plato, mientras Josh le señalaba a Carrie con todo detalle todo lo que estaba mal de la comida. Dijo que los niños ni siquiera podrían comérselo. Al oír aquello, Tem le dio una patada por debajo de la mesa a Dallas y los dos se pusieron a comer como si estuvieran muertos de hambre y la comida fuera deliciosa. Al empezar Dallas a quejarse de que sus gachas sabían mal, Tem le añadió tres cucharadas de azúcar, y ello acabó con las quejas.

Después del desayuno, la comida más larga de la vida de Tem, Josh se encasquetó el sombrero y les ordenó a los niños que se prepararan para acompañarle al campo. Dallas puso cara larga y dijo que quería quedarse con Carrie, que Carrie iba a irse y que quería estar con ella. Tem pudo darse cuenta de que aquello le dolía a su padre, por lo que proclamó a voces que él quería permanecer con su padre, que estaba ansioso por cavar nabos o expurgar el maíz.

Con mirada resentida, Josh dijo que Tem podía quedarse también con Carrie. Él protestó, pero Josh añadió que no quería ni necesitaba la compañía de su hijo. Tras lo cual, salió de la casa dando un portazo.

—¡Qué hombre más alegre y divertido! —comentó Carrie—. Es una gozada tenerlo cerca.

—Cuando nuestra madre... —empezó a decir Dallas.

Tem le dio un puntapié para que cerrara la boca. Su padre había insistido muchísimo en que no hablaran del pasado con nadie, pero a veces resultaba difícil que lo recordase una niña tan pequeña como Dallas. Tem sabía que su padre no había sido siempre de esa manera, que hubo un tiempo en el que era muy feliz. Recordaba cuando solía correr hacia los brazos extendidos de Josh, y recordaba también su risa y que los llevaba a las ferias, al circo y a ver teatro. Recordaba la manera en que su padre hablaba con su madre. De hecho, recordaba la forma en que su padre hablaba a todas las mujeres. Su madre solía decir que Josh era un auténtico caballero para las damas, que las encantaba a todas; pero Tem no pensaba que Carrie encontrara a su padre «encantador».

Josh no le hablaba a Carrie de la forma en que habitualmente lo hacía con otras mujeres, sino como si la aborreciera. Pero, por algún motivo, Tem no estaba convencido de que su padre la aborreciera de veras. En primer lugar, ¿cómo sería posible? Tem estaba seguro de que, después de su madre, Carrie era la mujer más bonita del mundo. Y además era divertida, apasionante y hacía sonreír a la gente. ¿Cómo podría alguien aborrecer a Carrie?

Y estaba también la forma en que se comportaba su padre cuando estaba demasiado cerca de ella. Aquella misma mañana, le había visto enrojecer tres veces cuando Carrie se inclinaba hacia él o caminaban muy juntos. Y siempre que se le enrojecía el rostro le decía algo desagradable. Incluso habló mal del perrito.

Además había que tener en cuenta la manera en que la miraba. Siempre que le daba la espalda, Josh se quedaba mirándola. Al parecer no podía apartar los ojos de ella. Y por la mañana Josh entró en el dormitorio, para sacar una camisa limpia del tocador que Carrie había comprado, y Tem le vio mirar en el interior de uno de los cajones y permanecer allí inmóvil, sin apartar la vista. Luego, metió la mano en el cajón para tocar lo que quiera que hubiese allí, con una expresión de lo más extraña, como aquella vez en que se hirió el pie y aseguró que no le dolía, aunque en realidad no era así. Una vez que su padre hubo salido de la habitación, Tem entró sigilosamente y miró en el cajón. Allí estaba el camisón de Carrie, el que llevaba puesto la noche anterior cuando Josh le peinó el pelo y ella le besó la mano.

A decir verdad, se sentía muy confuso con todo aquello. Su padre parecía aborrecer a Carrie, aunque luego no lo pareciese. Parecía como si le gustara mirarla y escuchar por la noche sus historias, y parecía gustarle estar muy cerca de ella, por lo que Tem no podía comprender por qué le decía tantas cosas desagradables.

En cuanto a Carrie, tampoco la entendía. Le decía cosas tan desagradables a Josh como él a ella, pero la vio tomar la camisa de su padre y apretarla contra sí. A Tem le había parecido ver lágrimas en los ojos de Carrie mientras abrazaba la camisa, pero de eso no estaba seguro.

—¿Qué vamos a hacer hoy? —preguntó Carrie—. ¿Os gustaría ir a pescar?

Tem recorrió con la mirada la cocina. En la alacena había un montón de platos sucios y en el suelo, barro. Y también estaba la ropa sucia y había que dar de comer a los animales. No estaba seguro, pero creía que se esperaba de Carrie que lo limpiara todo durante el día. La tía Alice era la mujer de alguien y siempre parecía estar limpiando cosas y hablaba continuamente del orgullo que es para una mujer su casa.

Se aclaró la garganta.

—Puedo enseñarte a lavar los platos —le dijo.

Carrie sonrió.

—Estoy segura de que sabría hacerlo si fuera preciso, pero en realidad no tengo el menor deseo de aprender a limpiar platos. No te preocupes, Tem. Estarán limpios. Hago venir a una mujer del pueblo para que los lave.

Tem volvió a la carga:

—Pero ¿no se supone que los tienes que limpiar tú?

—Estoy segura de que tu padre lo cree así. Por otra parte, estoy igualmente segura de que podría pasarme toda la semana fregando y seguiría sacándome defectos. Si una persona está decidida a aborrecerte lo hará. Además, si sólo me quedan unos días para estar con vosotros dos, prefiero ir a pescar. —Observó a Tem mientras éste pensaba en ello—. Tú eres quien ha de decidirlo, Tem. Si quieres que nos quedemos aquí a fregar, eso será lo que hagamos. Pero si prefieres pescar nos pondremos en marcha de inmediato.

—¡Tem! —gimoteó Dallas, suplicando a su hermano que les dejara pasar un día divertido.

Tem sabía que debería elegir lo de fregar, ya que, al parecer, era lo que su padre quería de una mujer, lo que a su juicio era lo más importante que una mujer podía hacer. Pero se preguntó si Carrie no tendría razón. ¿Se sentiría Josh contento si al regresar se encontraba con la casa limpia? La noche anterior, había encontrado a su regreso una casa desbordante de luz y con rosas en las paredes, pero todo cuanto Josh había hecho era refunfuñar, de manera que Tem pensó que tal vez un suelo bien fregado tampoco le haría sonreír.

—A pescar —dijo por último, y Dallas empezó a dar saltos de contento, a los que se unió *Chu-chú*.

Intentó olvidar los problemas entre su padre y Carrie, pero a medida que pasaba el día parecía pensar más en ellos. Era posible que Carrie no supiera cocinar, pero desde luego podía hacer otras cosas. Los llevó al cobertizo, a aquello que papá llamaba el establo, lo que hacía morirse de risa al tío Hiram, y les enseñó sus baúles.

Cuando empezó a abrirlos fue como descubrir los tesoros de Aladino, y le costó más de una hora encontrar las cañas de pescar, hechas a mano en Inglaterra, según les explicó a los niños. No tuvieron que preguntar que si se las habían llevado sus hermanos.

Cerró los baúles y emprendieron la marcha hacia el río. Tem se quedó impresionado al ver lo bien que pescaba Carrie. Parecía adivinar dónde se escondían las truchas y no sentía el menor temor en colocar los gusanos en su anzuelo. Mientras pescaban les contó historias sobre la pesca en la mar y la forma de coger langostas y otras criaturas extrañas.

—Nuestra madre nos daba de comer langosta —comentó Dallas, y lanzó un grito porque Tem le retorció el brazo.

—¿Os está prohibido hablar de vuestra madre? —preguntó Carrie.

Dallas asintió con la cabeza mientras Tem la miraba enfadado, a modo de advertencia.

—¿Es que hablar de vuestra madre entristece a papá?

—No le pone triste —empezó a decir Dallas, pero la mirada de Tem hizo que se callara de nuevo.

Tem acudió en ayuda de su parlanchina hermana:

—Muy triste. Tal vez sea ése el motivo de que te diga cosas tan desagradables.

Carrie asintió. Acaso fuera verdad que Josh pensaba que nadie podría reemplazar a la madre de sus hijos.

—Mirad la hora —les dijo—. Ha pasado con mucho la del almuerzo.

—Papá no se ha llevado comida —apuntó Dallas—. Tendrá hambre.

—Entonces, veremos lo que la señora Emmerling nos ha preparado y podéis llevarle algo.

Cuando regresaron a la casa, la encontraron tan sucia como la habían dejado. Todavía no había llegado la mujer del pueblo contratada por Carrie y Tem se preguntó si llegaría a aparecer. Si su padre volvía a casa con toda esa suciedad, se enfadaría muchísimo. Además, estaría hambriento y tampoco habría cena.

—Anímate, Tem —le dijo Carrie, sonriente—. No es ninguna tragedia. Puedo preparar un pequeño almuerzo para papá. Le haré un sándwich de huevo frito.

Tem hubo de taparle la boca a su hermana para ahogar su exclamación.

—Eso le gustará —afirmó Tem, y cuando Carrie se volvió hacia ellos los dos niños le ofrecieron una sonrisa angelical.

Mientras Carrie freía los huevos, Tem metió latas de conserva en una bolsa y también un tarro de encurtidos; luego, los tres junto con *Chu-chú* emprendieron la marcha hacia el campo donde Josh pasaba todos los días la jornada entera. Dallas charlaba sin cesar y le hacía a Carrie un millón de preguntas sobre el mar y sobre China y sobre sus hermanos, lo que le dejaba tiempo a Tem para pensar. En realidad, tiempo para soñar.

Imaginó que Carrie le daba el sándwich a su padre y que entonces él le decía que estaba tan rico que la amaría de por vida y le pedía que se quedara con ellos para siempre. Carrie decía que sí y se convertían en una familia. Y ella conseguía que su padre se riera como antaño y todo el mundo era feliz. El único problema que se le ocurría era qué hacer con los platos sucios que Carrie no quería limpiar, y además estaba también su forma de cocinar, que necesitaba mejorar mucho. Tem no tenía ni idea de qué hacer al respecto. En realidad, al recordar la forma en que cocinaba Carrie se ensombrecía ligeramente su sueño.

Y el sueño dejó de ser rosa cuando Carrie vio los tres campos en los que Josh trabajaba durante todo el día. Tem había visto los campos de su tío Hiram, que parecían salidos de un libro de cuentos, pero, como se sentía orgulloso de su padre hiciera lo que hiciese, ni por un instante le dio importancia al hecho de que los de su padre estuviesen llenos de parásitos y de cizaña y que algunas varas de maíz fueran altas y otras cortas.

Después de echar un vistazo a los campos, Carrie se echó a reír. Tem se había acostumbrado ya a la idea de que ella lo encontraba todo divertido, pero Josh pareció no entenderlo. Se enfadó mucho al oír aquella risa, y su enfado fue en aumento cuando Carrie le dijo que era un labrador tan desastroso como ella ama de casa. Considerando el estado en que Carrie había dejado la casa y el aspecto de los maizales de su padre, Tem pensó que eso era cierto.

Pero Josh no lo consideraba así ni encontró nada divertido en lo que decía Carrie. En realidad, cuanto más se reía Carrie más furioso se ponía él y sólo soltó una carcajada cuando le dio un mordisco al sándwich y crujió entre sus dientes un gran trozo de cáscara de huevo. Daba la impresión de que eso era algo realmente jocoso.

Carrie se dio la media vuelta y se alejó, dejando que *Chu-chú* ladrase furioso a Josh como si supiera que éste había hecho enfadar a su ama; de modo que Carrie se había puesto tan furiosa como lo estaba antes él.

Los niños permanecieron quietos un instante sin saber si quedarse con su padre o irse con Carrie, pero Josh les dijo que se fueran con ella.

—Se ve que ahora os sentís más a gusto con ella que conmigo, así que largaos.

Regresó con grandes zancadas a los campos.

Dallas rompió a llorar, así que Tem la cogió en brazos y la llevó así hasta la casa.

Menos mal que cuando llegaron se encontraron a la señora Emmerling limpiando y cocinando. Carrie entró en el dormitorio y cerró de golpe la puerta, y los niños estaban seguros de que la oían llorar.

Tem se sentó en la mecedora frente a la chimenea mientras que Dallas recogió su nueva muñeca y a *Chuchú*, y salió afuera a jugar. La señora Emmerling se movía atareada por la cocina y barrió y quitó el polvo, mientras Tem seguía sentado pensando. Al cabo de un rato, la mujer se sentó en la otra mecedora y empezó a zurcir algunos de los rotos de las camisas de Josh.

—Parece como si tuvieras un problema muy grave —le dijo—. ¿Puedo hacer algo para ayudarte?

Tem no conocía a aquella mujer, pero le caía bien. Era simpática y rolliza y tenía rojas las manos y la cara. Negó con la cabeza.

—¿Estás seguro? Tengo ocho hijos, de manera que estoy acostumbrada a oír hablar de problemas.

—¿Qué hace que las personas se quieran una a otra? —preguntó de repente.

Por un momento, la señora Emmerling siguió cosiendo.

—¿Por qué quieres saberlo?

Tem parpadeó rápido. No quería llorar. No iba a llorar.

—Carrie no quiere quedarse a menos que papá la ame, y papá no la amará porque Carrie no sabe cocinar. ¿Podría usted enseñarle a guisar?

La mujer sonrió.

—La cocina no tiene nada que ver con el amor. Ser una buena cocinera hace más agradable el matrimonio, pero dudo mucho que a un hombre se le ocurra pensar eso cuando le pide a una mujer que se case con él. Y si lo hace es que no es el tipo de hombre que le gusta a una mujer. A las mujeres les gustan los hombres que las quieren a ellas, no a sus pasteles de manzana. —Aquello no ayudó en modo alguno a Tem y en su rostro se reflejaba una permanente confusión—. Si tu padre no está enamorado de una encantadora muchacha como Carrie, entonces es que algo va mal. ¿Por qué no me cuentas lo que pasa?

Tem se lo contó lo mejor que supo, pero en realidad él mismo no lo entendía. Le dijo que su padre había querido casarse con alguien que supiera hacer las faenas de una granja, pero que en su lugar había llegado Carrie, y eso le había puesto furioso.

—Tu padre quería alguien que le ayudara a ocuparse de vosotros —resumió ella en un tono cariñoso.

—Sí —asintió Tem, ferviente—. Y se ocupa de nosotros. Nos cuenta historias y nos hace reír y sabe pescar muy bien. Pero...

Bajó la vista a su zapato.

—¿Pero qué?

—Pero se rio al ver cómo trabajaba papá los campos.

La señora Emmerling hubo de disimular una sonrisa. Eso mismo hacía todo el mundo en el pueblo, reírse de los campos de Josh, sólo que evitaban que él oyera las risas. En Eternity nadie había conocido a persona alguna que intentara con tanto ahínco trabajar la tierra como Josh y con tan escaso éxito. ¡Ansiaba tanto poder ofrecer un buen hogar a sus hijos!

Miró a su alrededor la casa que antes era un desastre y que en esos momentos resultaba tan acogedora. Parecía indudable que el orgullo de Josh se había resentido profundamente con las actividades de Carrie. Se presentaba en el pueblo y en un día conseguía aquello por lo que Josh llevaba luchando durante meses, y además fracasando miserablemente.

A juicio de la señora Emmerling no había esperanza alguna de que Josh y Carrie siguieran juntos. Por experiencia, sabía que a los hombres no les gustan las mujeres que puedan superarlos en cualquier cosa. Miró con tristeza a Tem. En Eternity, a todo el mundo les daban lástima aquellos pobres niños huérfanos de madre, y todas las mujeres solteras intentaban en uno u otro momento echarle el anzuelo al atractivo Josh, pero todas habían fracasado. Era como si de pronto hubiera sentido aversión por las mujeres; o, al menos, por las mujeres que querían casarse con él.

Y se había casado con la vivaz y sonriente Carrie y ella se reía de sus campos.

—Verás, Tem. Cuando dos personas se casan, cada una de ellas tiene que pensar que la otra es lo más grande de la Tierra. Puede que en realidad sean los dos muy corrientes, pero ellos tienen que pensar que el otro puede... bueno, que puede mover montañas, que puede hacer que salga el sol y se ponga. Ese tipo de cosas. —Tem la miraba como si estuviera chiflada, sin comprender una sola palabra de lo que le estaba diciendo—. Tu padre quiere que Carrie piense que es maravilloso, que es el mejor hombre, el más valiente y el más guapo de la Tierra. Quiere que ella...

—¡Pero es que lo es! ¡Mi padre es el mejor!

La mujer sonrió.

—Sí, lo es, pero Carrie no se da cuenta. Todo cuanto ve es que tu padre no es..., bueno, que no es tan buen granjero como, por ejemplo, tu tío Hiram.

—Nadie puede trabajar tan bien la tierra como él lo hace —murmuró Tem.

Si el tío Hiram fuera un ejemplo de lo que tiene que ser un hombre, entonces se alegraba de que su padre no fuera nada del otro mundo labrando la tierra.

—Eso es. Me temo que Carrie se da cuenta de que tu padre no es un buen granjero y tu padre ve que ella lo sabe.

—¿Le parece que Carrie se enamoraría del tío Hiram?

—Lo dudo mucho —le contestó la señora Emmerling, riéndose entre dientes.

Tem seguía sin comprender.

—Pero es que a Carrie no le gustaba papá antes de ver sus campos. Creo que al principio papá le gustaba a Carrie, pero ella a papá no. Dijo que no podía darnos de comer ni lavar la ropa.

—Pero eso es lo mismo de antes, ¿no crees? Tu padre no piensa que Carrie sea la persona más maravillosa de la Tierra, igual que ella opina de él. Si no empiezan a pensar eso el uno del otro, jamás llegarán a amarse.

Por un momento se hizo el silencio...

—¿Y qué pasa con los platos sucios?

La señora Emmerling soltó una carcajada.

—Si tu padre llega a enamorarse de Carrie, me parece muy posible que él mismo se ponga a lavar los platos. Y pensará de veras que todo cuanto ella cocine es delicioso.

—¿Incluso los huevos?

En la voz de Tem palpitaba la duda.

—Especialmente los huevos.

Se quedó mirando un momento al muchacho y se levantó para seguir limpiando. Por lo que a ella se refería estaba contenta de que Carrie no supiera limpiar, considerando que su familia necesitaba el dinero que les pagaba.

Al cabo de un rato, Tem se levantó y salió de la casa. Dallas se encontraba sentada a la sombra de un árbol en el lindero del bosque y parloteaba con su muñeca. Cuando *Chu-chú* vio a Tem se apartó de Dallas y corrió hacia él. Tem se sentó en el borde del porche y mientras acariciaba al perro pensó en lo que le había dicho la señora Emmerling.

Si Carrie se fuera, estaba seguro de que su padre dejaría morir las rosas, y él y Dallas tendrían que pasar todo el día en los campos acompañándole. Josh no solía darle trabajo que hacer a la niña en los campos, pero tenía que quedarse donde él pudiera verla y, a veces, ella se aburría terriblemente.

Si Carrie se fuera, todo volvería a ser como antes y esa perspectiva le parecía ya a Tem espantosa.

—¿Qué puedo hacer? —le murmuró a *Chu-chú*—. ¿Cómo puedo conseguir que papá y Carrie piensen que el otro es maravilloso?

Lo intentó. Sabía que aunque no hiciera ninguna otra cosa en la vida al menos debía intentar demostrarles a Carrie y a su padre lo formidables que eran los dos. Pero cuando llegó la hora de irse a la cama volvía a sentirse infeliz.

Durante la cena había señalado todas las buenas cualidades que se le ocurrieron de cada uno. Le dijo a su padre lo bonita que era Carrie. Habló de sus baúles repletos de cosas maravillosas y de que si Carrie se quedaba los llevaría a la casa para que Josh los viera. Ello indujo a su padre a decir cosas desagradables de los hermanos de Carrie, que a tal punto la habían malcriado, lo que hizo que Carrie replicase que sus hermanos eran muchísimo mejores que Josh.

Tem le contó a Carrie cómo los había cuidado su padre. Hubiera querido hablarle del pasado, pero era un tema que les estaba prohibido. «Esa parte de mi vida está acabada y de nada sirve volver a hablar de ella», había dicho su padre.

Dallas pareció darse cuenta de la frustración de su hermano e intentó colaborar:

—Papá hace discursos. Hace muy buenos discursos y les gusta a las señoras.

La mirada que Josh dirigió a su hija hizo que se callara.

Sin embargo, Carrie mostró gran interés en lo que Dallas había dicho e hizo varias preguntas a las que Josh ni contestó ni permitió que lo hicieran sus hijos.

Tem suspiró y lo intentó de nuevo, tratando de pensar en cosas que los dos pudieran hacer juntos. Sugirió que podían ir a pescar, lo que provocó un bufido de Josh, que dijo que tenía que trabajar para ganarse la vida. Tem sugirió entonces que Carrie le ayudara a limpiar las plantas del maíz.

—Lo siento hijo, pero sólo sabe hacer lo que el dinero de su papaíto puede comprar.

En aquel momento, Dallas rompió a llorar, al oír el tono de voz de su padre. Josh la tomó en brazos y acusó a Carrie de haber hecho llorar a su hija.

—Lo que hace que llore es su rudeza, por no hablar de su intratabilidad.

Tem no conocía la palabra, aunque al parecer su padre sí.

Josh se enfadó muchísimo y abrió la boca para decir algo, pero Carrie se había levantado de un salto e iba hacia el dormitorio.

—Puede quitar usted mismo la mesa, ya que le da tanta importancia a eso —dijo, antes de cerrar de un golpe la puerta.

Tem y su hermana le dieron el beso de buenas noches a su padre, pero él no parecía darse cuenta de su presencia, en pie, delante de la chimenea y con los ojos clavados en ella.

Cuando por fin subió para intentar dormir en la cama con Dallas, Tem todavía estaba despierto. Había estado pensando muchísimo.

—Papá.

—Deberías estar dormido.

—¿Crees que Carrie es maravillosa?

—Creo que Carrie no ha recibido otra cosa que adoración durante toda su vida. Jamás ha tenido que trabajar, nunca le han negado nada. —Dio media vuelta y se arrodilló junto a la cama de su hijo—. Sé que os gusta. Sé que es alegre y bien sabe Dios que vosotros merecéis reír después de todo lo que habéis pasado durante los últimos años. Pero tenéis que confiar en mí. Carrie no es la madre que necesitan mis hijos.

Tem se incorporó, apoyándose en un codo.

—¿Es la mujer para ti? ¿Te casarías con ella si no nos tuvieras a nosotros?

Josh sonrió.

—Tal vez cometiera esa barbaridad. Pero vosotros dos me habéis vuelto sensato, demasiado sensato para compartir mi vida con una mariposa como Carrie. Y ahora a dormir. Cuando pase un mes ni siquiera os acordaréis de ella.

Besó a su hijo en la frente y empezó a desnudarse.

Pero Tem no conseguía dormir, allí tumbado en la cama y mirando el techo. Era culpa suya el que Carrie y su padre no se quisieran. Culpa suya y de Dallas.

8

Al día siguiente, ni Carrie ni Josh se dieron cuenta de la ausencia de Tem hasta que él volvió a casa de los campos. Como Josh seguía dolido por la risa de Carrie y por el aparente abandono de sus hijos, no regresó hasta casi las nueve de la noche.

La escena que contempló al abrir la puerta debió haberle hecho feliz, pero en cambio le puso más furioso de lo que ya estaba: Dallas, en pie sobre un taburete mientras Carrie le prendía con alfileres el dobladillo de un nuevo vestido; un vestido que Josh no podía permitirse comprar a su hija. El aspecto de la casita era alegre y en ella flotaban aromas apetitosos, y Carrie, su esposa que no lo era, estaba encantadora. Josh ansiaba más que nada en el mundo gritar que ya había llegado, para que su mujer y su hija acudieran corriendo a abrazarle.

En vez de ello, entró parsimonioso y colgó el sombrero de la percha que había junto a la puerta.

—¡Papá! —gritó Dallas, y se dispuso a bajar del taburete de un salto, pero Carrie la ayudó a hacerlo.

Su hija, cariñosa y limpia, se abalanzó a sus brazos y apoyó la cabeza en su cuello. Eso era lo que le hacía soportable trabajar en los campos, se dijo, lo que hacía que valiera la pena su infelicidad.

—Tenemos rosbif para cenar y la señora Emmerling

ha hecho bollos. Además, creo que a mi muñeca le está creciendo el pelo.

Mientras Josh acariciaba el cabello de su hija pensaba en el gusto que daba verla limpia de nuevo. Durante los meses que había estado ocupándose de la granja, no había tenido tiempo de ocuparse del aseo de sus hijos. Ya tenía más que suficiente con intentar alimentarlos y vestirlos.

—Conque le está creciendo el pelo, ¿eh?

Sonrió, pero se dio cuenta de que ni siquiera había sido capaz de darle a su hija una muñeca.

De pie detrás de ellos, Carrie sonreía también, y Josh estaba seguro de que no había visto en su vida una mujer tan bonita, con su leve cintura y el cabello rubio... y ese cuerpo que no le pertenecía a él.

—Buenas noches —saludó en un tono algo seco—. Supongo que la mujer que ha contratado habrá preparado la cena.

Carrie dio media vuelta, perdida la sonrisa.

—En efecto. —Volvió a mirar a Josh—. ¿Dónde está Tem?

—Con usted —contestó rápido, como si Carrie fuera demasiado tonta para saber que Tem había pasado el día con ella.

Ella permaneció un momento en actitud asombrada y luego empezó a palidecer. Fue al dormitorio y volvió con una nota de Tem en la que decía que iba a pasar el día con su padre.

Sin decir palabra, Josh echó la mano al bolsillo interior de su camisa y sacó otra nota de Tem, en la que ponía que se iba a pasar el día con Carrie.

—Tal vez quería irse a pescar —sugirió Carrie, aunque sin la menor convicción.

Sabía de manera incuestionable que, dondequiera que se encontrara y fuera lo que fuese lo que estuviese haciendo, tenía alguna relación con ella y con Josh.

En cuestión de segundos, Josh atravesó la habitación y sujetó a Carrie por los hombros.

—¿Dónde está? ¿Dónde está mi hijo? —le gritó, con la cara casi pegada a la de ella.

—No lo sé —repuso Carrie—. Pensé que había pasado todo el día con usted.

Josh la sacudió.

—¿Dónde está? —vociferó, como si la misma fuerza de su voz pudiera hacerle recordar a Carrie algo que ignoraba.

—No le hagas daño a Carrie —gritó Dallas, agarrándose a las piernas de su padre—. Tem volverá. Dijo que volvería.

Carrie y Josh se volvieron automáticamente hacia ella. Josh hincó una rodilla en tierra.

—¿Dónde está tu hermano? —le preguntó cariñosamente.

Dallas retrocedió cobijándose en la seguridad de las faldas de Carrie.

—Me hizo jurar que no lo diría. Dijo que si lo contaba me pasaría algo malo.

—Algo malo te... —empezó a decir Josh, cuando Carrie tomó a Dallas y la sentó sobre la mesa.

—¿A qué hora esperaba Tem estar de regreso?

Dallas parecía a punto de prorrumpir en llanto.

—Dijo que estaría en casa antes que papá.

Carrie miró a Josh por encima de la cabeza de la niña y, luego, de nuevo a Dallas.

—Se está retrasando mucho, ¿no crees?

Josh se interpuso entre ambas.

—Tienes que decirme a dónde ha ido Tem, Dallas. Tienes que...

Se calló porque la niña se echó a llorar. Carrie apartó a Josh y se inclinó hacia Dallas.

—Pero no puedes decirlo, ¿verdad? Y no porque Tem

te haya dicho que no debes hablar. No puedes decirlo porque es una cuestión de honor. ¿No es así? Tú sabes lo que es el honor, ¿verdad, Dallas?

—No —contestó la niña, aspirando por la nariz.

—El honor es cuando alguien te cuenta un secreto y tú estás dispuesta a morir antes de revelarlo.

—¡Por todos los cielos! —interrumpió Josh—. Eso ha sido un trueno. Creo que se prepara una tormenta.

Carrie acercó su rostro al de Dallas.

—Pero a veces no van de acuerdo el honor y el deseo de ayudar a alguien. Como ocurre ahora. Si lo cuentas no tienes honor, pero si no lo haces tal vez Tem esté en peligro.

Dallas asintió con la cabeza y miró de reojo, nerviosa, a su padre.

—Así que veamos si podemos averiguar dónde está Tem y salvaguardar al mismo tiempo tu honor. Supongamos que me cuentas una historia como las que yo os cuento todas las noches.

—Por el amor de... —empezó a decir Josh, pero un relámpago le hizo callar.

Siguió un trueno ensordecedor. Dallas chilló y *Chuchú* se escondió debajo de la mesa.

—Érase una vez un joven príncipe que se sentía muy infeliz —empezó Carrie—. Digamos que el rey y la reina tenían problemas y el príncipe quería hacer algo respecto a esos problemas. ¿Qué crees tú que haría el príncipe?

—Buscar una culebra de cascabel —afirmó Dallas sin el menor titubeo.

Carrie se incorporó y preguntó casi en un susurro:

—¿Y qué haría con ella?

—La pondría en tu..., quiero decir en la cama de la reina y entonces cuando ella se asustara el rey podría salvarla y ella sabría lo fantástico que era. Y entonces se querrían mucho para siempre.

Carrie se volvió despacio a mirar a Josh y se preguntó si estaría tan pálida como él. Sentía que de un momento a otro iba a echarse a temblar.

Josh se arrodilló delante de su hija.

—¿Y dónde encontraría el príncipe la serpiente?

—En la Montaña de Starbuck —respondió la niña—. Tem..., quiero decir, el príncipe vio algunas por allí. En la montaña había visto un gran montón de serpientes.

Otro relámpago, seguido del correspondiente trueno, hizo que Dallas se refugiara en los brazos de su padre.

—Búsquele ropa de abrigo —dijo Josh mientras llevaba en brazos a Dallas hasta el dormitorio—. Quiero que esté bien abrigada durante la tormenta.

Carrie le agarró de un brazo.

—¿Qué va a hacer?

Era evidente que en esos momentos no estaba demasiado interesado en Carrie.

—Voy a llevar a Dallas a casa de mi hermano y luego tomaré un caballo y me iré en busca de mi hijo.

Empezó a caminar de nuevo. Carrie se plantó delante de él.

—Quiero ir con usted. —La luz de otro relámpago iluminó la casa y permitió que Carrie viera la expresión despectiva en el rostro de Josh. Le sujetó por ambos brazos, hundiendo los dedos en sus músculos—. Está en la montaña por culpa mía. Si yo no hubiera venido aquí...

—Ya es demasiado tarde para pensar en ello.

La apartó a un lado, entró en el dormitorio y dejó a Dallas en pie sobre la cama.

Carrie se puso a su lado.

—Es posible que en la cocina sea una inútil, pero no lo soy ni mucho menos en todo lo demás. Puede ser que usted crea que lo sabe todo sobre mí, pero en realidad no sabe nada. Vengo de una familia de marineros, lo sé todo sobre supervivencia y puedo cabalgar en cualquier cosa con cuatro patas.

Le alargó una camisa de lana en la que Josh envolvió a Dallas.

Con la niña de nuevo en brazos, él empezó a caminar hacia la puerta de entrada, pero Carrie se plantó delante.

—Iré, me lo permita o no. Voy a buscar a Tem. Iré, con usted o sola.

Josh se la quedó mirando por un segundo. No tenía tiempo de discutir con ella, y tampoco para malgastarlo con una mujer asustada. En aquel momento su única obsesión era su hijo.

—Poco me importa que venga o se quede. Pero si no puede seguirme no espere que la vuelva a traer.

—No tendrá que traerme. ¿Puede encontrarme un caballo decente? ¿Algo mejor que esos pencos suyos?

Asintió con la cabeza y salió rápidamente de la casa. Una vez que se hubo ido, Carrie tomó pan y tocino y los metió en una bolsa aceitada. A continuación, empezó a reunir el equipo apropiado para una misión de salvamento. Como había vivido durante toda su vida junto al mar tenía grandes conocimientos sobre rescates. Entró en el cobertizo, hurgó en sus baúles hasta encontrar un enorme cuchillo y descolgó de la pared una cuerda larga y gruesa. Al emprender de nuevo el camino de la casa, hubo de luchar contra el viento que empezaba a soplar. Metió cerillas en la bolsa e hizo tiras unas enaguas para utilizarlas a modo de vendas, y también metió en una bolsa lona encerada y gruesa.

Una vez dispuesto el equipo, se quitó la falda, las enaguas y el miriñaque y se puso unos gruesos pantalones de lona de Josh y se los sujetó a la cintura con una ancha correa.

Acababa de terminar sus operaciones cuando llegó Josh, que la miró de arriba abajo, pero no dijo palabra mientras recogía las bolsas y miraba en su interior. Pareció satisfecho con lo que Carrie había metido en ellas y la descargó de la cuerda.

—Mi hermano ha enviado gente a la ciudad en busca de ayuda. Dentro de unas horas la montaña estará llena de gente buscando. Debería quedarse.

Carrie le alargó una gruesa rebanada de pan con mantequilla.

—Cállese y vaya comiendo por el camino. Vamos, estamos perdiendo tiempo.

Josh tomó el pan, al tiempo que hacía un leve gesto de asentimiento con la cabeza, y a partir de ese momento dejó de tratarla como a una mujer a la que hubiera que dejar en casa. Una vez fuera, Carrie se encontró con los dos caballos más hermosos que había visto en su vida. Uno era un enorme semental negro y con una mancha blanca en la frente y el otro, una yegua de color castaño oscuro y que parecía orgullosa y rápida.

—Monte la yegua —le gritó Josh, tratando de hacerse oír a través del viento, que había arreciado—. Y manténgase junto a mí. Si no puede seguirme regrese aquí y espéreme. ¿Entendido?

Carrie asintió en silencio mientras se acomodaba ágilmente en la montura, tomó las riendas y situó a la yegua detrás del enorme garañón de Josh.

Sabe montar a caballo y cabalga como el mejor jinete que yo haya visto, se dijo Carrie. Le vio lanzarse con rapidez suicida por el camino lleno de baches que había delante de la casa, con Carrie a la zaga. Al llegar al pie de la montaña no vaciló un instante, sino que empezó de inmediato la ascensión. Carrie le siguió, respirando hondo para hacer acopio de valor. Pensó que debía de tener ojos de gato, pues ella no veía nada. Por fortuna, el semental tenía una mancha blanca en la pezuña trasera, porque había momentos en que era lo único visible.

Por dos veces, la yegua que Carrie montaba quiso detenerse y bajar de nuevo la montaña, pero ella no se lo permitió. De manera que prosiguieron el ascenso sobre superficies de roca dura, por las que resbalaban los cascos de los caballos, para seguir luego a través de bosquecillos de matorrales de robles, que arañaban la cara de Carrie y le desgarraban la ropa.

Se dio cuenta de que Josh no seguía sendero alguno, sino que elegía la ruta más rápida y directa hasta la cima de la montaña. No parecía ser consciente de la presencia de ella, con la sola idea de buscar a su hijo sin que nada ni nadie fuera capaz de distraerlo de su intento. Hubo un momento en que Carrie y la yegua toparon con una superficie dura y reseca y el animal resbaló. La yegua lanzó un relincho desesperado y Carrie hubo de poner en juego todos los músculos de su cuerpo para evitar que el gran animal volviera grupas y descendiera por la montaña. Aplicando su látigo mocho al anca del animal, tiró con fuerza de las riendas, sabiendo que si en ese momento llegaba a perder el control de la yegua, nunca volvería a recuperarlo. Para ayudar a calmar el miedo que la embargaba empezó a soltar juramentos como sólo un marinero sabía hacerlo. Conocía palabras en por lo menos seis lenguas; todas ellas, de los lugares en los que habían estado sus hermanos. Ellos pensaban que Carrie no se enteraba si maldecían en una lengua extranjera, pero Carrie había oído y recordado las palabras y en aquel momento imprecaba con todas ellas a la yegua.

Cuando pensaba que se le iba a romper la muñeca, la yegua cesó en su lucha e inició de nuevo el ascenso de la montaña. Al empezar Carrie a moverse hubo un fuerte relámpago, lo que le permitió ver a Josh en su caballo, parado en una loma y observándola. Pese a todas sus afirmaciones de que no se detendría a esperarla, eso era precisamente lo que estaba haciendo. No estaba segura, pero le pareció que le dirigía un ademán de aprobación antes de ponerse otra vez en marcha.

Una vez alcanzaron la cima de la montaña se puso a llover furiosamente, una lluvia tan fría como sólo puede serlo en las grandes altitudes. Carrie estaba empapada al cabo de unos minutos. En la misma cima de la montaña la esperaba Josh; o más bien se encontraba mirando en derredor suyo, como si tratara de decidir qué camino tomar.

—¿Dónde están las serpientes? —le gritó Carrie—. ¿Las ha visto usted con Tem?

Era una pregunta que debía haber hecho antes.

La miró el tiempo suficiente para asentir una vez con la cabeza y luego, sacudiendo levemente las riendas, se dirigió hacia el oeste. Carrie le siguió muy de cerca, portándose la yegua ya dócilmente. Al cabo de unos minutos, Josh se detuvo, desmontó y se quedó mirando hacia lo que parecía ser un enorme montículo de roca que tenían enfrente. En el centro de la roca había una grieta que iba ensanchándose a medida que descendía. Josh caminó hacia la roca y Carrie comprendió que allí debía de ser donde él y Tem habían visto las serpientes.

Con la lluvia azotándoles la cara, Josh llegó junto a Carrie y, al respingar el caballo, le puso una mano en la pierna.

—Si algo me ocurriera, encuentre a Tem —le gritó.

Ella asintió, con la lluvia cayéndole por el rostro, y observó en silencio a Josh dirigirse hacia la grieta en la roca. En el mismo momento de alcanzarla encendió una cerilla, protegiendo con su sombrero la llama de la lluvia y el viento. Luego, se inclinó hacia la grieta.

Se podía oír por encima de la lluvia el siseo de las serpientes. También pudo ver a la luz de la cerilla los culebreantes cuerpos dentro de la roca y contuvo el aliento cuando Josh dio un paso adelante. Luego respiró hondo al verle retroceder a la zona de seguridad.

—No está ahí —gritó Josh—. Voy a registrar la zona. Quédese aquí.

Carrie no estaba dispuesta a quedarse donde estaba. No entraba en sus planes convertirse en una mujer inútil, sentada en un caballo y esperando. El hermoso semental de Josh permanecía quieto y con las riendas sueltas, sin importarle los relámpagos ni la presencia cercana de las serpientes, pero Carrie sabía que su yegua no seguiría su ejemplo. Desanduvo un trecho del camino recorrido, hasta que el ruido de las serpientes fue tan lejano que no podía oírse, y ató con firmeza el animal a un enorme pino.

Luchando contra el viento y protegiéndose con una mano los ojos de la lluvia, volvió junto a Josh. Él la agarró por los hombros.

—Le dije...

—¡No!

Parecía la respuesta más apropiada a lo que Josh estaba diciendo, así que Carrie se la gritó con fuerza a la cara.

Josh no perdió un tiempo precioso discutiendo con ella.

—¡Allí! —le gritó a su vez—. Busque entre esos árboles.

Carrie se apartó de él y entró en el bosquecillo. Empezó a andar en círculos cada vez más amplios, consciente, a cada paso que daba, de lo inútil de su búsqueda. Tem podía encontrarse inconsciente y tan sólo a unos pocos pasos de ellos sin que fueran capaces de oírle o verle con la lluvia y el viento. ¿Y cómo era posible que dos personas registraran toda la montaña? Incluso cuando apareciera la gente de Eternity no serían capaces de registrar cada roca y cada árbol. Y pasarían horas antes de que llegaran los de la ciudad, porque no creía que lo hicieran por el camino que ella y Josh habían tomado. Nadie en sus cabales seguiría semejante camino.

Chilló al ponerle Josh una mano sobre el hombro. Se

volvió y comprobó, a la luz de un relámpago, que él estaba pensando exactamente lo mismo que ella, que era inútil, que la única manera de encontrar a Tem sería por casualidad.

—Voy a subir —gritó Josh, señalando hacia el montículo en el que estaban las serpientes.

Ella hizo un gesto de asentimiento y luego reanudó su búsqueda. Pero un instante después le llegó un agudo silbido que sabía que era de Josh. Echó a correr en su dirección, trepando por las rocas, arañándose las manos y resbalando.

Josh se encontraba de pie junto a un arrecife y cuando Carrie llegó junto a él le enseñó algo que tenía en la mano.

Se trataba de un trozo de tela azul y se dio cuenta inmediatamente de que pertenecía a la camisa de Tem.

Josh dio media vuelta y empezó a trepar de nuevo, con Carrie pisándole los talones. En la parte superior de la roca había una arista que daba al vacío. Hasta una profundidad de muchos, muchísimos metros no podían ver otra cosa que oscuridad.

—El río —gritó Josh señalando hacia el oscuro vacío.

Por primera vez se quedó helada. Aquel trozo de tela demostraba que Tem había estado por allí; y, en caso de haber caído, lo hubiera hecho en aquel barranco.

Josh siguió caminando y Carrie se quedó allí, mirando hacia abajo, a aquella negrura. Al iluminarse la escena con un nuevo relámpago, se dio media vuelta y lanzó un grito ante lo que vio.

Josh estuvo a su lado en cuestión de segundos.

—¿Qué pasa?

Carrie señaló hacia la oscuridad.

Un nuevo relámpago y Josh la vio también. Por un instante Carrie pensó que aquella criatura era fruto de su imaginación, porque se trataba de alguien insignificante que no tendría más de seis o siete años, pero que se asemejaba más a un extraño tipo de animal que a una niña. A pesar de la copiosa y fuerte lluvia, tenía el pelo de punta, formando una masa enredada y abundante, e iba vestida con una desgarrada y primitiva indumentaria de piel y estaba descalza.

Adelantándose a Carrie, Josh avanzó en dirección a la niña, pero al llegar un nuevo relámpago la criatura había desaparecido.

—¿Dónde está? —gritó Josh en la oscuridad, con la lluvia azotándole el rostro—. ¿Dónde está?

Carrie se acercó a él, puso las manos en sus hombros y apoyó la cabeza en su espalda.

A la luz de un nuevo relámpago, la niña apareció de nuevo allí. Esa vez Josh corrió prácticamente tras ella, pero era demasiado esquiva para poder alcanzarla.

—Sabe dónde está Tem —gritó Josh—. Sé que lo sabe.

Con el relámpago siguiente volvió a aparecer la niña, al borde mismo del arrecife y tan cerca que Carrie contuvo aterrada el aliento. A la luz del relámpago la niña señaló y lo hizo directamente a la parte baja de la pared del arrecife.

—¿Es Tem? —gritó Josh, y la niña asintió con la cabeza antes de que se la tragara la oscuridad.

—Voy a bajar —dijo Josh, volviéndose hacia Carrie—. Quédese aquí y espéreme. Voy a por la cuerda. No se mueva de aquí.

Segundos después descendía por la rocosa pendiente; unas veces, corriendo y otras, deslizándose; hasta que llegó junto a los caballos y el equipo.

Carrie se quedó clavada donde estaba, temerosa de dar siquiera un paso por miedo a perder el lugar que la niña había señalado.

Cada vez que había un relámpago trataba de descubrir a la niña, pero no la veía. Sin embargo, tenía la seguridad absoluta de que la chiquilla se encontraba cerca y los observaba.

Josh subió de nuevo por la roca con la cuerda enrollada al brazo, pero cuando eligió un árbol para atarla Carrie gritó:

—¡No!

—¡Voy a bajar!

A Carrie le costó hacerle comprender que no protestaba porque se dispusiera a bajar, sino por el nudo que estaba utilizando para atar la cuerda al árbol. Se la quitó de las manos y la ató rápida y expertamente con un solo nudo, hizo una lazada y la ató de nuevo. Resultaba tan difícil hablar que no lo hizo, pero con gestos le indicó a Josh que ayudaría a subir la cuerda cuando volviera con Tem.

Josh comprendió lo que estaba haciendo y la miró de una forma como jamás la había mirado: con admiración y agradecimiento.

Sujetando la cuerda se dirigió al borde del risco y empezó a descender. Actuaba como si lo hubiera hecho infinidad de veces antes y supiera exactamente lo que estaba haciendo.

Carrie permanecía arriba, de pie, escudriñando para tratar de verle, con el oído atento por si silbaba.

Al cabo de unos minutos, Josh trepó de nuevo por la cuerda con la agilidad del mejor de los estibadores, y Carrie se preguntó si alguna vez habría navegado en un barco.

La expresión de su rostro era gozosa, tan gozosa como nunca se la viera Carrie antes, y entonces supo a ciencia cierta que Tem se encontraba bien. Por su cara cayeron mezcladas lágrimas y lluvia.

—Está ahí y está vivo, aunque inconsciente. Tengo que sacarle —dijo Josh, gritando junto al rostro de ella—. He de hacer una especie de parihuelas.

Carrie supo al punto que le estaba pidiendo consejo,

que suplicaba su ayuda. Se puso desesperadamente a tratar de recordar lo que había llevado con ellos. ¡No podían bajar de nuevo para buscar algo con lo que hacer unas parihuelas en las que llevar un niño inconsciente! Los sacos de lona que llevaban consigo no eran lo bastante fuertes para sostener a un chiquillo robusto, y tampoco tenían cuerda suficiente.

—De repente, Josh alargó la mano, se la puso a Carrie en la cintura y tanteó alrededor de su estómago como en busca de algo.

Carrie necesitó un momento para comprender, y entonces sonrió. Sí, su corsé. De inmediato, ayudada por los dedos ágiles de Josh, se desabrochó la blusa, la sacó de los pantalones y Josh, siempre con mano experta, le ayudó a soltar los cordones del corsé. Una vez que Josh lo tuvo en sus manos lo extendió y frunció el ceño ante lo reducido de su tamaño, porque no estaba seguro de si sería lo bastante grande para rodearle a él y al niño.

Carrie se desató la correa de los pantalones, se la dio a Josh, se quitó los pantalones y se los entregó también, indicándole que podía atar las perneras alrededor del cuerpo inerte de Tem.

Josh asintió y, envuelto en casi toda la ropa de ella, tomó la cuerda y se dirigió al borde del risco, con Carrie a su lado.

—Cuando lo tenga silbaré y entonces tire de la cuerda. ¿Entendido?

—Sí —le gritó Carrie.

Al borde del risco Josh se detuvo. Carrie sabía lo que le pasaba por la mente, sabía lo que sentía, porque ella sentía lo mismo. Como si siempre hubieran sido amigos y amantes, se inclinó hacia él, le besó y susurró junto a sus labios:

—Buena suerte.

—Hasta pronto —contestó él, y un instante después había desaparecido detrás del risco.

Carrie no podía ver nada y estaba segura de que el tiempo que Josh pasara allá abajo sería el más largo de su vida. Se asomó por el borde e intentó ver u oír algo. Se tumbó en el suelo enlodado, sin tener en cuenta que ya sólo llevaba las botas, los calzones hasta la rodilla y la camisa. El fino algodón no la protegía en modo alguno contra el frío y la humedad, pero se había olvidado de la tormenta, demasiado atenta a lo que pasara allá abajo para preocuparse de sí misma.

Al cabo de lo que le pareció mucho, muchísimo tiempo, oyó un silbido y, rezando una corta plegaria de gracias, corrió hacia el árbol y agarró la cuerda. Era joven y también fuerte y decidida. En otro momento acaso no hubiera tenido fuerza suficiente para tirar como lo estaba haciendo en ese instante, pero saber que Tem y Josh estaban en el otro extremo de la cuerda la inducía a hacer acopio de todas sus fuerzas.

Hubo un instante en que pensó que alguien la estaba ayudando a tirar, aunque al mirar hacia atrás no vio a nadie. Pero entonces hubo un nuevo relámpago y Carrie estuvo a punto de lanzar un chillido a la vista de un viejo, un hombre con ropas de cuero remendadas y sucias incluso bajo la lluvia, en pie, detrás de ella y tirando. Reprimió el grito que le afloraba a la garganta, le dio las gracias con un movimiento de cabeza y siguió tirando.

Al cabo de una espera interminable vio aparecer la cabeza de Josh. Contuvo el aliento. Luego, al salvar él el risco, pudo ver que llevaba a Tem sujeto por delante con el corsé, los pantalones de hombre y las mangas de la camisa de Josh.

Soltó la cuerda, corrió hacia ellos y abrazó frenéticamente a Tem. Por lo que podía ver de él no parecía estar vivo. Volvió a la oscuridad y no vio a nadie, aunque sabía que el viejo y la niña seguían allí.

—¿Adónde podemos ir? Por favor, ayúdennos.

Hubieron de esperar a la luz del segundo relámpago y entonces vieron a la chiquilla que señalaba en dirección este. Sin la menor vacilación, Josh y Carrie empezaron a descender a trompicones por la vertiente rocosa, en dirección a los caballos. Josh llevaba a su hijo firmemente sujeto, como si se tratara de algo frágil y valioso, como así era precisamente.

Llegaron junto a los caballos y Josh dejó a Tem a cargo de Carrie, que se tambaleó bajo el peso del niño, pues era casi tan alto como ella. Josh montó y alargó los brazos para recibir a su hijo, a quien fácilmente acomodó en la montura delante de él. Carrie corrió hacia la yegua, tiró de las riendas para soltar el nudo y montó.

La niña se les apareció todavía dos veces antes de que encontraran la gruta. Cuando Josh hubo desmontado con Tem en los brazos, Carrie condujo a ambos caballos hasta la entrada de la gruta.

El suelo era arenoso y había leña seca amontonada contra una de las paredes. Carrie pudo ver al fondo un montón de lo que parecían mantas. Había también una vieja cafetera y media docena de recipientes. Aunque era una gruta, parecía como si se utilizara para alojamiento de invitados.

—Quítele la ropa mojada y abríguele bien mientras enciendo una hoguera —dijo Josh.

Carrie se apresuró a obedecerle. En cuestión de segundos le quitó a Tem la ropa empapada, pero antes de envolverle en una manta seca le examinó para comprobar hasta qué punto estaba malherido. No tenía ningún hueso roto, pero sí heridas por todo el cuerpo y un corte a un lado de la cabeza. Y sobre todo parecía estar helado.

Le envolvió en dos mantas, cubriéndole también la cabeza, le atrajo hacia sí y empezó a frotarle la espalda y los costados.

Josh se acercó y llevó a Tem junto al fuego, sobre el

que había colocado la cafetera con agua de lluvia y un puñado de té de Carrie.

—Quítese esa ropa mojada —le ordenó Josh.

Entonces fue cuando Carrie se dio cuenta de que estaba casi tan helada como Tem. Retrocedió al fondo de la gruta, se quitó la ropa y se envolvió en una manta. Luego, se reunió con Josh y con Tem.

Josh mantenía a su hijo apretado contra el pecho, como si de esa manera pudiera infundirle vida, y mientras Carrie los observaba Tem parpadeó.

—Quiero que me hables, Tem —le pidió Josh.

El niño abrió perezosamente los ojos y sonrió a su padre.

—Me caí. Vi a la niña salvaje y me caí.

Josh miró a Carrie. La pobre niña debía de sentirse culpable por haber asustado a Tem.

—Todo va bien. —Josh acarició el cabello mojado de su hijo—. Ahora estás a salvo y fue la niña salvaje quien nos dijo dónde encontrarte.

—No cogí una serpiente.

—Me alegro de que no lo hicieras.

El crío volvió la cabeza, miró a Carrie y, luego, de nuevo a su padre.

—La has traído.

—No quiso quedarse en casa. —Sonrió a su hijo—. Espera a ver los nudos que sabe hacer. Fantásticos.

Tem cerró los ojos.

—¿Crees que Carrie es la mejor persona del mundo? ¿La más maravillosa?

—En este momento así lo creo.

Tem sonrió y al cabo de un momento se quedó dormido.

Carrie se acercó más a ellos y acarició la frente de Tem.

—Todavía está frío al tacto. —Levantó la vista y vio

que le caía sangre por un lado de la cabeza. Alargó la mano hacia la herida, pero él se la apartó—. Más vale que se ponga algo seco. Allí hay más mantas. —Al mostrarse Josh vacilante, Carrie añadió—: Me ocuparé de él. No tiene que preocuparse.

Por un instante no estuvo segura de que Josh fuera a confiarle la valiosa carga de su hijo, pero se sentó junto al fuego y Josh depositó en sus brazos a Tem. Ella pensó que acaso fuera el regalo más preciado que jamás le hubieran hecho y desde luego la mayor muestra de confianza por parte de Josh.

Mientras Carrie se ocupaba de Tem, Josh se desnudó detrás de ella y se envolvió en una manta. Se acercó a los caballos y los desensilló, pero la manta se le escurría continuamente, así que lanzó un juramento y se la anudó a la cintura.

Carrie sonrió a la vista de su espalda desnuda, fuerte y musculosa. Era posible que sus labores en el campo fueran pésimas, pero le habían fortalecido los músculos. Josh dejó caer las monturas junto al fuego, y luego, recogió las bolsas de comida y sacó un gran trozo de tocino.

—Debí haber traído una cazuela —comentó Carrie en un tono de culpabilidad—. No sé qué tenía en la cabeza.

Josh sacó un cuchillo de la bolsa de la montura y empezó a cortar el tocino en lonchas.

—Puedo cocinarlo con un palo. —La miró con cara de guasa y añadió—: O tal vez pueda hacerlo usted con sus juramentos.

Carrie sintió que se sonrojaba y bajó la vista hacia Tem.

—No sabía que me hubiera oído.

—Probablemente lo oyeron incluso en Eternity.

Carrie se echó a reír.

—Esa yegua quería bajar de la montaña y yo quería subir.

—Es un poco perezosa y se asusta fácilmente. —Sostenía un trozo de tocino en la punta de un palo y observaba cómo se freía—. Sinceramente, no creí que lograra hacerla subir.

—Y ése fue el motivo de que me la diera. Quería que me hiciera bajar de nuevo la montaña.

—Reconozco que esa idea pasó por mi mente.

Carrie no dijo nada, no era necesario hacerlo. Josh no había querido que la acompañara, pues pensaba que sería un estorbo, de manera que le dio un caballo al que supuso que sería incapaz de dominar. Pero sí que consiguió dominarlo, y además le fue de una ayuda valiosísima cuando encontró a Tem.

—No habría podido subirlo sin usted —reconoció en voz baja—. Si no hubiera venido, yo no sé lo que habría hecho.

—Se las hubiera arreglado —le quitó importancia Carrie, aunque se sintió muy complacida por el cumplido. Le observó durante unos momentos, mientras freía el tocino—. Por cierto, se mostró muy habilidoso al quitarme el corsé —añadió en un tono de indignación burlona—. ¿Tiene mucha práctica con los cordones de los corsés?

Josh no la miró, concentrada toda su atención en el fuego.

—Me las compongo mejor con los corsés que con el maíz.

Carrie sonrió, porque por primera vez Josh parecía burlarse de sí mismo.

—¿Dónde ha aprendido tanto... ? Me refiero, naturalmente, a los corsés.

—Desde luego no en el mismo lugar donde aprendí sobre el maíz.

Carrie frunció el entrecejo, porque Josh no le había dicho nada.

Después de poner tres lonchas sobre una rebanada de pan, Josh llenó un recipiente con té hirviendo.

—Despiértele. Quiero que se tome esto.

Carrie hizo sentarse a Tem, aunque no le fue fácil, ya que mientras le sostenía se le habían dormido los brazos. El niño estaba cansado y soñoliento y no tenía la menor gana de despertarse, pero ni Carrie ni Josh le permitieron seguir durmiendo.

Se bebió tres recipientes de té caliente, se comió el enorme bocadillo, se acurrucó junto a Carrie y se durmió de nuevo. Sentada a su lado, ella le acarició la frente, mirándole sonriente.

—Sólo cuando estás a punto de perder a un niño llegas a comprender lo insignificante que es cuanto te rodea —comentó.

Miró en dirección a Josh y vio que él la contemplaba desde el otro lado de la hoguera. Estaba friendo más tocino para ellos dos. Con la lluvia aislándolos del exterior y todo a oscuras, salvo el trecho iluminado por la hoguera, resultaba muy íntimo estar allí los dos juntos. La luz del fuego iluminaba el pecho desnudo de Josh.

—¿Quién cree que es esa chiquilla? ¿Y vio al viejo? Él fue quien me ayudó a tirar de la cuerda.

—No llegué a verle, pero supongo que se trata de Starbuck. Nunca he hablado con nadie que le haya visto realmente. Es un ermitaño.

—¿Y la niña?

—No lo sé. Jamás he oído hablar de ella, pero, claro, no hace mucho tiempo que estoy en Eternity.

Carrie le observó poner el tocino sobre el pedazo de pan.

—Tal vez su hermano lo sepa.

—Tal vez —dijo Josh, con un tono que ponía punto final a la conversación.

Le alargó un bocadillo y un recipiente con té muy cargado.

—¿Dónde estaba antes de venir a Eternity?

Carrie vigilaba su expresión y estaba segura de haber visto contraerse su rostro, durante un instante fugaz, por un ramalazo de dolor. ¿Qué habría hecho para provocar semejante reacción? ¿Qué habría hecho que le obligaba a mantener en secreto su pasado? Carrie sabía bien que sus hijos habían sido aleccionados para no revelar nunca de dónde procedían y dónde habían estado. La pobre Dallas se sentía tan confusa sobre lo que podía o no podía decir que a veces creía que no debía hablarle de los hermanos de Carrie a la propia Carrie.

—He estado en muchos lugares —se limitó a decir Josh, y Carrie supo a ciencia cierta que no añadiría nada más.

La intimidad había quedado rota, porque de esa manera le recordaba que era una extraña. Aunque a veces Carrie al mirar a los niños no fuera capaz de imaginarse la vida sin ellos, sabía que Josh no sentía lo mismo respecto a ella. Para él se trataba de alguien que se iría pocos días después, y no estaba dispuesto a compartir ningún secreto.

Comió en silencio, con la vista fija en el fuego y abandonando sus intentos de mantener una conversación. Se castigó a sí misma por haber abrigado la esperanza de que, al haberle ayudado cuando lo necesitaba, Josh reconociera que la había juzgado mal. ¿Le diría que, después de todo, no era una cabecita loca? En primer lugar, si no hubiera ido a Eternity haciéndole una jugarreta a Josh, Tem no se habría ido a buscar serpientes y Josh no hubiera tenido que descender a un barranco y...

—¿No cuenta esta noche historias sobre sus hermanos?

Carrie sabía que Josh trataba de hacer más llevadero el silencio entre ellos, pero no le sirvió de consuelo.

—¿Por qué no me habla usted del suyo, de su hermano? —propuso ella, en un tono más sarcástico de lo que pretendía.

Josh fijó la mirada por un instante en el fuego.

—Es el mejor granjero del mundo. Maíz perfecto, las mejores remolachas. Todo recto, incluso los surcos. No creo que insecto alguno se atreva a atacar sus plantas.

—¿Por qué tiene él su caballo?

No era necesario que a Carrie le dijeran que el semental negro era el caballo de Josh. Un hombre y un caballo no se compenetraban tan bien como Josh y ese animal, a menos que hubiesen pasado mucho tiempo juntos y hubieran aprendido a confiar el uno en el otro.

—Se lo vendí —contestó Josh en voz baja—. O más bien se lo entregué como pago parcial de la granja.

Carrie intentó disimular su ceño fruncido al oír aquello. No alcanzaba a comprender cómo alguien podía ser capaz de quedarse con el caballo de su hermano, cualquiera que fuese el motivo. Tenía ganas de hacer más preguntas, pero se abstuvo porque sabía que recibiría un nuevo bufido.

Al cabo de otros interminables minutos de silencio, Josh se puso de pie y se acercó a ella.

—Pronto se hará de día, así que más vale que durmamos un poco.

Carrie bostezó.

—Sería capaz de dormir durante toda una semana.

Al observar que Josh la miraba de manera extraña mientras se desperezaba, se dio cuenta de que la manta se le estaba escurriendo. Empezó a ceñírsela más sobre los pechos, pero se detuvo porque en realidad no le importaba. Él había decidido rechazarla y seguía haciéndolo, no al revés.

Se tumbó sobre el suelo arenoso junto a Tem, le rodeó con los brazos, cerró los ojos y los volvió a abrir cuando Josh se dejó caer al otro lado del niño. Carrie miró fijamente a los ojos oscuros de su marido y olvidó su enfado. Alargó el brazo e inició una caricia en la herida que Josh tenía en un lado de la cabeza.

—No lo haga —murmuró él, como si le doliera.

Carrie no retiró la mano de donde la tenía y le acarició la sien.

Josh la miró todavía durante un momento, tan cerca y, sin embargo, tan lejos; luego, se volvió y le dio la espalda. Carrie sintió muy a pesar suyo que los ojos se le llenaban de lágrimas amargas al verse así rechazada.

—Buenas noches —dijo, con el tono más neutro que le fue posible.

Josh no contestó.

9

Carrie despertó con una sonrisa. Estaba caliente y seca y sabía que Tem se encontraba a salvo junto a ella y que sobre su mejilla había una mano cálida. Con los ojos todavía cerrados se volvió hacia aquella mano.

—Carrie —musitó Josh, y ella abrió lentamente los ojos.

Estaba vestido y arrodillado junto a ella, tocándola. En la gruta hacía frío y aunque la lluvia había parado, el exterior seguía estando oscuro. Al sonreírle a Josh, éste retrocedió con brusquedad.

—No muerdo —advirtió ella, medio en sueños, y sacó de debajo de la manta el brazo desnudo—. ¿Está todo bien?

—Tengo que localizar a los que están buscando, para decirles que Tem está a salvo.

Al oír aquello, Carrie abrió los ojos de par en par.

—Me olvidé completamente de ellos. ¿Cree que han estado buscando toda la noche?

—Si conozco bien a mi hermano, no habrá ido a la ciudad hasta que haya cesado la lluvia. No va a andar mojándose sólo porque un niño se haya perdido.

Carrie le miró incrédula, pero la expresión de Josh le reveló que no contestaría a la pregunta que le ocupaba la mente. Ya había descubierto que no pensaba responder a nada relativo a su hermano.

—Quiero que se quede aquí con Tem. Yo volveré en cuanto haya encontrado a los que le están buscando. —Vaciló un instante—. ¿Querrá hacerlo?

Carrie se echó a reír.

—Yo obedezco cuando las órdenes son dignas de ser obedecidas.

Josh le dirigió una leve sonrisa.

—Cuando sus hermanos capitanean sus barcos y los marineros desobedecen porque no creen que se trate de órdenes que merezcan ser obedecidas, ¿qué hacen sus hermanos?

Carrie se quedó mirándole con inocencia burlona.

—No esperará de mí que sepa todo lo que ocurre en el barco de un hombre, ¿verdad? Creo que me sentiría herida en lo más profundo de mi ser si hubiera de decirle algo semejante.

Al hacerle Josh una sonriente mueca, atractiva y cálida, que descubría sus hermosos dientes blancos, Carrie se dijo que sería capaz de desfallecer ante su sola presencia. Estaba segura de que en la Tierra no había un hombre más guapo que el señor Joshua Greene. Se incorporó sobre los codos.

—¿Acaso cree, Josh... ? —empezó a decir.

Él le puso los dedos sobre los labios para hacerla callar y los retiró de inmediato, como si se hubiera abrasado.

—Espere aquí y mantenga caliente a Tem.

Carrie asintió en silencio y un instante después Josh había desaparecido.

Cuando se levantó para vestirse vio que Josh, antes de irse, mientras ella y Tem todavía dormían, había atizado el fuego y echado más leña. También tuvo la precaución de llenar la cafetera con agua y té y ponerla a hervir. Carrie sonrió mientras llenaba de té uno de los recipientes. Tal vez no fuera un granjero formidable, pero sabía ocuparse de la gente y también trepar por una cuerda arriba y abajo durante una tormenta, y sin olvidar lo bien que montaba; y, sobre todo, sabía querer.

—A mí me vendría bien un poco de ese amor—dejó oír en voz alta mientras se ponía en pie y se encaminaba a la entrada de la gruta para ver amanecer.

Era casi mediodía cuando Josh, Carrie y los dos niños, además de *Chu-chú* se encontraron reunidos de nuevo en su bonita y pequeña casa. La señora Emmerling había estado allí y se había ido, así que la casa estaba limpia como una patena y había preparados bocadillos de jamón. En el fuego había también una marmita con sopa de guisantes hirviendo a fuego lento y en el horno dos grandes tartas de manzana.

—Estoy hambriento —dijo Tem.

Durante el camino de regreso de la montaña, Josh había mantenido a su hijo apretado contra su pecho, como si no pudiera creer que el niño se encontraba sano y salvo. Pero en aquel momento se le quedó mirando con expresión severa.

—Tú y yo vamos a tener una pequeña charla.

Tem le miró con desconfianza.

Carrie se llevó afuera a Dallas mientras ellos dos «discutían» sobre lo que el chiquillo había hecho.

Carrie y Dallas permanecieron sentadas bajo un árbol con *Chu-chú*, con la muñeca de la niña y con un montón de pan con mantequilla y sendos cuencos de leche fresca. Carrie no dejaba de volver la vista hacia la casa.

—¿Crees que tu padre..., bueno, ya me entiendes?

—¿Que si le zurrará la badana a Tem? —preguntó Dallas, sin una gran preocupación.

—¿Dónde has oído semejante expresión?

—El tío Hiram dice que eso es lo malo que nos pasa a

nosotros. Dice que papá debería sacudirnos a menudo y que nos haría mucho bien.

—¿De veras dice eso? —El tono de Carrie era desafiante—. ¿Y vuestro padre qué dice?

—Papá no habla mucho con el tío Hiram. No hace más que quedarse sentado y escuchar. —Bajó la voz—: Me parece que papá odia a tío Hiram.

Carrie abrió la boca para decirle a Dallas que estaba segura de que Josh no odiaba a su propio hermano, pero le fue imposible afirmar semejante trivialidad. Por lo que había oído sobre el hermano de Josh, hasta ella le odiaba ya.

—¿Pegará tu padre a Tem?

Dallas dirigió a Carrie una sonrisa tan socarrona como la de un adulto.

—Nanay. Papá no podría pegarnos. Sólo habla muchísimo.

De pronto Carrie se echó a reír. Su propio padre se hubiera muerto antes de pegar a uno de sus hijos. Claro que la mayoría de la gente era del mismo parecer que Hiram y pensaban que ella, sus hermanos y su hermana se hubieran beneficiado a veces con una buena azotaina, pero eso jamás ocurrió.

Cuando finalmente Josh salió de la casa con Tem a la zaga, éste parecía encontrarse bien, pero su padre daba la impresión de que se sentía infeliz. Carrie comprendió que Josh se había dado plena cuenta de lo cerca de la muerte que había estado su hijo, mientras que, por su parte, Tem estaba empezando a considerar que lo ocurrido no era más que una aventura.

—Declaro fiesta el día de hoy. Nada de matar bichos del maíz ni de hacer cualquier cosa que debiéramos hacer —dijo Carrie, y enlazó su brazo con el de Josh y le sujetó con fuerza cuando él intentó apartarse.

Josh la miró con ironía.

—Para usted todos los días son fiesta.

—Gracias. Creo que este cumplido puede ser el más encantador que he recibido.

Se desvaneció la expresión hiriente del rostro de Josh y sonrió.

—Está bien, usted gana. Nada de animalejos hoy. Ni de cizaña. —Al bajar la vista hacia Carrie su mirada era burlona—. Y para usted nada de lavar platos, fregar suelos o hacer la colada. Por una vez podrá hacer lo que le plazca. Puede sentirse tan perezosa como quiera.

A Carrie no le gustó la insinuación de que llevaba una vida de constante frivolidad.

—No creo ser perezosa —replicó con tono dolido, pero entonces se dio cuenta de que él estaba bromeando.

Levantó la mano para golpearle en el pecho y Josh dio un ágil salto y se alejó de ella, por lo que Carrie corrió tras él para pegarle, aunque sin lograr darle alcance. Un minuto después los dos se estaban persiguiendo como niños mientras Tem permanecía en pie sonriendo, Dallas batía palmas entre carcajadas y *Chu-chú* ladraba excitado.

Carrie no pudo alcanzarle, pero al intentar golpearle una vez él la evitó, la sujetó con los brazos por la espalda y forcejeó para inmovilizarle los brazos a los costados.

—No soy perezosa —protestó ella, luchando por soltarse.

—Es usted la persona más perezosa que jamás he conocido —afirmó Josh.

Sin pensar en lo que hacía le mordió el lóbulo de la oreja y antes de darse cuenta la estaba besando en el cuello. Carrie dejó de forcejear y se dejó caer contra él, cerrando los ojos extasiada.

Fue en ese mismo instante cuando *Chu-chú*, que no entendía lo que le estaban haciendo a su ama, mordió a Josh en la pierna.

Carrie pasó en un instante de sentirse encantada con aquellos besos a oír un grito que casi le desgarró el tímpano. Josh la soltó, quejándose de dolor, y ella pudo verle lanzarse en persecución del perro con las manos como garras.

—¡Corre, *Chu-chú*! —le gritó Dallas.

Cuando Josh pilló al perrito y aseguró que iba a retorcerle su escuálido cuello, los dos niños se abalanzaron sobre su padre intentando derribarle. Josh soltó al perro y cogió a sus dos hijos en brazos y empezó a hacerles girar. *Chu-chú*, que al parecer creyó que estaba haciendo daño a los niños, atacó de nuevo a Josh, quien, sujetando todavía a los chiquillos, volvió a correr tras el perro.

Esta vez fue Carrie la que se lanzó sobre Josh y los cuatro cayeron al suelo amontonados, mientras Josh gritaba que eran demasiado pesados para él y que iban a aplastarle. Dallas empezó a reírse, contagiando a Tem y, finalmente, a Carrie. Josh rodaba y rodaba, con los tres entre sus brazos, procurando al mismo tiempo protegerlos del áspero suelo.

Cuando hubieron rodado lo suficiente hasta alcanzar el lindero del bosque, se quedó tumbado boca arriba, agitando en alto los dos brazos y declarando que habían acabado con él, que se estaba muriendo.

Carrie, que con los dos niños estaba a medias sobre Josh y a medias en el suelo, se dio perfecta cuenta de que era un juego que habían practicado antes muchísimas veces.

—¿Qué haría que vivieses de nuevo? —exclamaron los niños al unísono, con voces palpitantes de felicidad al ver reír de nuevo a su padre.

—Besos —contestó rápidamente Josh, y los niños empezaron a besar las mejillas recién rasuradas de su padre, con húmedo entusiasmo.

—Tú también, Carrie —dijo Dallas.

Josh abrió los ojos.

—No creo...

No pudo continuar porque Carrie descargó todo su cuerpo sobre él y apretó los labios contra los suyos. Hubo de apartar a un par de críos para tomar absoluta posesión del cuerpo de Josh, pero lo hizo sin pensarlo un instante.

Carrie no tenía gran experiencia en besar, pero Josh suplió esa falta con la suya. Le puso la mano en la nuca, le hizo volver la cabeza y, al cabo de unos movimientos deliciosos, la enseñó a abrir la boca.

Jamás en su vida había sentido Carrie nada tan maravilloso como besar a Josh, y su entusiasmo compensó su falta de experiencia. Intentó rodearle con los brazos, pero al no poder levantarle le hizo rodar hasta quedar ella debajo, sin romper por un instante el contacto de los labios.

Le rodeó con los brazos, le apretó contra ella lo más fuerte que pudo y, cuando la punta de la lengua de Josh tocó la suya, gimió y procuró apretarle aún con más fuerza.

Josh se apartó de ella y Carrie lanzó una exclamación de protesta y abrió los ojos para mirarle. Tenía vuelta la cabeza y miraba a sus hijos, que se encontraban tumbados boca abajo a ambos lados de ellos, con la cabeza descansando en las manos mientras observaban en actitud interesada y con todo descaro cómo se besaban los mayores.

Carrie se dio cuenta de que se había puesto roja como un tomate.

—Creo que te gustan más los besos de Carrie, papá —observó Dallas, con el tono solemne de quien hace un descubrimiento científico.

Josh contestó rápido:

—Tenía algo de mermelada en la boca y estaba procurando quitársela.

—¿De la lengua? —preguntó Tem, escéptico.

Al oír aquello Carrie y Josh, que seguían enlazados, se echaron a reír.

—No sé cómo se puede llegar a tener dos hijos —refunfuñó Josh. Se separó de Carrie y le ofreció una mano para ayudarle a levantarse—. Después del primero se pierde toda intimidad.

—Porque el marido y la mujer duermen juntos —replicó Carrie, mirándole coqueta—. En la misma habitación y con la puerta cerrada.

Josh hizo una mueca sonriente.

—Usted gana. Todos vosotros ganáis. Bueno, me pareció haberle oído decir a alguien que Carrie es fenomenal pescando. ¿Una chica que sabe pescar? ¡Ja!

A partir de ese momento se hicieron y se aceptaron desafíos, los chicos contra las chicas. Carrie fue a buscar sus cañas de pescar, pero Josh declinó utilizar la elegante caña inglesa y dijo que él tenía la suya. Tem gruñó cuando su padre desenterró dos de las viejas cañas de bambú, con el aspecto más desastroso que jamás se hubiera visto.

—No podemos ganar con eso —protestó.

—Haremos trampas —le susurró Josh.

Tem pareció animarse ante aquella proposición.

Los cuatro juntos prepararon el almuerzo y, luego, se fueron al río y echaron sus cañas al agua, y casi al instante los peces mordieron en el anzuelo de Dallas. Una hora después, ellas tenían cuatro piezas y ellos ninguna, pero transcurrió una hora sin que consiguieran pescar más.

Fue Dallas quien descubrió lo que su padre estaba haciendo.

Cada vez que un pez merodeaba alrededor del anzuelo de Carrie o del suyo, Josh señalaba hacia el bosque como mostrando algo y mientras ellas miraban Tem arrojaba una piedra al pez. Con una agudeza desusada en una niña de esa edad, no proclamó lo que había visto. En cambio, la siguiente vez que un pez empezó a mordisquear en la caña de Carrie, Dallas chilló diciendo que una abeja la había picado, y mientras su padre se ocupaba de ella Carrie se hizo con el pez. Tuvo que simular tres ataques de abejas, de avispas y de un pájaro agresivo antes de que su padre se diera cuenta de lo que estaba haciendo. Tem se lamentaba amargamente y de continuo por tener que llevar chicas en una excursión de pesca masculina, pero cuando Josh comprendió que su hija de cinco años le había derrotado en su propio juego la levantó y le hizo girar en torbellino y riendo alegremente. Carrie y Tem les miraban consternados.

—Locos —sentenció finalmente Tem, y volvió de nuevo a su caña.

Ya por la tarde, Carrie y Dallas llevaban una ventaja de dos peces y se declararon a sí mismas ganadoras.

Josh y Tem se excedieron intentando encontrar excusas por no haber pescado tantos peces como ellas, y hablaron de sus cañas, de su cebo, de lo cansado que estaba Tem por el esfuerzo de la noche anterior, de la fatiga de Josh por tener que trabajar todo el tiempo y también de que no era la temporada buena de pesca. Y así una retahíla interminable.

Dallas, imitando a Carrie, oyó las excusas con los brazos en jarras.

—Dallas, preciosa, ¿no crees que los hombres son los peores perdedores del mundo? —dijo Carrie cuando finalmente los dos varones se quedaron sin aliento.

La niña asintió con gesto solemne, se agarró a la mano de Carrie y se encaminaron hacia la cesta del almuerzo, con los varones pisándoles los talones mientras seguían mascullando que no eran malos perdedores, sino que ellos..., bueno, ya se sabe.

Carrie permitió que los perdedores sirvieran el almuerzo a las ganadoras y tanto ella como Dallas lo pasaron en grande pidiendo que les dieran cosas que no podían conseguir.

Claro que a veces tenían que retroceder para alejarse de esas mismas cosas, pero su agradecimiento resultaba siempre halagador.

Una vez hubieron terminado de comer, Carrie sacó un libro recién publicado, que había comprado en Maine antes de irse.

Era *Alicia en el País de las Maravillas.* Les preguntó a los niños que si les gustaría que les leyera un poco y tanto ellos como Josh, tumbados en la manta que habían llevado consigo, asintieron somnolientos.

Pero no había leído más de dos páginas cuando los niños empezaron a mostrarse inquietos. Al preguntarles que si acaso querían hacer alguna otra cosa, los dos afirmaron que lo que querían sobre todas las cosas era oír la historia, por lo que se puso a leer de nuevo. Dallas y Tem empezaron a cruzarse miradas y a levantar los ojos al cielo. Carrie dejó el libro.

—¿Qué os pasa a vosotros dos? Y quiero la verdad. Nada de mentiras.

Pudo darse cuenta de que Tem no quería hablar, así que miró a Dallas.

—Papá lee mucho mejor —se limitó a decir la niña.

Aquel comentario la sorprendió y también hizo que se sintiera algo dolida, porque había leído con frecuencia libros a impedidos y a niños y casi siempre le decían que era la mejor lectora que habían conocido.

Más bien a regañadientes le tendió el libro a Josh.

—Por favor —dijo con voz que rezumaba sarcasmo—. Espero que sepa leer además de pescar.

Josh tomó el libro con una sonrisa que más parecía una mueca burlona. Desde el mismo momento en que empezó a leer, Carrie comprendió que estaba descartada toda competencia. Efectivamente, Josh sabía leer. No, no se limitaba a leer, recreaba la historia. Hacía que el oyente viera y oyera a Alicia.

Cuando Josh leía se podía ver, sentir y casi tocar al Conejo Blanco.

No conseguía descubrir cómo lo hacía. Algunos cuando leen en voz alta exageran las escenas, haciendo las voces de todos los personajes con tal entusiasmo que al cabo de un rato el oyente se siente cansado de escucharlos. Pero la interpretación de Josh de la historia era sutil, moldeando con su voz las palabras de manera que les daba vida, sin tropezar jamás y sin balbuceos, sin eludir en ningún momento una historia demasiado nueva para él por no haber tenido posibilidad de leerla antes.

Tumbada cómodamente sobre la manta y con los ojos bien cerrados, quedó hechizada por la historia, imaginándose todo cuanto oía de Alicia y de toda la gente que se encontraba en su extraña aventura.

Cuando Josh dejó de leer, hubiera querido suplicarle que siguiera. Abrió los ojos y se sorprendió de no encontrarse todavía en el jardín de la Reina Roja. También quedó asombrada al ver que estaba a punto de ponerse el sol y que Josh había estado leyendo durante toda la tarde y, sin embargo, no tenía la voz ronca ni su garganta parecía seca.

—Ha sido maravilloso —susurró cuando al fin logró volver al presente. Se dio media vuelta y le miró con los ojos brillantes—. Jamás oí a nadie leer así. Josh, es...

—¿El mejor? —preguntó anhelante Tem, como si su respuesta fuera de vida o muerte para él—. ¿Es papá la persona más fantástica de la Tierra?

Carrie se echó a reír. Era exactamente lo que le había preguntado a su padre la noche anterior respecto a ella.

—Casi —contestó—. Ciertamente es el mejor lector del mundo.

—Papá solía...

—¡Dallas! —interrumpió Josh con energía.

Carrie hizo una mueca al quedar roto el hechizo. Una vez más Josh le recordaba que era una extraña. Se puso en pie y empezó a guardar cosas en la cesta.

Josh pareció darse cuenta de su malestar, porque le puso una mano en la muñeca.

—Hay motivos, Carrie...

Ella le cortó en seco:

—No tiene nada que explicarme. —Su voz sonaba enfadada—. No formo parte de su familia ni de su vida, ¿lo recuerda? Dentro de dos días volveré junto a mi padre.

Casi se ahogó al decir aquello. Sólo tres días y abandonaría a su nueva familia para regresar a Maine.

Se alejó lentamente cuando él empezó a hablar de nuevo.

Regresaron juntos a la casa.

Los niños hablaban de la pesca, pero ya no era lo mismo desde que los adultos se habían quedado silenciosos.

Una vez en casa, Carrie puso la mesa y sirvió la sopa de guisantes de la señora Emmerling y el pan recién horneado.

—¿Podremos ir a pescar mañana? —preguntó Tem.

—Mañana es domingo —le contestó Josh muy serio.

Al oír aquellas sencillas palabras, Tem se quedó mirando su tazón y Dallas prorrumpió en llanto.

Esa explosión de tristeza hizo que Carrie se sintiera como Alicia en el País de las Maravillas.

—¿Tan espantoso es el domingo? No es posible que aborrezcáis tanto la iglesia, ¿verdad, niños?

—Nosotros no vamos a la iglesia —dijo tristemente Josh, sentando a Dallas sobre sus rodillas para secarle las lágrimas.

De súbito, aquello fue demasiado para Carrie. Golpeó la mesa con el puño cerrado.

—¡Ya estoy harta! ¡No soporto más secretos! ¡Exijo que alguien me diga por qué es tan horroroso el domingo!

Como si estuviera a punto de echarse a llorar Tem se lo explicó:

—Los domingos viene el tío Hiram a casa a comer y hace que todo el mundo se sienta triste.

—No es posible que un invitado a comer provoque

semejante tragedia. Y dudo mucho que pueda hacer que nos sintamos tristes si nosotros no queremos estarlo.

—Usted no puede entenderlo —intervino Josh en voz baja—. Hay cosas que no sabe. Nuestro... bienestar, el que sigamos juntos como una familia depende de la buena voluntad de Hiram.

Casi se ahogó con las últimas palabras.

—Ya veo. Y, naturalmente, no piensa contarme nada más, ¿verdad? —Hizo una pausa, pero Josh permaneció mudo—. Muy bien, entonces no preguntaré. ¿Le gusta comer bien a su hermano?

Dallas soltó una risita.

Y en aquel momento Tem se levantó de la mesa, hinchó las mejillas para que su cara pareciese gorda, unió las manos delante de él, como si tuviera una tremenda barriga, y empezó a caminar como un hombre gordo.

—¿Qué es esto, hermanito? —dijo con voz ronca—. ¿Alguna otra cosa que has cocinado? ¿Tal vez algunos parásitos de tu campo? ¿Es que no puedes hacer absolutamente nada bien? Mírame a mí. Tómame como ejemplo de cómo debe ser un hombre. Sé diferenciar lo bueno de lo malo. Yo mismo decidí lo que es bueno y lo que es malo.

Dallas se reía y Josh mostraba una sonrisa, pero Carrie miraba como hipnotizada a Tem, porque estaba segura de que aquella parodia de un hombre al que nunca había visto era perfecta. A través de ese remedo podía ver a aquel hombre con la misma claridad que si Tem hubiera crecido sesenta centímetros y pesara noventa kilos más. Se volvió hacia Josh.

—Es muy bueno, ¿no?

Él dejó a Dallas en el suelo y enarcó una ceja como diciéndole: si crees haber visto algo especial mira esto.

—Dallas, haz el pato.

Carrie observó; primero, maravillada y, luego, francamente regocijada ante aquella imitación de un pato.

Lo hacía perfectamente. Echó la cabeza hacia atrás para ahuecarse las plumas, anduvo con los pies hacia fuera e incluso puso tiesa la cola cuando su pato salió del agua.

Para no ser menos que su hermana, Tem se convirtió en una vaca. Luego, Dallas fue un pollito. Incapaz de soportar que su hermana atrajera tanta atención, Tem se puso a andar en círculos a su alrededor y al cabo de unos momentos se habían convertido en dos perros en su primer encuentro.

Tem se enderezó de pronto y, con los hombros echados hacia atrás, miró con severidad a Dallas.

—No me reiré, señorita Ricachona —manifestó con voz grave—. Somos una familia seria.

Carrie supo enseguida que estaba imitando a su padre; incluso tenía el porte de Josh, aquella manera altiva de andar, la mandíbula que podía mostrarse tan inflexible.

Dallas se puso delante de su hermano y le miró agitando las pestañas. Había dejado de ser una chiquilla para convertirse en una mujer coqueta y seductora.

—Los platos —dijo con voz de falsete—. Ya sé que están sucios. Los dejaremos, y cuando volvamos el Hada Buena los habrá limpiado.

Carrie se temía que Dallas la estuviera imitando y se convenció de ello al oír a Josh reír a carcajadas. Le miró por encima del hombro con una expresión que parecía decir: tú ríete, que ya lo lamentarás.

Se volvió de nuevo hacia los niños.

Carrie estaba asombrada, realmente asombrada con la representación de aquella hilarante parodia de ella y de Josh. Discutían sobre las cosas más insignificantes, provocando en los dos adultos una risa más bien nerviosa. Pero fue cuando los niños se pusieron a imitar cómo reaccionaban siempre que se tocaban, cuando ambos empezaron a carraspear intranquilos.

—Me has tocado el brazo —dijo Tem—. No puedo

soportarlo. Tengo que abrazarte, tengo que besarte. —Se llevaba continuamente la mano a la frente mientras atraía a Dallas hacia él, como un hombre que sufriera intensamente—. Pero no, no debo hacerlo, no puedo tocarte.

—Ah, por favor, tócame, mi apuesto caballero. Por favor —decía Dallas, mirando a Tem con ojos de adoración.

Carrie se volvió hacia Josh.

—Sus hijos son unos malcriados.

—Yo creía que eran nuestros hijos.

—En este momento no lo son. Ni mucho menos.

Él le dirigió una mueca sonriente y dio unas palmadas.

—Vamos, a la cama, mocosos. A la cama ahora mismo.

Los dos niños se fueron corriendo hacia la escalera, pero no sin hacer antes profusas reverencias, esperando la fuerte y larga ovación de la que se creían merecedores.

—Son unos chiquillos extraordinarios —comentó Carrie, una vez que se encontraron solos.

Josh, arremangándose, se dirigió al fregadero abarrotado de platos sucios.

—Le enseñaré a limpiar platos.

Carrie no llegó a estremecerse, pero estuvo a punto.

—Lo siento, pero esta noche no puedo. He de hacer unos encargos.

—Ahora no puede irse —protestó Josh, y se quedó callado a continuación, ya que sabía por experiencia que era inútil decirle lo que podía o no hacer—. ¿Adónde va?

—Voy a Eternity a preparar la comida más maravillosa que haya probado jamás su hermano. Y no diga una palabra sobre lo que yo puedo o no puedo hacer. Es usted el que no puede dar órdenes a alguien que no forma parte de su familia, a alguien con quien no comparte sus secretos.

Dicho lo cual y envolviéndose en su capa corta de lana, salió de la casa.

Josh se quedó mirando por un instante a la puerta y luego sonrió. Es toda una mujer, se dijo mientras volvía al fregadero.

—Y yo soy también al que te gustaría tenerla entera para mí —añadió en voz alta.

Sin dejar de sonreír evocó la actuación de Tem y de Dallas esa noche, consciente de que jamás los había visto tan felices, tan animados desde que su madre...

Interrumpió sus pensamientos y vertió agua en el barreño de los platos. No, no se iba a poner a pensar en la madre.

10

Cuando al día siguiente llegaron el hermano de Josh y su esposa para la comida del domingo, Carrie estaba tan nerviosa que temblaba de pies a cabeza. La noche anterior sólo había dormido cuatro horas, debido al mucho tiempo que pasó en Eternity organizando la comida. Josh la estaba esperando y le dijo bien claro que, a su juicio, pedirle a otras personas que se ocuparan de cocinar era el camino más fácil. Parecía creer que una mujer «de verdad» tenía que pasar el tiempo trajinando en los fogones.

Sin molestarse en contestarle, Carrie se fue a la cama y durmió hasta la mañana siguiente, cuando llegó la primera mujer con una fuente tapada. Para despertarla, Josh abrió la puerta de la habitación y dejó que los niños saltaran a la cama con ella.

Después de toda la algarabía, Carrie se levantó y se vistió. Luego, con la ayuda de los niños empezó a rebuscar en sus baúles. Para el mediodía tenía ya puesta la mesa con un mantel y servilletas de hilo irlandés, platos de porcelana de Francia y un centro de mesa georgiano de plata. Las fuentes y las bandejas, repletas de deliciosos bocados cocinados prácticamente por casi todas las mujeres de Eternity, eran de plata unas y otras de porcelana francesa.

—¡Caracoles! —exclamó Dallas, porque no recordaba haber visto jamás nada parecido a aquella mesa.

A la una en punto llegaron Hiram y su mujer, Alice, en lo que Carrie sabía que era un carruaje muy caro. Hiram era un hombretón con un estómago semejante a una repisa delante de él. Carrie miró a Tem y ambos sonrieron como conspiradores, porque era exactamente tal como el niño lo había representado.

Mientras Josh y los chiquillos permanecían en el hueco de la puerta con cara de circunstancias, ella, después de dirigirles una mirada de fastidio, se adelantó para saludar a Hiram y a Alice. Ésta era una mujer pequeña y delgada que probablemente no tenía tanta edad como aparentaba, pero su aspecto sí era el de la mujer más fatigada del mundo, tan cansada que Carrie sintió deseos de ayudarla a entrar en la casa e instalarla en una butaca.

Sonrió a ambos y siguió atravesando el patio con la mano extendida para darles la bienvenida. Pese a todas las advertencias de Josh respecto a que su hermano era una persona apabullante, Carrie no sentía temor ante nadie, ya que en su corta vida siempre la habían tratado con respeto y cariño.

Su familia era la más acaudalada de su localidad natal, de hecho eran muy pocos en el pueblo los que no trabajaban para ellos.

Y por encima de todo eso ella era bonita y generosa y además resultaba muy divertido estar con ella. Hasta que conoció a Josh, jamás se había topado con ningún hombre, mujer o niño a quien no le resultara simpática.

—Buenas tardes —saludó alegremente a Hiram—. ¿Puedo ayudarle en algo? —se dirigió a continuación a Alice.

La mujer miró a Carrie sobresaltada, como sorprendida de que alguien se hubiera dado cuenta de su presencia. La expresión cansada de su rostro se tornó en complacencia.

Hiram se echó para atrás y miró a Carrie de arriba abajo

de un modo insolente. Si ella hubiera estado en su casa y algún marinero de visita la hubiera mirado como lo estaba haciendo ese hombre, uno de sus hermanos o cualquiera de los empleados de su familia le hubiera dado su merecido.

Ignorando la mano extendida de Carrie, Hiram dirigió la mirada hacia Josh, que se encontraba a pocos pasos.

—De manera que ésta es la mujercita que te hiciste traer —dijo, sonriendo con afectación—. He oído decir que guisa tan bien como tú trabajas el campo. Muy propio de ti casarte con una mujer inútil.

Dicho lo cual, pasó de largo junto a ellos, ignoró a los niños y entró en la casa.

—¿Pero qué se ha creído éste...? —murmuró Carrie y se dispuso a seguirle. ¡Nadie iba a hablarle de forma semejante!

Josh la sujetó por el brazo.

—No lo hagas —le dijo, con mirada suplicante—. Se irá exactamente dentro de dos horas y veinte minutos y creo que podremos soportarle durante ese tiempo.

—No creo que a mí me sea posible.

—Alguien con todo el dinero que usted tiene no necesita hacerlo —reconoció Josh, alicaído—. Nunca podrá imaginarse lo que la gente pobre debe aguantar para poder sobrevivir.

Se sintió insultada por los dos hombres. Miró despectivamente a su marido y entró en la casa.

—¿Todo esto te lo ha dado tu esposa rica? —le oyó decir a Hiram al entrar en la casa. Miraba por encima de su orondo estómago la mesa en la que tanto se había esmerado—. Asegúrate de que no se lo lleve con ella cuando te deje —añadió, y empezó a reírse estrepitosamente de su desagradable broma.

Carrie se disponía a abrir la boca, pero encontró la mirada suplicante de Josh, pidiéndole que permaneciera callada.

—Cuando nos eche de la granja, ¿nos comprará usted otra? —le susurró en un tono tan mordaz que Carrie apretó los labios. En aquellos momentos no estaba segura de cuál de los dos hombres la disgustaba más.

Tomó la decisión de soportar a aquel tipo odioso a lo largo de las dos horas y veinte minutos. Al fin y al cabo, Josh la obligaba a irse al día siguiente y tal vez jamás volviera a ver a aquella familia, así que era como si no tuviese derecho alguno a preocuparse por lo que les pasara. Si querían seguir sentados y quietos soportando los insultos de aquel hombre, era asunto suyo.

Y vaya si los insultó. Habló de la falta de educación de los niños, pues quiso que Dallas recitara *The Rime of the Ancient Mariner* y, como la chiquilla alegó que nunca había oído ese poema, Hiram miró a su hermano con disgusto. Josh, con la cabeza baja, no replicó a su hermano.

Hiram miró las manos pequeñas de Tem, aseguró que eran inútiles para el trabajo y afirmó que a la edad de Tem él dirigía prácticamente la granja. También le regañó por haberse perdido y causar problemas que convertían el apellido Greene en el hazmerreír del pueblo.

Cuando hubo terminado con los niños empezó con Josh, riéndose de su maizal y proclamando que siempre había sabido que jamás podría convertirse en granjero.

Sólo cuando empezó a hablar del pasado de Josh aguzó Carrie el oído. Por lo que pudo deducir de la críptica andanada de Hiram, Josh había hecho en el pasado algo atroz y ése fue el motivo de que perdiera todo su dinero. Hiram habló de Josh como si anduviera «huyendo» y cuando Carrie miró a éste le vio con los ojos clavados en el plato, sin decir palabra.

¿Qué podía haber hecho Josh que fuera tan malo?, se preguntó. Según Hiram, hubo un tiempo en que fue muy rico, pues mencionó que debía de estar muy acostumbrado a la plata y a las vajillas bonitas, pero que todo se lo habían quitado.

¿Quién se lo había quitado? ¿Bajo qué ley? ¿Quizá ganó ese dinero de alguna manera ilegal y le habían pescado?

Finalmente, Hiram pareció dar fin a su alegato contra Josh y entonces la emprendió con su propia esposa, proclamando todo cuanto Alice había hecho «mal» durante la semana. Habló de manchas en la ropa que no había sido capaz de quitar y de comida servida cruda o demasiado hecha. Habló de telarañas colgando del techo.

Carrie consultó el reloj que llevaba prendido del pecho. Solamente había pasado una hora. Resultaba asombroso que una persona fuera capaz de pontificar durante tanto tiempo.

Cuando al fin Hiram terminó de meterse con su esposa hizo una pausa, y no porque todo aquel parloteo le hubiera hecho perderse un solo bocado, y miró a Carrie.

Ella era plenamente consciente de que las demás personas habían permanecido sentadas con aspecto solemne y sin soltar ni una palabra en defensa propia para rebatir lo que aquel hombre decía sobre ellas. Cuando se volvió hacia Carrie, ella no bajó los ojos al plato, sino que le miró directamente a los ojos. Dinero, eso es lo que da a este hombre su poder, pensó. Poseía su propia granja y la de Josh, y como tenía el poder de echarlos, en resumidas cuentas de quitarles el techo sobre sus cabezas y los alimentos de la boca, se creía también con derecho a denigrarlos.

Pero Carrie estaba bien familiarizada con el dinero. Infinidad de veces había sentido el poder del dinero familiar, sólo que, afortunadamente, siempre tuvo cerca a alguien de su familia para recordarle que el dinero no le confiere a una persona privilegios especiales. Tener dinero no da carta blanca para manejar el mundo. Había que devolver alguna otra cosa aparte de dinero.

Hiram le dirigió a Carrie una mirada dura y larga. Luego, con un leve gesto de sorna, se volvió de nuevo hacia Josh.

—Ahora comprendo por qué la lograste —dijo con el tono más insolente que jamás oyera Carrie.

Hiram miró otra vez a Carrie, como intentando averiguar qué se disponía a decirle ella. Pero se limitó a sonreírle con dulzura, y Hiram apartó su mirada con una sonrisa afectada y arrogante.

Fue la mirada lo que impulsó a Carrie, no las palabras. Ella podía arreglárselas con éstas, pero no con aquélla, pues ese hombre parecía dar por sentado que allí había otra persona a la que intimidar y humillar.

—¿Más maíz, hermano Hiram? —le ofreció en un tono de lo más dulce.

—No me importaría repetir. Claro que no será el maíz que cultiva mi hermano, ¿verdad? Demasiados gusanos para mí. —Y sin perder su sonrisa burlona alargó el brazo para tomar el pesado bol de plata que Carrie le ofrecía y, mirándola de soslayo, añadió—: Tal vez seas inútil como ama de casa, pero apuesto a que tienes tu utilidad como mujer.

Carrie le miró directamente a los ojos, sonrió, dejó caer todo el maíz sobre sus pantalones y, durante el silencio horrorizado que sobrevino a continuación, aprovechó para derramar la crema de espinacas sobre su cabeza, arrojarle ensalada de col a la cara y golpearle con un grasiento jamón en el pecho. Echaba ya mano al cuchillo de trinchar cuando Josh la sujetó por la muñeca.

—No tiene derecho a... —empezó a decir Carrie.

Josh aumentó la presión en la muñeca.

—¡Y qué sabe usted! —le espetó en voz baja.

—Tampoco se ha molestado nadie en explicármelo —replicó ella.

Miró por última vez a los niños y salió corriendo de la

casa. No era asunto suyo, sólo porque se hubiera casado con Josh, sólo porque quisiera a aquellos niños con toda su alma. Claro que eso no parecía tener importancia.

Siguió corriendo hasta llegar al camino y allí tampoco se detuvo. Ansiaba seguir corriendo hasta Maine. Pero finalmente hubo de pararse jadeante y con las piernas flojas.

Cuando no pudo seguir adelante, torció en dirección al río, se metió entre los árboles y se sentó a la orilla del agua. Rompió a llorar antes siquiera de recuperar el aliento.

Lloró durante mucho tiempo, con la barbilla apoyada sobre las rodillas y la cara oculta entre los pliegues del vestido. Pese a lo mucho que lo había intentado su fracaso era total.

—Vamos, vamos —dijo una voz junto a ella, al tiempo que le ofrecían un pañuelo.

Mirando a través de las lágrimas vio a Josh sentado a su lado.

—Váyase. Le odio. Los odio a todos. Desearía poder irme hoy en vez de mañana. Y seré muy feliz sino vuelvo a ver a ninguno jamás.

Sin comentario alguno a su breve declaración, con la mirada fija en el agua, Josh le alargó una botella de whisky.

—Es un buen escocés puro de malta, el mejor. Mi última botella.

Aceptó la invitación y bebió un buen trago del líquido entontecedor, y luego tomó otro y otro más hasta que él finalmente le quitó la botella de las manos.

—En cuanto a mi hermano... —empezó a decir Josh.

Carrie esperó. El whisky estaba haciendo su efecto. Se sentía ya mejor, atontada y relajada. Se apoyó en los brazos y se quedó mirando al agua. Como Josh no dijo nada más, ella emitió una risita desagradable.

—Ya sabía que no me diría nada. Estaba segura de que no me revelaría ningún secreto. —Se volvió a mirarle—. He de reconocer que su hermano no se parece mucho a usted.

—No somos parientes consanguíneos. Mi madre se casó con su padre cuando yo ya tenía diez años. Por entonces Hiram ya era adulto.

—¿Era su padre como él?

—No. —Tomó un largo trago de whisky—. Creo que mi padrastro se sentía algo aterrorizado con Hiram.

Carrie emitió otra risita.

—Puedo comprenderlo perfectamente. ¿Ha sido siempre así?

Hizo un gesto en dirección a la casa, que estaba a casi dos kilómetros de distancia. Josh bebió otro trago y le devolvió la botella a Carrie.

—Los hombres como Hiram nacen, no se hacen. Vino al mundo convencido de que tenía siempre razón y que su deber era aleccionarnos a todos los demás.

—¿Por qué vive usted en unas tierras de su propiedad?

Josh permaneció callado.

Carrie bebió otro generoso trago de whisky.

—Le ruego que me disculpe. Ésa es una pregunta que no he debido hacer. Olvidé por un momento que no soy lo bastante buena para formar parte de la familia Greene; que no soy más que una jovencita rica con la cabeza vacía y que no tiene derecho alguno a estar aquí. —Se puso en pie—. Perdone, pero creo que volveré a la casa.

Josh le agarró la falda.

—Se lo diré, Carrie, pero...

Carrie bajo la vista hacia él.

—¿Pero qué? —gritó.

—Hará que me odie.

Aquélla no era la contestación que ella esperaba. Josh soltó su falda y miró hacia el río.

—He convertido mi vida en un desastre y también he hecho algunas cosas de las que no me siento muy orgulloso. Lo único bueno de toda mi vida son mis hijos.

Carrie recordó las insinuaciones de Hiram. ¿Sería Josh quizás un criminal? Tal vez le hubieran permitido salir de la cárcel a condición de que quedara bajo la custodia de su hermano, llevara la granja y cuidara de sus hijos.

Se sentó otra vez junto a él, esta vez un poco más cerca, bebió de nuevo de la botella y se giró hacia él.

—Deje que me quede —dijo en voz baja.

—Más que nada en el mundo quisiera que se quedara, pero no puede ser. Ésta no es vida para usted. No es vida para nadie y yo no puedo seguir viviendo de su dinero.

Carrie asintió con la cabeza; no porque le comprendiera, sino como signo de aceptación.

—Josh —musitó, y le miró con los ojos llenos de lágrimas—. Hoy es el último día.

Josh se dijo que su vida sería mejor una vez que Carrie se hubiera ido, que le había trastornado y que eso no estaba bien. Sabía que por un tiempo los niños se sentirían desgraciados, pero se recuperarían y pronto la pequeña familia volvería a la normalidad. ¿Y a qué llamaba normalidad? ¿A su manera de cocinar? ¿A la forma en que trabajaba los campos? ¿A su infelicidad reflejada en la de los niños?

—Carrie, Carrie —murmuró, y la acogió entre sus brazos.

En el instante mismo en que sus labios se tocaron se encendió la llama, porque se habían deseado ardientemente desde que se conocieron. Y ese deseo había nacido la primera vez que Josh rodeó con sus manos la cintura de Carrie, para ayudarla a bajar de la diligencia, y avanzó arrollador con el contacto diario hasta el punto de que ambos habían quedado absolutamente bajo su hechizo.

Día a día se habían estado viendo, se miraban uno a otro el cuerpo, sintiendo sudores fríos a la vista de un centímetro tan sólo de piel desnuda. Por mucho que exteriorizaran su mutuo desagrado, ambos sentían vibraciones siempre que el otro entraba en una habitación.

Los niños se habían dado perfecta cuenta de la reacción de los adultos entre sí, de la forma en que sus ojos jamás se apartaban de la otra persona, de hasta qué punto se sentían obsesionados mutuamente.

En aquel momento estaban solos, rodeados únicamente por los árboles y por las aguas rumorosas, y no había nada que les impidiera hacer lo que estaban deseando hacer desde el primer día. Se desnudaron el uno al otro, con vehemencia.

Josh tenía mucha más experiencia en quitarle la ropa a una mujer que Carrie en hacer lo mismo con un hombre; sólo que en su vida se había sentido Josh tan ansioso y al tirar de la manga de Carrie la desgarró, pero lo que menos le preocupó fue la ropa cuando le acarició el antebrazo desnudo y acercó a él su boca.

Intentó desabrocharle los botones de la espalda del vestido, pero resultaba más fácil arrancarlos. Cuando pudo llevar la boca hasta sus hombros y oyó a Carrie gemir, no pensó más en la ropa. Sólo en su propio deseo.

En cuestión de segundos hubo un revoltijo de prendas volando por los aires. Un vestido desgarrado de seda, enaguas hechas con metros de algodón y miriñaques que enredaron a Josh, pero de los que se desprendió rápido.

Carrie había visto a sus hermanos en diversas etapas de su indumentaria y tenía una excelente idea de cómo librar a Josh de su vestimenta. Descubrió en ella una gran habilidad para quitar camisas e incluso calcetines.

Para cuando quedaron desnudos no hubo ansia de caricias, tan sólo lujuria. Lujuria pura y simple. Lujuria frenética. Y ambos habían tenido que esperar una eternidad para satisfacerla.

Con la boca apretada contra su seno, con las manos en sus caderas, Josh penetró a Carrie, haciéndole gritar alarmada por el dolor, pero éste no duró mucho. Había deseado durante demasiado tiempo a Josh para permitir que un pequeño dolor se interpusiera en su camino.

Moviéndose junto con él, con su mismo frenesí, igualmente insaciable y ansiosa, gritó extasiada cuando al final se fundieron y Josh ocultó su cara en el cuello de ella.

Durante un largo y sudoroso momento permanecieron allí abrazados, con la sensación de tener todos los nervios a flor de piel.

—Jamás... —empezó a decir Josh, pero Carrie le puso un dedo en los labios.

—No digas que no era tu intención —susurró—. Hagas lo que hagas, no me des excusas.

Josh, sonriente, le besó dulcemente las yemas de los dedos.

—Iba a decir que jamás sentí antes nada semejante. Nunca llegué a perder así el control. Hacer el amor es un arte, pero esto ha sido...

—¿Una necesidad?

—Una necesidad y algo más.

Se puso a un lado, la abrazó y la estrechó y le acarició el cabello.

—Oh, Josh —musitó Carrie, y él la hizo callar con un beso.

—Tenemos que volver. Los niños están solos y mañana hemos de levantarnos temprano para coger...

Se interrumpió como si le resultara penoso decir las palabras. Carrie permaneció quieta en sus brazos unos momentos más y, luego, se separó de él y empezó a vestirse, lo que le resultó difícil debido a su vestido rasgado. Josh le apartó los dedos.

—Permíteme.

Y con manos tan expertas como las de cualquier doncella de una dama la vistió, manteniendo el contacto con ella todo lo posible. Iniciaron el regreso a la casa silenciosos, pero al cabo de un rato Josh le tomó la mano. En un principio Carrie intentó soltarse. ¿Cómo era posible que hubieran hecho lo que acababan de hacer y que acto seguido Josh hablara de su partida?

Ya en casa, los niños se rieron de la ropa destrozada y de los rostros encendidos de los adultos. Estaban la mar de contentos, después de lo que Carrie le había hecho al tío Hiram. Les informaron regocijados de que Hiram se había ido enfurecido y diciendo unas cosas terribles de Carrie y del estúpido de su hermano que se había casado con alguien como ella. Dallas rodeó con los brazos la cintura de Carrie, la apretó con fuerza y le dijo lo mucho que la quería.

Incapaz de soportar la idea de irse al día siguiente, corrió al dormitorio a cambiarse de ropa. Casi deseaba poder irse en ese mismo momento en lugar de tener que esperar un día más, incluso prefería haberse ido ya.

Una vez que se hubo dominado volvió al comedor, donde Josh y Tem lavaban los platos.

—Podemos enseñarte a hacerlo —le dijo Tem, con un tono de gran sinceridad.

Dallas se puso al lado de Carrie, con su pequeña espalda muy recta, y declaró:

—Me parece que yo tampoco quiero aprender. No voy a ser la mujer de un granjero. Seré una gran actriz.

Aquello hizo reír a Carrie, que levantó a la niña en brazos.

—Si fueras una actriz tendrías como compañeros a una gente horrible —le dijo—. Y tendrías que viajar todo el tiempo y nunca te aceptarían en las mejores casas. No, no; es mejor que te cases con algún hombre agradable y que tengáis hijos.

Dallas hizo una mueca.

—Me gustaría que los hombres me dieran rosas.

—Si te casas con el hombre adecuado te dará rosas.

—Si es que puede permitírselo —replicó enfadado Josh. Luego, arrojó el paño de los platos y salió de la casa.

—Y ahora ¿qué he dicho? —se lamentó Carrie.

Hubiera creído que su intimidad los uniría más, pero a Josh sólo parecía enfadarle. Josh se mantuvo ausente durante el resto de la tarde y Carrie se quedó sola con los niños. Pensó que al menos parecía creer que ella podía cuidar de ellos y que no iba a prender fuego a la vivienda.

A última hora se sentó con los niños en el exterior, en el porche, y les contó historias sobre Maine y sus hermanos. Tenía la sana intención de decirles que se iría a la mañana siguiente, pero se sintió incapaz de pronunciar las palabras.

Josh regresó una hora después de ponerse el sol. Abrazó a sus hijos y les dijo que se lavaran y se fueran a la cama, que ya era tarde.

Carrie se puso de pie y miró tristemente en derredor. Ahora sí que se podía oler a rosas, mientras que antes de llegar ella el único olor era el del estiércol. Intentando no pensar en el día siguiente, entró de nuevo en la casa, y cuando los niños le dieron el beso de buenas noches hubo de hacer un prodigioso esfuerzo para no echarse a llorar.

Dallas se encontraba ya casi junto a la escalera cuando se volvió a mirar a su padre.

—¿Vendrás tú también pronto a la cama? —le preguntó.

—Esta noche no duermo contigo. Voy a dormir en la cama grande.

—¿Con Carrie? —se extrañó Dallas.

—Con Carrie —asintió Josh, como si fuera la cosa más normal del mundo.

Y una vez que los niños hubieron desaparecido se volvió hacia ella.

—No estoy segura... —empezó a decir Carrie.

Pero no supo qué más decir. ¿Que no estaba segura de

que debieran pasar la noche juntos? ¿Que tenía miedo de enamorarse todavía más de él y de su familia si pasaban toda una noche juntos? Era imposible que los quisiera más de lo que ya los quería. ¿Acaso temía llorar más cuando los dejara? Llorar más no sería posible. Si pasara la noche con Josh, ¿querría él a la mañana siguiente que se quedara?

Le miró a los ojos a través de la habitación, aquellos ojos oscuros y ardientes de deseo por ella, y la mente se le quedó en blanco. Le abrió los brazos y musitó:

—Josh.

Él se acercó rápidamente a ella, la tomó en brazos y la llevó al dormitorio.

11

Cuando Carrie se despertó a la mañana siguiente ya había salido el sol y de inmediato la asaltó un ligero pánico. Debería estar fuera de la cama y vestida, pero luego, sonriendo, volvió a dejarse caer sobre las almohadas y recuperó sus recuerdos de la noche pasada. Las manos de Josh la recorrieron por completo; manos de un músico que ansiara tocarla toda, acariciarla. Y la besó, y la enseñó a besarle.

Hicieron el amor durante toda la noche. La primera vez, a la orilla del río, fue con entusiasmo; pero en el lecho se tomaron su tiempo, mirándose, tocándose. Carrie, fascinada por el cuerpo de Josh, por su fortaleza, por el juego de los músculos debajo de la piel morena, le preguntó por algunas cicatrices que tenía aquí y allá, y él unas veces contestaba y otras se negaba a hacerlo. Al cabo de un rato se dio cuenta de que estaba dispuesto a hablarle de su vida hasta los dieciséis años, pero a partir de ahí se cerraba como una ostra.

Josh la acarició y la contempló y le hizo el amor a su cuerpo, pero no formuló pregunta alguna y Carrie intentó no pensar que se debía a que él creía saber cuanto había que saber de ella. Por una noche se sentía contenta de vivir el presente, sin cuestionarse qué iba a pasar en el futuro.

En un momento dado, a lo largo de la noche, había dicho «Te amo, Josh»; pero él no dijo palabra, limitándose a abrazarla con más fuerza, como si tuviera miedo de que se escapara.

Se encontraba desperezándose cuando de repente se abrió la puerta del dormitorio. Entró Josh, ya vestido y con una mirada tan severa como Carrie jamás le había visto.

—¿Qué pasa? ¿Están bien los niños?

—Los he llevado a casa de mi hermano. Tus baúles están cargados y dispuestos para salir, y he contratado a un cochero que conducirá el carro de nuevo a Maine. Tienes que vestirte para que podamos irnos.

Salió del cuarto y cerró de nuevo la puerta.

¿Era aquél el hombre con el que había pasado la noche? ¿Era aquél el hombre al que ella le había dicho que le amaba?

Salió de la cama, de su cama de matrimonio, y empezó a vestirse, pero las manos le temblaban con los botones. La noche pasada no había cambiado nada y Josh no estaba dispuesto a dejar que se despidiera de los niños. De todas formas, qué hubiera podido decir ella, ¿que quería irse? Y no podía decirles que su padre la obligaba, pues de ningún modo quería que los niños se enfadaran con él. En definitiva, tal vez lo mejor fuera marcharse así. De haber tenido que despedirse posiblemente se hubiera limitado a llorar y jamás habría sido capaz de explicar algo que ella misma no entendía.

Ya vestida, guardó todos sus objetos de tocador y salió de la casa, donde la esperaba Josh sentado en el pescante del carro, mientras que el asiento trasero lo ocupaba un hombre que al verla se llevó la mano al sombrero. El caballo de Josh estaba atado en la parte de atrás; no el hermoso semental, que había vuelto con el hermano, sino el viejo caballo de labor. Nada más verla, Josh acudió para ayudarla a subir al asiento, pero no le dijo nada.

—¿Hay algo que pueda decir para hacerte cambiar de idea? —le preguntó Carrie, una vez que se hubieron puesto en marcha.

—Nada —contestó él lacónico—. Nada en absoluto. Tú te mereces más de lo que yo pueda darte. Te mereces...

—¡No te atrevas a decirme lo que me merezco o no me merezco! —exclamó ella furiosa—. Yo sé bien qué es lo que quiero.

Josh no dijo nada, con el rostro hermético.

Carrie se afirmó en su asiento y se dijo que si él podía permanecer silencioso, ella también. Pero lo que no resultaba nada fácil era contener los pensamientos, los de la noche pasada y los de los días vividos con Josh y con los niños.

—Dile a Dallas que le escribiré —dijo en voz baja—. Dile que le enviaré más libros y dile a Tem que le mandaré cosas sobre el mar. Quiere conocer el mar. Dice que quiere ser marinero, y Dallas cuando crezca olvidará que quiere ser actriz. Todas las niñas quieren ser actrices hasta que se hacen mayores, así que no creo que debas preocuparte por ella. Es una niña muy buena. De lo mejor. Y también Tem. Ahora que ya me he ido no tendrá motivo para crear de nuevo problemas. Dile que si alguna vez vuelve a ver a la niña salvaje que le dé las gracias por mí y que le diga...

Interrumpió su monólogo porque sintió que se le hacía un nudo en la garganta. Cuando se detuvieron en la estación de la diligencia, Josh la ayudó a bajar. Carrie escudriñó su cara, pero no vio por parte de él indicio alguno de pena o de disgusto. Igual podía estar vendiendo una de sus agusanadas cosechas de maíz al tendero del almacén que enviando lejos a su esposa para no volver a verla jamás.

—No te importa, ¿verdad? —le reprochó en un siseo—. Ya te has divertido y eso era todo lo que querías.

Supiste lo que querías de mí desde el primer momento en que me viste y lo has obtenido. Ahora ya puedes enviarme lejos sin sentirlo lo más mínimo.

—Tienes razón —admitió Josh, mirándola con una sonrisa lúbrica—. Desde el mismo momento en que te vi quise poner mis manos sobre tu pequeño y bien formado cuerpo. Me costó algún tiempo arreglármelas, pero lo conseguí y ahora que te vas podré volver a la feliz existencia que disfrutaba antes de venir tú.

Si sólo hubiera oído sus palabras no las hubiera creído, pero la expresión de su cara le hizo comprender que no mentía. Nadie en la Tierra podía mostrarse tan despreocupado y estar mintiendo.

Le dio una bofetada. Le abofeteó con fuerza, pero él no hizo el menor movimiento por impedirlo. De hecho, Carrie pensó que muy bien podría haber seguido allí de pie, permitiendo que le siguiera abofeteando.

Dio media vuelta y se alejó, conservando aún algo de su dignidad.

—Vete. Vuelve a tu pequeña y miserable granja. No necesito que te quedes conmigo. No te quiero aquí. No quiero volverte a ver en toda mi vida.

No le oyó moverse, pero supo cuándo se había ido y fue como si se hubiera llevado consigo una parte de ella. Hubo de aferrarse a la rueda del carro para evitar correr hacia él y suplicarle que se la llevara de vuelta. Ya se imaginaba agarrada a su estribo y suplicándole que le dejara quedarse.

Orgullo, se dijo. Debía conservar un poco de orgullo. Los Montgomery siempre habían tenido orgullo. Pero en aquellos momentos no se sentía muy orgullosa; tan sólo perdida, solitaria y sin hogar donde cobijarse.

Al oír el caballo de Josh, muy a pesar suyo se volvió a mirarle, bien erguido montado en el animal. Por un segundo le pareció ver una expresión de pena en su cara;

una pena y un sufrimiento tan profundos como los que ella misma sentía. Dio un paso adelante.

Pero entonces en el rostro de Josh apareció de nuevo aquella expresión de indiferencia, al tiempo que se llevaba la mano al sombrero.

—Buenos días, señorita Montgomery. He disfrutado enormemente con su visita.

Y le guiñó un ojo.

Fue aquel guiño lo que hizo que Carrie se volviera de espaldas, irguiera los hombros y ni siquiera le mirara mientras se alejaba.

—¿Cancelada? —repitió Carrie—. ¿Ha sido cancelada la salida de la diligencia hoy?

—Se le ha roto una rueda —le explicó el encargado de la estación—. Acaba de llegar un jinete para decírnoslo. De todos modos, el cochero está borracho perdido. No es que eso le hubiera impedido conducir, pero ni siquiera borracho podría hacerlo con una diligencia que sólo tiene tres ruedas.

—No, ya me imagino que, en efecto, no puede. ¿Cuánto tiempo cree que pasará hasta la llegada de la próxima diligencia?

—Una semana, más o menos.

Carrie dio la espalda al hombre de la ventanilla de la estación. ¿Una semana? ¿Más o menos?

Sentada en el polvoriento banco de la estación, se preguntó qué podía hacer. Quizá tomar una habitación en ese horrible lugar al que Eternity llamaba hotel.

¿Para hacer qué?

No le había dicho nada a Josh, pero se encontraba muy, pero muy escasa de dinero. Cuando llegó a Eternity llevaba consigo una buena cantidad, pero entre unas cosas y otras se lo había gastado casi todo. Claro que no lo lamentaba, ya que se alegraba de que los niños tuvieran un lugar agradable donde vivir; pero no podía pasarse un día tras otro en un hotel por barato que fuera.

Abrió el monedero e hizo recuento de monedas y billetes. Diez dólares y veinte centavos. Eso era cuanto le quedaba después de haber pagado el billete de regreso.

Dinero, se dijo. Eso era de lo que siempre estaba hablando Josh, como si fuera lo más importante del mundo. Una y otra vez ella le había repetido que había cosas más importantes, pero él nunca se lo creyó.

Se recostó en el banco y cerró los ojos. ¿Cómo iba a vivir en aquel pueblo durante toda una semana sin tener apenas dinero? ¿Cómo pagaría la comida y el hospedaje? Necesitaba telegrafiar a su padre para que le enviara algo de dinero. Pero en seguida vio las dificultades a las que se enfrentaba. En primer lugar, no había telégrafo en aquella lejana parte del oeste, y una carta tardaría semanas e incluso meses. Tal vez pudiera acudir a un banco y solicitar un préstamo. Pero ¿con qué garantía? ¿Con la de veintidós baúles llenos de ropa usada y otros artículos varios?

Hizo una mueca. ¡Poco que se reiría Josh! La próxima vez que fuera al pueblo se enteraría de que la señorita Carrie Montgomery no tenía dinero, de manera que había tenido que recurrir al nombre de su padre para sacar dinero de la nada. Se burlaría y afirmaría que el tiempo le había dado la razón, que era una inútil, que sin su padre no era nadie.

—Puedo obtener dinero por mí misma.

—¿Me decía algo, señora Greene?

Carrie sonrió.

—No, no decía nada. —Se puso en pie—. ¿Sabe de algún sitio por aquí donde pueda encontrar trabajo?

Aquello le pareció al hombre algo muy divertido.

—¿Trabajo? ¿En este pueblo? La mayor cantidad de dinero que ha corrido por este pueblo fue la que usted gastó la semana pasada. Aquí no hay nada para nadie. Ése es el motivo de que todos los días se vaya gente.

Unas noticias realmente muy alentadoras, pensó Carrie. Dio las gracias sonriente y salió de la estación. Una vez fuera miró al sol y empezó a ponerse los guantes de cabritilla. ¿Qué podría hacer para ganar dinero? ¿Cómo se ganaría la vida hasta que a la diligencia le diera la gana de rodar? Miró al montón de baúles apilados en el carro y al cochero dormido a la sombra debajo de él y entonces supo que todavía no estaba preparada para volver a casa y admitir ante toda su familia que había sido un fracaso, que se había portado como una estúpida con un hombre que la había rechazado. No quería volver a su hogar y llorar hasta no poder más. No quería oír a sus hermanos decirle que estaba muy mimada, naturalmente por los demás hermanos, no por el que estuviera regañándola. Se sentía incapaz de ver las lágrimas de su madre y la tristeza reflejada en el rostro de su padre. Ni qué decir tiene que habría de dar cuenta a su hermano mayor del dinero gastado. No la reprendería como los otros, no; sencillamente, le decepcionaría, y eso sería mucho peor.

Tiró con más fuerza los guantes. No, todavía no estaba dispuesta a volver a casa con el rabo entre las piernas.

12

Seis semanas después

Había seis carruajes delante de la nueva tienda de moda femenina que respondía al caprichoso nombre de «París en el desierto», y la suma del valor de los carruajes sobrepasaba el producto nacional bruto de todo el pueblo de Eternity. Pero nadie en el pueblo se quejaba de que dichos carruajes obstaculizaran el paso por la calle, ya que los clientes de la tienda de modas a menudo entraban en el almacén general y hacían algunas compras o incluso se pasaban por la ferretería para adquirir algo. Ni qué decir tiene que había que dar de comer y beber a los caballos, por lo que tampoco se quejaba el propietario de las caballerizas. Y en la taberna era donde recalaban con frecuencia los maridos de las damas que se encontraban en la tienda de modas. Dos mujeres residentes en Eternity habían abierto sendos restaurantes y hacían buen negocio a la hora del almuerzo. Por otra parte, el hotel había empezado ya a incorporar una nueva ala, como respuesta a la nueva prosperidad. Otras dos mujeres del pueblo se habían lanzado juntas a la aventura de abrir una sombrerería frente a la tienda de modas, a la que llamaron «La orilla izquierda». Empezaron a entablar las aceras para evitar que los propietarios de los carruajes se ensuciaran los zapatos de barro.

En el interior de «París en el desierto» la señora Joshua Greene se enfrentaba a sus seis clientes con la más absoluta naturalidad. Todas aquellas mujeres eran muy ricas y estaban acostumbradas a recibir atención especial tan pronto como pisaban una tienda, así que desde un principio habían dejado bien claro que no les gustaba compartir con otras damas la atención de Carrie.

Pero ella sabía cómo tratar a las mujeres que se sentían desatendidas. A unas les ofrecía un tentempié, entretenía a otras con los mejores chismes que circulaban por Eternity, y a algunas les prestaba libros. Carrie parecía tener un instinto natural para adivinar los gustos de cada una.

—Es un color detestable para usted —le comentó a la clienta que se estaba probando frente a ella un costoso vestido de seda muy caro—. Y ese escote hace que parezca tres años mayor. No, no; este vestido no le va en absoluto.

—Pero a mí me gusta —se lamentó la mujer. Luego, se irguió y puso derecha la espalda—. Me gusta este vestido, a mi marido también y quiero comprarlo.

Aquello atrajo todas las miradas en la tienda, a la espera de ver qué ocurriría. Carrie tenía que ceder, ya que aquella dama era la clienta y ¿acaso el cliente no tiene siempre razón?

Carrie le sonrió con dulzura.

—Pero no será a mí a quien se lo compre, porque no estoy dispuesta a que la gente vaya diciendo que yo he permitido que una de mis clientas se exhiba ante todo el mundo pareciendo más vieja. Mis clientas salen de aquí con el mejor aspecto del mundo. Así pues, ¿sería tan amable de quitarse ese vestido y devolvérmelo?

Aquella mujer había sembrado el terror en las tiendas de cuatro estados y no estaba dispuesta a admitir la derrota con tanta facilidad. Le dirigió a Carrie una sonrisa suficiente y sentenció:

—Tenerlo puesto es prácticamente poseerlo. —Con aire altivo se encaminó hacia la puerta—. Y, desde luego, se lo pagaré, señora Greene.

Tenía ya la mano en el picaporte cuando sintió que el vestido se abría por la espalda, por lo que se giró rápidamente con los ojos desmesuradamente abiertos por el asombro.

Carrie le sonreía con un par de tijeras en la mano.

—Lo siento muchísimo, pero me temo que este vestido haya quedado inservible —manifestó, mostrando un gran trozo de seda que había cortado de la espalda del vestido. La clienta no supo si dar rienda suelta a su furia o romper a llorar, mientras permanecía en pie junto a la puerta—. ¿Por qué no vuelve aquí y le echa una mirada a una preciosa seda de color melocotón? Es una tonalidad que le irá de maravilla a su cutis blanco y claro, y ya la estoy viendo con plumas blancas de garza real en el pelo. Provocará oleadas de entusiasmo.

Como la dama se había quedado prácticamente inmóvil, Carrie la tomó del brazo y la condujo a lo que ella y sus tres vendedoras llamaban «sala de recuperación».

—Atiéndela —le indicó a su ayudante, y suspiró al mirar el trozo de seda que tenía en la mano.

Otro vestido inutilizado del que tendría que pagar ella los vidrios rotos. Una mujer realmente estúpida, se dijo, y sin el menor gusto. Carrie consideraba su obligación salvar a las mujeres de sí mismas, y además debía mantener su propia reputación. Se le acabaría el negocio si «sus» damas no vistieran siempre lo mejor.

Miró hacia atrás, a las otras cinco mujeres que seguían sentadas en el salón de entrada, esperando pacientemente su turno para que les dijera lo que tenían que llevar, y suspiró de nuevo. A veces se sentía abrumada por la responsabilidad de todo aquello.

—Voy a buscar el correo. Distraedlas durante un rato,

pero si la señora Miller os crea dificultades con el traje blanco decidle que me espere. —Sonrió—. Aunque después de haber visto lo que les ocurre a las mujeres que se enfrentan a mí creo que se comportará con docilidad. Estaré de vuelta... —Se detuvo, contemplando los rayos del sol de finales de otoño—. Estaré de vuelta cuando vuelva.

Joshua Greene y sus hijos llegaron al pueblo montados los tres en el viejo caballo de labor. Llevaban semanas sin que ninguno de ellos traspasara los límites de la granja, semanas sin tener contacto con nadie que no fuera ellos mismos. Hiram, el hermano de Josh, no les había visitado desde que su cuñada estampara la comida sobre su persona. En tres ocasiones, alguien de Eternity había acudido a la granja, pero cada una de esas veces Josh se había librado del intruso en cuestión, pues no se sentía de humor para hablar con nadie. El día siguiente a la marcha de Carrie, había dejado una nota para la señora Emmerling, diciéndole que ya no se necesitaban sus servicios. Aquel día, la mujer dejó cocinada una gran cantidad de comida para él y los niños, y devolvió además el dinero que Carrie le había pagado por el resto del mes.

Una vez que se hubo terminado la comida preparada por la señora Emmerling, Josh intentó de nuevo cocinar él mismo. La primera vez, los niños tuvieron que comerse los alimentos quemados. Josh se dispuso a oír sus comentarios, pero los chiquillos no dijeron palabra. Se comieron lo que les puso delante, y eso fue todo.

De hecho, tampoco dijeron nada cuando les comunicó que Carrie se había ido. Durante su largo, larguísimo camino de regreso desde la estación de la diligencia, había tenido tiempo para pensar en los motivos que podía aducir para explicarles a sus hijos el porqué de la marcha de

Carrie, y se preparó asimismo para soportar una escena de las más espantosas proporciones. Suponía que tendría que aguantar los gritos histéricos y las lágrimas de sus hijos, y en ningún momento se le ocurrió pensar que se lo tomarían con aquella tranquila resignación. Una vez que les hubo informado de que Carrie había regresado a Maine, se dispuso a resistir la inminente tormenta.

Pero los niños se limitaron a hacer un gesto de asentimiento, como si fuera algo que esperasen. Parecían dos juiciosos ancianos que lo hubieran visto todo y supieran que nada bueno les ocurriría en esta vida. Josh quería explicarles que había enviado a Carrie a su casa por el bien de todos, que sabía que llegaría a cansarse de su papel de ama de casa y que sería entonces cuando los dejaran ella y su absurdo perro. Quería decirles que era preferible que le hubieran dado a Carrie una semana de amor en lugar de meses. Y quería decirles que Carrie era una princesa de cuento de hadas que había entrado en sus vidas por un corto tiempo y no era real. Les quería decir que la olvidarían en menos que cantaba un gallo.

Pero durante las semanas que siguieron ni él ni los niños pudieron olvidarla, aunque nunca hablaban de ella. Ni siquiera Dallas hizo preguntas de por qué Carrie se había ido, y Josh intentó convencerse de que pronto sería como si no hubiera entrado nunca en sus vidas. Cuando de nuevo estuvieron solos, la familia volvió a la rutina que tenía establecida antes de que la señorita Carrie Montgomery viera la fotografía de ellos tres.

Pero por mucho que Josh se dijera que iban a olvidarla y que pronto todo sería como antes, sabía que se engañaba a sí mismo. Nada era igual. Nada en absoluto. Ni él ni los niños ni la granja eran como habían sido.

Y no era sólo que la echaran de menos o que la mera contemplación de la casa, con sus rosas delante y en el interior, les hiciera pensar en Carrie; sino que ella había cambiado la forma de considerar sus vidas. Por un tiempo les había hecho felices; les había hecho reír y sonreír y cantar, y también contar historias y volver a reírse.

En un principio, Josh intentó recrear a Carrie en su propia casa, obligándose a simular que no sufría por ella e intentando conversar de forma agradable y divertida durante las comidas. Los niños hicieron también valerosos esfuerzos por mostrarse alegres, aunque sin lograrlo. Una noche, Josh los convenció para que simularan ser animales, pero de repente se dio cuenta de que estaba criticando sus actuaciones en lugar de disfrutar con ellas, por lo que muy pronto los niños se sentaron, con la mirada baja, y dijeron que estaban cansados y que no querían hacer más imitaciones.

Tem y él iban a los maizales y hacían cuanto les era posible para lograr que el maíz creciera, pero finalmente Josh arrojó la azada.

—Estas condenadas plantas saben que las aborrezco.

Tem asintió con un gesto solemne.

Intentó ir a pescar con los niños, pero la excursión no fue realmente divertida, sin nadie que les tomara el pelo ni los desafiara, sin nadie que convirtiera el día en un continuo juego.

La noche anterior fue ya la gota que desbordó el vaso. Estaban cenando él y los niños jamón frito y judías de lata cuando oyeron que un perro ladraba fuera. Debieron haber supuesto que no se trataba del perro de Carrie, porque era el ladrido profundo de un perro grande, pero a ninguno de ellos se le ocurrió. Sin mirarse, sin decir palabra, los tres se levantaron de un salto de la mesa y corrieron veloces hacia la puerta, a la que llegaron al mismo tiempo. Como no era lo bastante grande para permitir el paso de los tres, empezaron a empujarse. Dallas golpeó a su hermano en el hombro y Josh estuvo a punto de derribar a su hijo, en su prisa por salir; pero en aquel mismo instante Josh tuvo la suficiente presencia de ánimo para darse cuenta de lo que estaba haciendo, así que levantó con cada brazo a uno de sus hijos y salieron al exterior.

El perro huyó presuroso a la vista de aquellos tres agitados seres que se precipitaron hacia él. Era un perro de granja, grande y huesudo, sin el menor parecido con *Chu-chú*.

Josh dejó en el suelo a los niños, se sentó en el escalón del porche y se quedó mirando al patio iluminado por la luna. Siguiendo su costumbre, los tres se atuvieron a la política de no decir palabra sobre Carrie. Pero Dallas se puso a llorar calladamente.

Sin decir palabra, Josh la sentó sobre sus rodillas y le acarició en pelo. Junto a ellos, Tem también prorrumpió en llanto y Josh sabía que el chico hubiera preferido morir antes de dejar que nadie le viera llorar, y ello le hizo comprender la gran pena que sentía su hijo. Le echó un brazo por los hombros.

—¿Por qué se fue? —musitó Tem.

—Porque yo soy un estúpido, un loco y no tengo el menor sentido común —contestó Josh con voz tranquila.

Dallas asintió con la cabeza sobre el pecho de su padre y Josh se dio cuenta de que él también tenía los ojos llenos de lágrimas. Nunca dejaba de asombrarse de lo mucho que sus hijos le querían. Obligaba a irse a una mujer por la que habían llegado a sentir un gran cariño y ni siquiera le cuestionaban. Le querían lo suficiente para pensar que lo que él hacía estaba bien y se mostraban dispuestos a aceptar su decisión por mucho que les doliera. Le amaban tanto que confiaban plenamente en él.

Josh sorbió y se limpió los ojos con el dorso de la mano. Carrie había dicho que le amaba. ¿Le amaría lo suficiente para volver junto a él?

Abrazó a Tem.

—¿Creéis que me perdonaría?

Los niños necesitaron un momento para comprender lo que su padre había dicho y luego se miraron, sonrieron, saltaron del porche y empezaron a bailar por el patio. Hacía seis semanas que no les veía desplegar tanta energía.

—¿Debo suponer que creéis que me perdonará?—preguntó con sarcasmo.

—Carrie te quiere —aseguró Dallas.

Se echó a reír porque su hija había dicho aquello como si se sintiera incapaz de comprender por qué Carrie le quería.

—Tal vez si le escribiera una carta y le explicara...

Al oír aquello los dos niños dejaron de bailar y se quedaron mirando a su padre. Un instante después le estaban empujando hacia la casa, donde Dallas tomó una pluma, tinta y papel y Tem, con las manos a la espalda, asemejándose mucho en su actitud a su padre, empezó a decirle lo que tenía que escribir.

—Lo primero de todo tienes que decirle que la quieres; luego, le dices que crees que ella es lo más fantástico del mundo. Dile que te gusta... su nombre. Dile que te gustan sus vestidos y su pelo. Dile que sabe pescar mejor que tú. Y dile también que estás seguro de que es una granjera mejor que tú.

Josh enarcó una ceja.

—¿Algo más?

Los niños no parecían darse cuenta de que su padre se estaba mostrando sarcástico, o si se la daban preferían ignorarle.

—Háblale de lo que hemos tenido que comer —propuso Dallas, como si ese simple hecho pudiera despertar en Carrie tal sentimiento de lástima por ellos que le haría volver.

Siempre con las manos a la espalda y sin abandonar la actitud que le convertía en una versión en miniatura de su padre, Tem con el ceño fruncido clavó la vista en el suelo y se puso a pasear.

—Dile que nos hace reír. Dile que si vuelve podrá dormir por la mañana si lo quiere; a Carrie le gusta dormir hasta tarde. Dile que no haré ninguna otra tontería como volverme a escapar. —Miró a su padre y su expresión era tan seria como la de cualquier adulto—. Dile que sientes mucho todas las cosas desagradables que le dijiste y que si vuelve la tratarás como a una reina y no discutirás con ella y le cederás toda entera para ella la cama grande.

Josh sonrió al oír aquello y apuntó:

—A Carrie..., bueno..., le gusta compartirla conmigo.

Dallas emitió un leve bufido y argumentó:

—Das patadas y eres demasiado grande y algunas veces roncas.

—No le digas que roncas —le indicó Tem.

Los dos niños se callaron y se quedaron mirando a Josh como esperando algo. Le costó un momento darse cuenta. Tomó la pluma y empezó a escribir.

—¿Hay algo más que penséis que tenga que decirle?

—Dile que no tendrá que ver al tío Hiram —sugirió Dallas—. De todas maneras tampoco a mí me es simpático.

Tem aspiró hondo y se decidió:

—Háblale de nuestra madre. Háblale de *ti.*

Dejó la pluma, miró a sus hijos por un instante y les abrió los brazos, los abrazó y los besó en la frente.

—Escribiré todo lo que habéis dicho y aún más. Le diré cuánto la hemos echado de menos..., cuánto la queremos y que necesitamos que vuelva con nosotros. Y le contaré todo sobre mí.

Tem le miró interrogador.

—Todo —prometió Josh—. Después de que se haya enterado, tal vez no quiera saber nada de mí. Es posible que quiera quedarse en Maine con su familia.

Dallas le miró como si fuera a llorar de nuevo.

—Dile que puede besarte todo lo que quiera.

Josh se echó a reír.

—Estaré encantado de decirle eso. Y ahora quiero que los dos os vayáis a la cama. Y no me miréis así. Os juro que escribiré la carta.

—¿Podremos leerla? —preguntó Tem.

—No, no podréis. Ésta es mi carta y es privada.

—No te olvides de decirle que... —empezó a decir Dallas.

—No quiero una sola orden más de ninguno de vosotros, granujas. Ahora, marchaos a la cama para que yo pueda escribir tranquilo. Y dejad de mirarme así. Soy perfectamente capaz de escribir una carta por mí mismo.

Los niños no volvieron a decir una sola palabra mientras subían por la escalera al desván, aunque a Josh le pareció oír a Tem susurrar:

—No ha hecho nada muy bien sin nosotros.

Resistió el impulso de defenderse, pero se lo impidió el hecho de que lo que decía su hijo era la pura verdad. Sonriendo volvió la vista al papel.

La noche anterior fue cuando escribió la carta a Carrie y en aquellos momentos él y los niños iban de camino al pueblo para dejarla en el correo. Por la mañana, Tem se encontró a su padre dormido con la cabeza sobre la mesa y una carta de muchas hojas debajo de un brazo. Cuando intentaba sacar con cuidado la carta, Josh se despertó.

—¿Qué hora es? —preguntó, frotándose la cara con barba de dos días.

—Tarde. ¿Echarás hoy la carta al correo?

Sonrió al ver la expresión suplicante de su hijo.

—Nosotros la llevaremos al correo hoy. Los tres iremos al pueblo. El maíz no puede ponerse peor de lo que ya está. Vamos, vístete y ayuda a Dallas mientras me afeito.

De manera que por eso estaban entrando en el pueblo, un pueblo que apenas reconocieron. La última vez que Josh había estado en Eternity, con Carrie, no era más que calles polvorientas, transitadas por lo general por personas que abandonaban el pueblo. Por el contrario, lo que veían era lujosos carruajes y hombres con indumentarias que Josh no había visto desde que llegara al oeste.

—¿Estamos en el cielo? —se asombró Dallas, sentada delante de su padre.

Por un momento Josh pensó que había tomado la dirección equivocada y estaban en otro pueblo, acaso en Denver; pero reconocía demasiadas cosas para que se tratara de otro lugar.

Cuando llegaron al almacén, donde estaba la oficina de correos, se detuvo. Tem desmontó, luego lo hizo Josh y ayudó a bajar a Dallas.

Los tres se habían quedado sin habla al observar toda aquella actividad en un pueblecito prácticamente muerto.

—¿Qué pasa en este pueblo? La última vez que estuve aquí parecía un sitio abandonado —le dijo Josh al tendero tan pronto como hubieron entrado.

Antes de que nadie contestara, y tenían mucho que decirle al marido de la heroína del pueblo, que ni siquiera había ido a visitarla, Dallas lanzó un chillido jubiloso.

Al volverse, Josh vio a Carrie de pie en la puerta. No podía creerlo, pero estaba todavía más bonita de lo que él la recordaba y ansiaba correr junto a ella y abrazarla. Pero después del primer instante, en que pareció que ella le miraba con amor, volvió a hacerlo con una expresión que no presagiaba nada bueno.

Un segundo más tarde, Carrie abría sus brazos a los niños, que corrieron hacia ella como si se hubieran separado el día anterior. No mostraron ni pizca de timidez ni duda alguna de que Carrie los siguiera queriendo. Josh vio a su hijo besar sin recatarse las mejillas sonrosadas de

Carrie al tiempo que la abrazaba. Por su parte, Dallas había enlazado las piernas alrededor de la cintura de Carrie y permanecía sentada sobre su amplia falda, sin visos de que pensara abandonar jamás su asiento.

Los niños y Carrie se pusieron a hablar a la vez, mientras *Chu-chú* corría y ladraba a su alrededor, semejante a un molesto mosquito, y Josh se sentía dolido porque sus hijos le estuvieran contando cosas que no le habían dicho a él. Le contaban lo que habían pensado y hecho mientras ella había estado fuera. Tem le dijo que había estado buscando a la niña salvaje, algo que Josh ignoraba.

—Y papá te ha echado de menos cada día. Te ha escrito una carta —le informó Dallas.

—¿De veras? —Carrie miró a Josh por encima de la cabeza de Tem—. No he recibido nada suyo.

—Venimos hoy para ponerla en el correo —le aclaró Tem.

Carrie bajó los ojos y le sonrió. No creía que fuera posible echar de menos a alguien como ella había echado de menos a aquellos niños. Había pasado preguntándose todas las horas de cada día qué estarían haciendo, y siempre que los echaba de menos sentía ansias de disparar contra Joshua Greene; o tal vez de apuñalarle, o de hacerle pasar por debajo de la quilla, o, acaso, de pasar tres semanas en la cama con él.

Al mirar de nuevo a Josh tenía los labios apretados en un gesto firme. Él se acercó y le dijo en voz baja:

—Me gustaría hablar contigo.

—¿De veras? ¿Quieres hablar conmigo como lo hiciste el día en que me dejaste en la estación?

—Por favor, Carrie.

Pero no iba a ceder tan fácilmente. Con Dallas todavía encaramada en su cadera, pasó junto a él y se dirigió al empleado del almacén.

—¿Hay algo para mí?

El empleado miró alternativamente a uno y a otra mientras le entregaba a ella una carta y otra a Josh. Carrie tomó la suya y empezó a retirarse.

Josh tomó a Dallas y la dejó en el suelo.

—Afuera —les dijo a los niños, que de inmediato salieron del almacén.

Carrie inició un movimiento para seguirlos, pero Josh le cortó el paso.

—He dicho que quiero hablar contigo.

—En la vida no siempre logramos lo que queremos, ¿no crees? Yo quería vivir contigo y con tus hijos. Sólo Dios sabe por qué hube de elegir a una persona terca como una mula, incapaz de escuchar una sola de mis palabras; pero lo hice y vivo para lamentarlo. Y ahora ¿querrás apartarte de mi camino, por favor?

Josh no se movió, y Carrie decidió hacer como que le ignoraba, abrió la carta y se dispuso a leerla.

—No hay nada que puedas decir —añadió mientras empezaba a leerla—. Una vez me rechazaste y no permitiré...

Se interrumpió al darse cuenta de lo que decía la carta. Miró aterrorizada a Josh y, acto seguido, todo se le oscureció. Según se desplomaba sin conocimiento, Josh la recogió en sus brazos.

13

Al volver en sí, Carrie se encontró tumbada en el sofá de una pequeña y acogedora sala que nunca había visto antes. Empezó a incorporarse.

—Eh, quédate quieta y bebe esto —oyó que decía Josh, que le puso una mano en la nuca y le acercó un vaso con coñac a los labios.

Se encontraba sentado en una silla frente a ella. Carrie bebió un sorbo y, ante la insistencia de Josh, volvió a tumbarse.

—¿Qué ha pasado? —musitó—. ¿Y dónde estoy? —Le miró con ojos suspicaces—: ¿Y qué haces tú aquí?

Josh sonrió.

—Me alegro de comprobar que ya te sientes mejor.

—Lo estaba hasta que te he visto —afirmó Carrie, aunque sin gran convicción.

Ansiaba más que nada en el mundo que la rodeara con sus brazos. Había abierto su tienda de modas y le estaba yendo muy bien, pero la verdad era que aborrecía todo aquello. Lo que en realidad quería era estar en casa con Josh y con los niños.

Josh vio que le brillaban los ojos.

—Verás —le dijo con la voz más cariñosa y suave que Carrie había oído nunca—. Creo que jamás llegarías a ser una actriz consumada. Tu rostro es de lo más revelador.

—¡No te acerques a mí! —exclamó, cuando él se inclinó y la besó en la comisura de la boca.

—Tengo pensado acercarme aún mucho más a ti. Carrie, cariño, he venido para decirte que te quiero, que te amo con todo mi corazón, y te pediría que te casaras conmigo si no gozara ya de ese privilegio.

Carrie quería castigarlo, ponérselo difícil, hacer que se sintiera tan desgraciado como él le había hecho sentirse a ella. Pero en cambio se cubrió el rostro con las manos y rompió a llorar.

Josh la miró consternado mientras le alargaba un pañuelo.

—Creí que te gustaría la idea. —Como seguía llorando, le estrechó las manos húmedas—. No hay nadie más, ¿verdad, Carrie? Pensé..., no, tuve la esperanza, al ver que todavía seguías aquí, de que tal vez te hubieras quedado porque..., bien, porque tú...

Carrie le miró, sorbiendo por la nariz.

—Me quedé porque no tenía dinero suficiente para volver a casa.

Al oír aquello, Josh se echó a reír y, al cabo de un instante, se le unió Carrie. Él, sin dejar de reír, le cogió la cabeza y empezó a besarle la cara.

—Dime que no hay nadie más. Dímelo. Por Dios, Carrie, te he echado tanto de menos... Creo que cuando te fuiste te llevaste mi alma. ¿Cómo se puede llegar a amar tanto a alguien en tan pocos días?

Se inclinaba hacia ella, casi encima, besándola donde podía alcanzar.

—Me enamoré de ti por una fotografía —le recordó Carrie en voz baja, mientras Josh le besaba los labios.

Detrás de ellos se abrió la puerta de la salita.

—Sólo quería ver cómo... Ah, les ruego que me perdonen... —dijo el propietario del almacén mientras volvía a cerrar la puerta.

Josh sonrió mirando a Carrie.

—Más vale que te llevemos a casa. Terminaré esto por la noche.

Carrie, aturdida de felicidad, empezó a incorporarse, pero enseguida se llevó la mano a la frente. Josh hizo que se recostara de nuevo y le acercó otra vez el vaso a los labios.

—No estás bien.

Carrie le sonrió, porque lo había dicho como si creyera que estuviese a punto de morir de un momento a otro.

—Estoy...

Se interrumpió al ver la carta sobre una mesa y recordar lo que la había trastornado tanto hasta hacerle perder el conocimiento. Tenía los ojos muy abiertos y se había quedado sin palabras.

Josh cogió la carta con el ceño fruncido. Tras desmayarse Carrie y llevarla él a la casa del propietario del almacén, leyó la carta mientras la mujer del comerciante le daba a oler sales a Carrie. Anunciaba la visita de uno de los maravillosos hermanos de Carrie, perfectos e irreprochables.

Carrie apuró el coñac, se terminó el agua y volvió a echarse sobre los almohadones.

—¿Cuándo dice que llega? —preguntó en voz queda.

Josh releyó por encima la carta.

—El doce de octubre. —La miró fijamente—. Eso es mañana.

Pareció como si fuera a desmayarse de nuevo, así que Josh escanció más coñac, se lo ofreció y dijo sonriente:

—Considéralo por el lado bueno. La diligencia nunca ha llegado a tiempo en todos los años que lleva viniendo a Eternity, así que no hay razón alguna para creer que tu hermano no tarde semanas en aparecer.

Carrie habló con tono sombrío:

—Si mi hermano 'Ring dice que estará aquí el doce de

octubre, no dudes por un momento de que así será. Aunque él mismo tenga que conducir el carruaje, estará aquí exactamente cuando él dice.

—¿Te importaría decirme por qué razón la inminente visita de uno de tus perfectos hermanos hace que te pongas lívida, del color de los polvos de arroz?

—Y ¿qué sabes tú de los polvos de arroz? Y además ¿cómo sabes tanto de corsés y de otras prendas interiores de mujer? Y otra cosa más, te aborrezco por haberme dejado sola durante seis semanas y dos días mientras decidías si me querías o no. Si hubiera tomado la diligencia de regreso a Maine podían haberme matado los indios y ni te hubieras enterado. Podía...

Josh la besó para hacerla callar.

—No trates de distraerme empezando una discusión. ¿Por qué te trastorna tanto la llegada de tu hermano?

—No debería decírtelo. Tú jamás me has contado nada sobre ti mismo.

Cruzó los brazos sobre el pecho y apretó con fuerza los labios.

—Pero, claro, tú no eres una persona que tenga secretos, ¿verdad?

Carrie le dirigió una mirada relampagueante.

—¿Es lo mismo que no ser misteriosa?

—Estás yéndote por las ramas, Carrie.

Ella dejó caer los brazos.

—Muy bien. El que viene no sólo es uno de mis hermanos; es 'Ring. Mi hermano mayor. Mi hermano perfecto.

Josh la miró como si no le hubiera aclarado nada.

—Por lo que deduzco, consideras a cada uno de tus hermanos la viva imagen de todas las cualidades masculinas.

Carrie respiró hondo. ¿Cómo describir a 'Ring a alguien que no le conociera?

—'Ring es realmente perfecto. Mis otros hermanos tienen algún que otro defectillo.

Al verle enarcar las cejas con burlona incredulidad, Carrie le hizo una mueca. Josh la besó tres veces, tomó de nuevo asiento y esperó a que siguiera hablando.

—'Ring jamás miente ni engaña y, según dice todo el mundo, no tiene debilidad humana alguna. Lo único malo que se puede decir de él es que es el más feo de todos mis hermanos. —Aquello hizo sonreír a Carrie—. 'Ring no es humano.

Josh puso los ojos en blanco.

—¿Y por qué motivo la aparición de ese ángel sobre la Tierra puede hacerte infeliz?

Carrie se llevó las manos a la cara.

—No lo sé. No va a gustarle lo que he hecho. Estoy segura de que estará muy enfadado si mi madre le ha hablado de mi treta para que mi padre firmara los documentos.

Se sonó la nariz con el pañuelo de Josh y le contó toda la historia de cómo había introducido los papeles de su matrimonio entre un montón de otros documentos que su padre había de firmar.

Josh se quedó estupefacto.

—Y cuando les dijiste a tus padres lo que habías hecho ¿no rompieron los documentos y te encerraron en tu habitación?

Carrie se sonó de nuevo.

—No, claro que no. Mis padres y mis hermanos me dan siempre lo que quiero. Sólo 'Ring...

Empezó otra vez a llorar.

Josh necesitó un momento para digerir aquel acercamiento a la familia de Carrie. La niña mimada a la que siempre le dan lo que quiere. Nada objetaban si quería viajar sola, a través de todo el país para adentrarse en la inexplorada región de Colorado, porque había obtenido de manera ilegal la firma de unos documentos a fin de casarse con un hombre al que jamás había visto. Todo cuanto quisiera su preciosa criatura. Y allí estaba el resultado, se dijo Josh. Carrie había salido adelante, fragante como una rosa. Tenía a un hombre y dos niños que la adoraban tanto como a la luz del sol y al aire.

—¿Por qué me miras de esa manera?

—Estoy pensando en que quizá tu hermano 'Ring te conoce perfectamente.

—¡Es horrible que digas eso! Pareces 'Ring. Siempre está diciéndole a mi padre que me envíe a un convento y ni siquiera somos católicos.

Josh tosió para disimular la risa, pero no engañó a Carrie, que inició el movimiento de levantarse del diván, prometiendo que jamás volvería a hablarle.

Josh la atrajo sobre sus rodillas y empezó a besarla. En un principio, Carrie se mantuvo rígida, pero enseguida cedió a su abrazo.

—Muy bien, cariño, dime qué es lo que te asusta. —Como ella no contestó de inmediato, dejó por un instante de acariciarle el pelo—. Soy yo, ¿verdad? No quieres que él sepa que tu marido es un pobre labriego que ni siquiera puede darte...

—¡Cállate! —le gritó a la cara, al tiempo que se ponía en pie de un salto—. ¡Estoy harta de oír hablar de dinero! ¡Esto no tiene nada que ver con el dinero! ¡Tengo montones!

—El dinero de tu familia —asintió Josh con tono. lúgubre.

—¡Para tu información, tengo dinero que he ganado yo! —Dejó de gritar al ver su mirada de incredulidad—. ¿Acaso no te has dado cuenta de algo distinto en este pueblo desde la última vez que lo viste? Y no tienes que decirme que hace semanas que no has venido por aquí, porque ya lo sé. Todo el mundo en el pueblo me ha estado diciendo que te habías convertido en un ermitaño, y también esos pobres y queridos niños que, debo añadir, no te mereces. ¿No lo crees así? Dime.

—¿A qué pregunta he de contestar? ¿A la que se refiere al pueblo o a la de los niños?

Carrie apretó los dientes. Se estaba burlando de ella. Le dio la espalda y se volvió de nuevo de cara a él, con una sonrisa farisaica.

—Dijiste que yo era una inútil. Lo dijiste porque no sé cocinar ni me vuelvo loca por aprender a limpiar. Pero ¿acaso tienes idea de lo que sí sé hacer?

—Sí —afirmó Josh, de una manera que hizo que ella enrojeciera y perdiera el hilo del razonamiento.

—Puedo... ¡Vaya que sí! Puedo ganar dinero.

—¿Por arte de birlibirloque? ¿O recurres a algún hechizo con lenguas de sapo o algo semejante?

—No. Es mucho más sencillo que todo eso. Lo gano trabajando. Si vuelves a reírte de mí, Joshua Greene, te juro por el apellido de mi familia que jamás volveré a acostarme contigo.

Josh no se rio. De hecho, con semejante castigo en perspectiva, no sintió el menor deseo de reírse; ninguno en absoluto.

Carrie volvió a ocupar su asiento y le contó cómo había llegado a abrir la tienda. Le dijo que, después de que la dejara en la estación de la diligencia, se alojó en el horrible y pequeño hotel de Eternity y se pasó dos días sin hacer otra cosa que escribir cartas. Escribió a la esposa de todo hombre importante de Denver. La gente de Eternity le facilitó los nombres y las direcciones, más o menos exactas, de todo aquel ciudadano de Denver del que hubieran oído decir que tenía algún dinero.

—¿Qué fue lo que les escribiste a esas mujeres?—preguntó Josh, con genuina curiosidad.

Les escribió que sus hermanos habían regresado recientemente de París y le habían traído demasiados vestidos, que difícilmente podría utilizar. Y que además sus hermanos tenían cabeza de chorlito y le habían comprado los vestidos de todas las tallas imaginables, así como de todos los colores que podían encontrarse en París.

—Todo un grito de ayuda —observó Josh, pero ya no le tomaba el pelo.

Carrie acabó de contarle rápidamente el resto de la historia, hablándole de sus primeras clientas, de la contratación de costureras, de no dejar que las mujeres idiotas se pusieran lo que no les sentaba bien.

—Tenías que haberlas visto. Mujeres que pesaban noventa kilos con volantes de gasa blanca y otras, delgadas como un silbido y sin busto, vestidas de negro. Empecé a poner algodón en las delanteras de los vestidos. Ya sabes, «Por si había olvidado algo...», etcétera.

—No, me parece que no lo sé.

—«Por si había olvidado algo, Dios proveyó de algodón» —recitó Carrie.

Josh no soltó una carcajada, pero tuvo que tomar un sorbo de coñac para contenerse.

—¿Y cómo se llama esa tienda?

—«París en el desierto.»

Carrie recibió la rociada del coñac de Josh.

Luego de sacudirse la pechera del vestido, se le quedó mirando con los ojos entrecerrados.

—¿Te estás riendo de mí?

—No, amor mío, en absoluto. «París en el desierto» es un nombre muy acertado. Y va muy bien con *Chu-chú*.

Carrie le miraba con fijeza, pero no podía decir si hablaba en serio o no. Terminó su historia contándole hasta qué punto la creciente prosperidad de su tienda había ayudado a la economía de todo el pueblo.

Cuando terminó su relato, se quedó mirando triunfante a Josh. Esperaba palabras encomiásticas de él, pero su expresión era melancólica.

—¿Qué pasa ahora? ¿No te he demostrado que no soy una inútil?

—Incluso eres capaz de ganar dinero —se lamentó Josh, desolado—. ¿Qué va a decir tu hermano del hecho de que te hayas casado con un hombre que ni siquiera parece poder ganarse la vida adecuadamente; un hombre que no puede mantener a su esposa?

—Mi hermano nunca ha esperado que me casara por dinero. Su esposa no tenía una gran fortuna cuando la conoció, así que ¿por qué ha de ser rico mi marido?

Carrie se dijo que a veces hablar con Josh era como hacerlo con un tarugo de madera.

—Tú no lo entiendes, pero me imagino que tu hermano sí. ¿No es por eso por lo que te preocupa su visita?

—No. 'Ring tendrá mucho que decir sobre mi... Bueno, considerará poco honrada la forma en que hice firmar los documentos a mi padre. Además, existe la posibilidad de que nuestro matrimonio no sea del todo legal, porque mi padre no sabía lo que estaba firmando y yo todavía no he cumplido los veintiún años. Y a 'Ring le enfadará que tú y yo hayamos vivido unos días juntos y que luego yo haya vivido sola en el pueblo, sin protección, sin que nadie se ocupase de mí mientras mi marido se quedaba en la granja. 'Ring es un hombre chapado a la antigua, que cree que un hombre y su esposa deben vivir juntos.

Josh sonrió. No podía hacerle comprender lo que significaba para un hombre no ser capaz de mantener a su mujer, pero al propio tiempo la estaba poniendo a prueba. Cuando pasaran tres años podría abandonar la granja y entonces estaría en condiciones de ganarse la vida de nuevo.

Hizo sentar de nuevo a Carrie sobre sus rodillas.

—Si a tu hermano le preocupa que no estemos casados con todas las de la ley, sólo tendremos que volver a casarnos de nuevo. Siento haberme perdido la primera, pero esta vez podremos tener una auténtica noche de bodas. —Le enmarcó el rostro con las manos y la besó—. Estoy empezando a pensar que de verdad me quieres. Si puedes quererme tal como soy ahora, tal vez puedas quererme más adelante.

—¿Qué quieres decir con eso? —Después de mirarle un instante, se dio media vuelta, irritada—. Claro, ya veo. Secretos de nuevo. ¿Cuándo vas a quererme lo bastante para contármelo todo sobre ti?

—En realidad ya lo he hecho —dijo Josh; al tiempo que se echaba mano al bolsillo de la chaqueta y sacaba la carta que se había pasado la noche escribiendo. Al hacerlo, cayó al suelo la que acababa de recibir por correo, y Carrie la recogió—. He pasado toda la noche escribiéndote esto. Iba a enviarla a Maine.

Carrie alargó la mano para cogerla, pero él retrocedió.

—Ahora puedo decírtelo todo de palabra.

—Me gustaría leerla. ¿Me haces en esa carta declaraciones de amor eterno?

—Sí —afirmó Josh con una mirada cariñosa—. ¿Qué es eso?

Carrie miró la carta que tenía en la mano y observó que no figuraba el remitente.

—Va dirigida a ti —dijo a Josh.

En tono de broma, él puso la carta que le había escrito sobre una mesa, fuera del alcance de Carrie.

—Tal vez sea preferible que lea antes mi propio correo. Acaso sea de una admiradora.

Sin dejar de sonreír se acercó la carta a la nariz.

Sólo quería bromear, pero de pronto se puso pálido al olfatear el sobre.

—¿Estás bien, Josh?

Palideció todavía más. Carrie se puso en pie de un salto y fue en busca de más coñac. A ese paso, los dos iban a embriagarse.

Tras apurar el coñac de golpe, tendió el vaso para que

se lo llenara de nuevo y, una vez servido, lo apuró también antes de abrir la carta con manos temblorosas.

Necesitó sólo unos segundos para leerla. Carrie nunca había visto a un hombre perder el conocimiento, pero pensó que lo vería de un momento a otro.

Le tomó un brazo, se lo pasó por sus hombros y le ayudó a ir hasta el sofá.

—Josh! —le gritó, sacudiéndole.

Las sales estaban sobre la mesa y Carrie se las puso debajo de la nariz. Josh volvió la cabeza, así que se encontró mirando al respaldo del sofá.

—¿Pasa algo malo, Josh?

No contestó, sino que siguió con la mirada fija en el respaldo, dando la impresión de haberse despedido de la vida.

Carrie recogió la carta, que había caído al suelo, y la leyó.

> Mi querido Joshua:
>
> Sólo tendrás que firmar el último documento y quedarás libre. Te lo llevaré el trece de octubre. ¿Cómo están nuestros queridos, queridísimos hijos?
>
> Con todo mi cariño,
>
> NORA
>
> P.D. ¿No habrás cambiado de idea? ¿O te has acomodado a la vida de labriego?

Cuando terminó de leer la carta por tercera vez, Carrie también temblaba.

—¿Quién...? ¿Quién...? —Se aclaró la garganta—. ¿Quién es Nora?

Josh se volvió hacia ella con gran lentitud y se quedó sentado.

—Al parecer sigue siendo mi esposa —murmuró.

Carrie se le quedó mirando boquiabierta, inmóvil como

una estatua. Su familia y otras personas le habían asegurado que la vida era difícil, pero nunca se lo había creído. Cuando alguien le decía que la vida era dura, Carrie le contestaba que la vida era como uno se la hace. Decía que la gente elegía ser feliz o triste, y siempre ponía ejemplos de personas pobres que, a pesar de sufrir una desgracia tras otra en sus familias, eran felices, mientras que otras personas, que eran ricas y tenían cuanto podían desear, eran infelices. Cierto día, cuando ella tenía unos dieciséis años y se encontraba proclamando tan grande sabiduría, su madre le dijo que la gente feliz jamás había estado realmente enamorada. Le explicó que el amor se componía de dos tercios de gozo y el tercero del dolor más lacerante del mundo; que las penas del amor superaban en mucho a las de la muerte. Carrie lo que pensó entonces fue que su madre no era demasiado perspicaz, pero en esos momentos comprendía perfectamente lo que había querido decirle.

Carrie enderezó su espalda.

—Verdaderamente oportuno. Mi hermano llega mañana y podrá llevarme con él de vuelta a Warbrooke.

Josh se levantó del sofá en un santiamén y le puso las manos sobre los hombros.

—Yo pensaba que el divorcio era firme. Lo creí definitivo hace un año. ¡Bien sabe Dios lo que he pagado para librarme de ella!

Carrie le dirigió una mirada glacial.

—Y yo pensaba que eras viudo. Claro que nunca te mereció la suficiente confianza para que me confiaras que no era así. ¿Querrías apartarte de mi camino? He de volver a mi tienda. —Le miró de arriba abajo—. No todos fracasamos en los negocios, ¿sabes?

Al oír aquello, Josh dejó caer las manos de sus hombros, porque en aquel momento no se le ocurría nada más que decir. Se hizo a un lado y dejó que Carrie abandonara la habitación.

14

Mirándose al espejo, Carrie se pellizcó las mejillas y deseó tener en ellas algo del rojo de su nariz. Volvió a empolvársela. A 'Ring no iba a gustarle que llevara polvos y tampoco sus ojos enrojecidos. Pero lo que sobre todo no iba a gustarle sería lo que tenía que decirle. Realmente se iba a enfadar mucho con ella.

Sintió llenársele de nuevo los ojos de lágrimas. ¿Cuánta agua puede expulsar un cuerpo? Se había pasado llorando toda la noche y toda la mañana.

El día anterior había vuelto a la tienda después de dejar a Josh, dispuesta a sumergirse en su trabajo. Eso era lo que hacían siempre sus hermanos cuando se sentían preocupados por algo. Pero no dio resultado; tal vez porque dirigir una compañía naviera fuera más importante que elegir trajes para señoras. El caso es que se sintió incapaz de pensar en otra cosa, salvo que su marido estaba casado con otra. Ella ni siquiera sabía que la esposa vivía todavía. Era posible que Josh la amara, pero no confiaba en ella lo suficiente para contarle todo lo referente a él.

Dos horas después de separarse de Josh el día anterior, Tem y Dallas se presentaron en la tienda pidiendo verla. Carrie procuró secarse los ojos para que los niños no vieran que había estado llorando, pero los chiquillos se dieron cuenta al instante.

Tem le preguntó que si había leído la carta de su padre. Pensando tan sólo en la carta de Nora, Carrie contestó que, en efecto, la había leído y que por culpa de esa carta iba a abandonar Colorado para siempre.

Cuando los niños salieron de la tienda parecían viejos; viejos hastiados y fatigados, viejos que habían tenido demasiada infelicidad en sus vidas.

Una vez que se hubieron ido, Carrie se fue a la pequeña casa que tenía alquilada en la trastienda y lloró hasta quedar vencida por un sueño agitado. En cuanto a las mujeres que se encontraban en la tienda, tanto las que trabajaban para ella como las clientas, no le importaban lo más mínimo.

Y ya por la mañana se encontró con que debía ir a recibir a su hermano, que llegaba en la diligencia; y precisamente su hermano 'Ring, la última persona a la que quisiera ver. Tal vez no la reconviniera con un «ya te lo dije», pero Carrie lo leería en sus ojos. Él siempre le había dicho que era una caprichosa y que estaba demasiado mimada por la familia, y ella le estaba dando la razón.

Cuando se puso el sombrero ni siquiera se molestó en atarse adecuadamente las cintas con aquel pequeño y coquetón lazo como habitualmente hacía, ya que en realidad le importaba poco su aspecto.

Mientras se dirigía a la estación no miraba a la gente que la saludaba ni contestaba a los saludos. Toda cuanto quería era terminar de una vez con todo aquello, ver a su hermano y pedirle que hiciera lo necesario para que pudiera volver a Maine. Y pensó: donde una vez más seré el bebé de la familia, la chiquilla a la que todos consideran su juguete; un lugar donde ya no tendré a mi pequeña familia propia ni al hombre que sólo piensa en quererme. Claro que tampoco había tenido eso cuando creyó tenerlo.

Llegó a la estación treinta minutos antes de la hora

prevista para la llegada de la diligencia. El encargado de la estación se echó a reír al verla.

—Esta diligencia hace no sé cuántos años que no llega a su hora y tampoco llegará hoy. He oído decir que han tenido dificultades con los indios. Probablemente pasarán unos días antes de que llegue.

Ella ni siquiera le miró.

—Mi hermano se ocupará de que llegue aquí a su hora —afirmó con voz cansada, mientras tomaba asiento en el banco.

Aquella aseveración hizo partirse de risa al hombre, que salió del edificio sin duda para contar la historia al resto de los ciudadanos.

No habían pasado dos minutos de su marcha cuando entró Josh.

—¡Santo Cielo! ¡Si tenemos aquí al marido de Nora! —exclamó Carrie, se dio la vuelta y se puso de cara a la pared.

Josh se sentó a su lado e intentó cogerle la mano, pero ella la retiró rápidamente.

La tomó por los hombros y la obligó a volver el rostro.

—He aprendido algo sobre ti, Carrie. Nunca te das por vencida. Nunca.

—A veces es necesario.

Intentó soltarse, pero él no lo permitió.

—No te hablé de Nora porque pensaba que había salido para siempre de mi vida. Es así de sencillo. Ya leíste la carta. Yo creía que el divorcio era firme y que todos los documentos estaban firmados. Supuse que le había dado lo suficiente para que incluso ella se diera por satisfecha.

—¿Y qué más le diste? ¿Todo tu amor?

—Nora no quería amor, sino dinero; de manera que le di hasta el último centavo que tenía. Y una vez que se lo di todo, incluido mi vestuario, para poder librarme de ella y quedarme con mis hijos, todavía pedía más.

—Te quería a ti.

Josh sonrió.

—Tú eres la única mujer que me quiere. Tú me quieres a pesar de mi mal genio y de mi inutilidad para la labranza. Tú me quieres a mí y quieres a mis hijos y todo cuanto yo pueda tener, no lo que pueda darte; como no sea, quizás, el suficiente amor para colmar el mundo entero.

—Cállate.

Lo dijo en voz muy baja, porque había empezado a llorar de nuevo.

—Siento mucho todo lo ocurrido, Carrie. Siento haberte juzgado mal pensando que eras tonta. —Sonrió al ver su mirada de protesta—. ¿Acaso puedes reprochármelo? Eres demasiado bonita para que un hombre piense que puedes tener cerebro. Y sé por experiencia que las jóvenes bonitas sólo piensan en sí mismas.

—¿Es bonita tu mujer?

—Mi ex mujer. No, Nora no es exactamente bonita. —Le desató las cintas del sombrero y volvió a atarlas con una preciosa lazada—. No amo a Nora. Ni siquiera estoy seguro de haberla amado alguna vez.

—Sin embargo, es la madre de tus hijos.

—Tampoco la odiaba.

Al oír aquello, Carrie inició un movimiento para ponerse en pie, pero él la forzó a sentarse de nuevo.

—¿Qué importa eso ahora? Te amo a ti y quiero casarme contigo y que te quedes conmigo y con los niños. Para siempre. Eso es lo que has querido desde la primera vez que nos viste, ¿no es así?

Los ojos de Carrie la traicionaban de nuevo.

—No creo que me gustes. Me has mentido.

—No te mentí. Yo creía que el divorcio era firme. La carta que recibí ayer me causó el mismo sobresalto que a ti.

Como ella no dijo nada la abrazó, pero hubo de transcurrir un momento antes de que Carrie perdiera su rigidez.

—Mi hermano...

Josh le acariciaba el pelo.

—Déjame tu hermano a mí.

—Tú no le conoces. Se enfadará muchísimo cuando se entere de que estoy casada con un hombre casado.

—Por no hablar del bebé que vas a tener —susurró Josh.

Carrie se quedó un instante sin respiración. No necesitó preguntar cómo lo había descubierto, ya que durante la última semana se había desmayado tres veces y estaba segura de que la mitad del pueblo elucubraba sobre el motivo de esos desmayos.

—¿Quieres que me quede junto a ti por el bebé?

—Pues claro, ni qué decir tiene. El bebé es la única razón por la que te quiero junto a mí. ¿Te das cuenta de que estoy coleccionando niños? Conmigo todos los niños se mueren de risa. ¿No será posible que quiera que te quedes porque la sola idea de vivir sin ti me convierte en el hombre más infeliz del mundo? —Y añadió en un susurro—: Por favor, Carrie, no me dejes.

Entonces ella le abrazó también y Josh la besó, la besó con cariño y anhelo.

—Cuando tu hermano llegue aquí, cuando quiera que aparezca la diligencia, hoy o mañana o cuando sea... —Le puso un dedo en los labios para impedir que hablara—. Pues cuando sea déjamelo todo a mí. Le haré creer que somos la pareja más feliz del mundo y que nada en absoluto ha ido mal entre nosotros. Quién sabe, tal vez la diligencia tarde en llegar todavía tres días. Para entonces Nora habrá venido y se habrá ido, nos habremos casado y todo será estupendo..., salvo mi cosecha de maíz.

—A mi hermano le importará poco tu agusanado

maíz si yo soy feliz y... —consultó el reloj que llevaba prendido en el pecho—. La diligencia tiene la llegada dentro de diez minutos. Estará aquí en diez minutos y mi hermano irá en ella.

Josh sonrió condescendiente.

—Muy bien, pues si llega en la diligencia me las entenderé con él. Si quiere que nos casemos de nuevo le daremos largas hasta que Nora me entregue el documento y el divorcio sea definitivo. Veinticuatro horas todo lo más. —Le levantó la barbilla, de manera que tuvo que mirarle—. ¿Puedes perdonarme, por lo de Nora? No quería decirte que mi primer matrimonio había sido un fracaso. No puedes culparme, ¿verdad? Supongo que el maíz es un claro exponente de mi otro fracaso.

—Tú no eres un fracasado.

Josh la besó.

—No sabes lo que eso significa para mí. Por primera vez desde que me vi obligado a cargar con esta condenada granja, cuando te miro a los ojos no me siento como un fracasado.

—Sabía que me necesitabas.

—Fui lo bastante estúpido para no verlo —se lamentó Josh, inclinándose de nuevo para besarla; pero Carrie irguió la cabeza y puso el oído atento.

—Ahí está la diligencia.

Se soltó de él, se puso en pie y salió afuera.

Sentado en el banco, Josh sonrió con cariño. Era tan confiada y creía tanto en los demás... En ese momento pensaba de veras que la diligencia llegaría a las cuatro en punto.

Se oyó más cerca el ruido traqueteante del carruaje y Josh también salió al exterior. Carrie se encontraba de pie en un extremo del entarimado, desde donde podría verlo todo en el caso de que en realidad llegara la diligencia.

Josh dirigió la mirada hacia donde provenía el ruido y,

desde luego, acercándose hacia ellos llegaba algo que parecía una diligencia. Miró el reloj de Carrie.

—No lo lograrán. Faltan dos minutos para las cuatro y todavía les queda un largo trecho.

—'Ring lo logrará —aseguró Carrie sin demostrar excesivo interés.

Para entonces la mayor parte de la población de Eternity abandonaba tiendas y calles para ser testigos del fenómeno de la llegada a su hora en punto de la diligencia. Mirando por encima de la cabeza de Carrie, Josh contempló con fascinación creciente cómo el cochero hacía restallar el látigo sobre los caballos. Ya le era posible ver al hombre de pie en el pescante, podía oírle gritar a los caballos y también casi el resuello jadeante de los animales corriendo a todo galope hacia el entarimado de la estación. Por lo general, el cochero, casi siempre medio borracho, llegaba al pueblo poco más que dando un paseo, sin importarle lo que tardaba.

—Creo que lo van a lograr —reconoció Josh entre dientes.

—Desde luego —se mostró firme Carrie—. A las cuatro en punto.

A Josh se le desorbitaron los ojos por el asombro al divisarse cada vez mejor el carruaje. Si no se equivocaba, en el techo había flechas clavadas. Miró en derredor a la gente que se agolpaba, cada vez en mayor número, y les vio señalar algo.

Exactamente a las cuatro en punto, la gran diligencia se detuvo chirriante delante del entarimado de la estación. No sólo llevaba flechas clavadas en el techo, sino que en todo un costado del carruaje podían verse agujeros de balas. Atado a la parte de atrás se hallaba un caballo de montar, de hermosa estampa.

—¿Qué ha ocurrido? —gritaron todos a la vez al cochero.

Josh no creía haber visto en su vida un hombre de aspecto más fatigado que aquel cochero. Por lo general estaba borracho pero ese día se encontraba sereno en demasía, pues tenía ojeras oscuras, no se había afeitado en una semana y la comisura izquierda de los labios se le agitaba con un movimiento nervioso.

—¿Que qué ha ocurrido? —rezongó el cochero mientras bajaba con paso inseguro del pescante—. Nos asaltaron ladrones. Los indios perseguían a unos vaqueros borrachos y unos y otros se lanzaron sobre nosotros. Nos hemos topado con una estampida de búfalos. No hay nada que no nos haya ocurrido. —El cochero empezaba a disfrutar de poder contar con un público y siguió adelante con la historia—: Pero además llevábamos con nosotros a un loco. Uno que se llama Montgomery.

Carrie miró a Josh como diciendo ya-te-lo dije. El cochero continuó con su perorata:

—Ese hombre dijo que teníamos un horario que cumplir y aseguró que tenía una cita y que estaba dispuesto a llegar a Eternity a la hora exacta. Se lo aseguro, ese hombre está mal de la cabeza. Corríamos a ciento cincuenta kilómetros por hora, más o menos, y salió por la ventanilla de la diligencia, se montó en su caballo y él solo mantuvo apartada de la diligencia a la manada de búfalos. Y tampoco permitió que yo fuera más despacio para que volviera a entrar. Cuando esos vaqueros nos atacaron, hizo volar sus sombreros. Y los indios lo encontraron tan divertido que dejaron de dispararnos. Créanme, ese hombre está loco.

Para entonces el cochero había desmontado y, tras desplegar los escalones, abrió la portezuela de la diligencia.

Los pasajeros empezaron a bajar.

Tenían un aspecto desastroso: sucios, a todas luces asustados, y las mujeres hechas un mar de lágrimas.

Daba la impresión de que los hubieran metido en un tonel a la buena de Dios y lo hubieran arrastrado luego desde Maine hasta Colorado.

Tres hombres descendieron de la diligencia y no parecían menos aterrados que las mujeres. Uno de ellos tenía un corte ensangrentado en la manga de su levita y otro tres agujeros en el sombrero. El tercero intentó encender un cigarro, pero le temblaba de tal manera la mano que le fue imposible acercar la llama a la punta.

—Necesito un trago —declaró cuando uno de los del pueblo se acercó a él para ofrecerle su ayuda.

—¿Cuál de ellos es? —le preguntó Josh a Carrie, sorprendido de que no se adelantara a saludar a ninguno de aquellos hombres.

Ella no contestó, sino que siguió con la vista fija en la diligencia.

Una vez que todos los demás hubieron salido, otro hombre se dispuso a bajar. Medía más de un metro ochenta, estaba bien constituido y era muy guapo. Vestía un traje negro muy caro, según pudo ver Josh. En lugar de mostrarse nervioso y asustado como los otros, aquel hombre parecía descansado y perfectamente tranquilo, como si acabara de llegar de un paseo dominical en lugar de haber viajado en aquel suplicio de diligencia. Además, no se veía en él una mota de polvo.

Mientras Josh miraba, el hombre subió al entarimado y sonrió a la gente que le rodeaba. Una de las mujeres que había llegado en la diligencia se le quedó mirando y rompió a llorar, ocultando la cara en el hombro de otra mujer mayor. El hombre echó mano a su bolsillo interior, sacó un cigarro delgado y con mano muy firme rascó una cerilla y lo encendió. Dio una larga chupada, indiferente a la fascinación con que le miraba el centenar aproximado de ciudadanos. A renglón seguido, se sacudió del hombro una imaginaria mota de polvo.

—¿Puedes adivinar cuál de ellos es 'Ring? —preguntó Carrie con emoción en la voz.

Josh le apretó la mano para infundirle un poco de ánimo.

Como si hubiera sabido durante todo el tiempo que estaban allí, 'Ring se volvió hacia su hermana.

—Hola, cariño —saludó en un tono calmado, y Carrie corrió hacia él.

'Ring rodeó con sus vigorosos brazos a su hermana pequeña y la abrazó con fuerza mientras la gente miraba. Si aquel hombre, mitad monstruo, mitad héroe, era conocido de Carrie todos se mostraban más que dispuestos a aceptarle. En definitiva, Carrie les estaba dando trabajo a todos.

—Deja que te mire —dijo 'Ring, y la dejó suavemente en el suelo.

Parecía dos veces más alto que ella, y una de sus enormes manos le acarició la mejilla.

Hasta ese momento Josh jamás había sentido celos.

Siempre fue de la opinión de que la gente tenía que vivir su propia vida y nunca intentó decirle a nadie, hombre, mujer o niño, lo que debía hacer. Pero al fin y al cabo sabía ya que nunca estuvo enamorado antes. En aquel preciso instante no pudo soportar que ese hombre tocara a Carrie, y no le importaba que fuera su hermano.

Se acercó a Carrie y le pasó el brazo por el suyo en actitud posesiva.

Ella miró a su marido. 'Ring era un poco más alto que Josh, aunque no mejor constituido, y Carrie se dijo que Josh era mil veces más guapo que su hermano.

'Ring les miró a los dos y vio de qué manera Josh sujetaba el brazo de Carrie y cómo apretaba los labios, como si estuviera dispuesto a declararle la guerra si volvía a tocar siquiera un pelo de la cabeza de Carrie.

Vio la forma en que Carrie miraba a Josh, como si

fuera el hombre más valiente y más maravilloso del mundo. Y así 'Ring supo cuanto quería saber. Había recorrido todo el camino desde Maine para averiguar si su hermana amaba a aquel hombre y si él la amaba a ella, y ya tenía la respuesta. Por su parte podía haber vuelto a subir a la diligencia para regresar a su hogar junto a su esposa y sus hijos.

Le sonrió a su hermana y ésta le dirigió a su vez una sonrisa tímida. Fue aquella sonrisa lo que le permitió a 'Ring darse cuenta de que algo andaba mal, ya que Carrie jamás fue capaz de guardar un secreto. Se había esforzado al máximo por enseñarle a Carrie a jugar al póker, pero tan pronto como tenía una buena mano se sentía alborozada y la mostraba.

De todos modos, pensó que no debía de tratarse de nada grave. Al fin y al cabo lo importante era que los dos se quisieran, y podía darse cuenta de que así era. Se mantenían allí en pie, muy juntos, como si creyeran que 'Ring era una fuerza diabólica que iba a intentar separarlos.

—Permítame que me presente —habló Josh, y le tendió la mano—. Soy Joshua Greene.

Al estrechar la mano de su cuñado, 'Ring se dijo que había visto antes a aquel hombre, pero no podía recordar dónde.

—¿No nos hemos visto antes?

—Estoy seguro de que no —respondió Josh suavemente.

Éste sí que sabría jugar al póker, pensó 'Ring. Uno nunca conseguiría saber qué cartas tenía ese hombre.

Y él jamás desvelaría un secreto con el más leve parpadeo. Dejaría que la gente sólo se enterara de lo que él quisiera.

—Tal vez no —aceptó 'Ring, con un tono que esperaba que fuese tan suave como el suyo, aunque lo dudaba—.

¿Hay por aquí algún sitio donde pueda darme un baño? —preguntó, tras volverse hacia Carrie.

—Desde luego. Te he reservado habitación en el hotel, pero no se parece mucho a las que estás acostumbrado.

En circunstancias normales hubiera besado a su hermana, riéndose de su nerviosismo, pero ese Josh rondaba a su alrededor como un ave de presa. Se preguntó si él también se comportaba de un modo tan posesivo con su propia esposa.

—Estoy seguro de que me las arreglaré. Tal vez esta noche pudiéramos cenar juntos, y mañana me gustaría conocer a los niños.

Carrie empezó a sentir un dolor en el estómago.

Se sentía incapaz de seguir con la incertidumbre por más tiempo.

—¿Por qué has venido? No voy a volver digas lo que digas.

'Ring no lo hubiera creído posible, pero Josh se acercó aún más a ella.

—¿Fue eso lo que creíste, que iba a recorrer todo ese camino para hacerte volver conmigo?

—Pensé que tal vez por los documentos. Bueno, ya sabes...

—¿Los que le hiciste firmar a nuestro padre con engaños?

Carrie se miró el zapato.

Y 'Ring miró a Josh. ¿Dónde había visto antes a aquel hombre?

—Debe de pensar usted que soy un ogro. En efecto, he venido porque el matrimonio fue ilegal, pero nuestra madre quería saber si eras feliz. También te envía su propio vestido de novia y te pide que te lo pongas para casarte de nuevo. Además, quiere una fotografía de su hija y de su nuevo yerno. Esperaba que nada de esto creara problemas, por lo que me tomé la libertad de adoptar las medidas necesarias para que la ceremonia se celebre mañana por la tarde. En cuanto a las flores, elegí rosas de color rosa. Confío en que todo esté bien. Necesito volver a casa lo antes posible.

—Sí —asintió Carrie, vacilante—. Creo que es posible.

—Bien entonces. —Pescó al vuelo la maleta que el cochero le lanzaba desde la baca de la diligencia—. ¿Nos vamos?

Se apartó a un lado, para que Carrie le antecediera camino del hotel.

—He de reconocerlo —comentó Josh—. Ese hombre tiene...

—No lo digas. Tiene mi vida en sus manos, eso es lo que tiene. Conociéndole, seguro que tiene un poder firmado por mi padre que le convierte en mi tutor legal. Espero de corazón que tu... —Tragó saliva—. Espero que tu esposa se presente mañana temprano para que podamos casarnos cuando 'Ring crea que debemos hacerlo.

15

—Va a obligarme a regresar con él —aseguró tristemente Carrie.

Se encontraba junto con Josh en la habitación del hotel de 'Ring, esperando mientras éste se bañaba.

—¿Te importaría no seguir repitiendo eso? Está empezando a fastidiarme. ¿Qué crees que puede hacer? ¿Envolverte en una manta y secuestrarte? Eso es lo que tendría que hacer si intentara apartarte de mí, y aun así yo iría tras de ti.

Sentada en el sofá, Carrie tenía la vista clavada en la desgastada y polvorienta alfombra.

—Tenemos que hacerle creer que todo va bien. Desde luego, no podemos permitir que se entere de que existen problemas entre nosotros.

—Entre nosotros no hay problemas.

Carrie le miró fijamente.

—Sólo que tú tienes una esposa y que yo espero un hijo concebido en pecado. Tú no le conoces como yo. Tiene una personalidad de lo más moralista y se sentiría horrorizado si llegara a descubrir la verdad.

Josh gruñó.

—Creo que has juzgado mal a tu hermano. En mi opinión es absolutamente humano.

—¡Ja! Si tiene emociones humanas las mantiene bien ocultas.

Josh sonrió con arrogancia al oír aquello.

—No oculta muy bien que digamos sus emociones. Se le cae la baba contigo. Apostaría cualquier cosa a que cuando se trata de ti es el más benévolo de tus hermanos. Tu hermano te daría todo cuanto quisieras; haría cualquier cosa por ti. Si quisieras casarte con un deshollinador lo permitiría por hacerte feliz.

—¡Tú qué sabes! —le espetó tajante Carrie—. 'Ring es...

—¿Qué soy, mi querida hermana? —preguntó éste, entrando en la habitación.

Se acababa de bañar y vestía un atuendo de etiqueta perfectamente planchado, en tanto que ella y Josh tenían un aspecto arrugado y polvoriento.

—Eres mi hermano más querido —rectificó Carrie, poniéndose de puntillas para besarle en la mejilla recién afeitada.

—«Una hermosa manzana de corazón podrido. ¡Oh, qué divino exterior pérfido tiene!» —citó él.

—¿Qué es eso?

—Shakespeare. Lo que habrías reconocido si te hubieses molestado en terminar tus estudios.

Carrie y Josh encabezaron la marcha, con 'Ring pisándoles los talones.

Ella había enviado la noche anterior a una de sus empleadas al hotel para que consiguiese lo mejor que pudiera ofrecer el establecimiento, y en esos momentos se preguntaba en qué consistiría.

En un reservado con ventana del salón comedor habían preparado una mesa para tres, y si Carrie no hubiera estado tan nerviosa se hubiera muerto de risa. Los camareros en lugar de vestir su indumentaria usual, que por su aspecto parecía que la sacaban de debajo del colchón, esa noche llevaban un terno completo; la mayoría, a todas luces alquilados. Se habían colocado servilletas sobre el brazo al estilo francés, salvo por el hecho de que no estaban demasiado limpias y tampoco las habían planchado.

Tan pronto como se hubieron sentado, el camarero tomó la copa de 'Ring y empezó a escanciar el vino; se dio cuenta de que había algo en la copa y sopló para expulsarlo. Luego, acabó de servir. Carrie pudo ver trozos de corcho flotando por la superficie, y en el fondo de la copa algunos cuerpos extraños. Contuvo el aliento cuando su hermano dio un sorbo.

Esperaba que hiciera lo que solía hacer en casa: declararlo imposible de beber. Pero no; le sonrió al camarero y declaró:

—«El buen vino es un producto muy familiar si se utiliza bien.»

El camarero, que ayudaba en los establos cuando no había nadie en el hotel, no tenía la menor idea de lo que 'Ring le estaba diciendo, pero se alejó sonriente. Pronto fueron desfilando por la mesa, ante ellos, una fuente tras otra de manjares.

Carrie jugueteaba con la comida en su plato.

—¿En qué trabaja, señor Greene?

Carrie miró a Josh conteniendo el aliento. Una cosa era haberle dicho que a su hermano no le importaría que no tuviese dinero; pero, por otra parte, los hombres eran muy extraños en cuestiones de dinero. Esperaba que Josh tuviera el sentido común suficiente para, bueno, para presentar su granja algo mejor de lo que era.

—Crío gusanos —respondió él—. Muchísimos gusanos.

Carrie emitió un sonido muy semejante a un plañido.

—Ya veo —dijo 'Ring—. ¿Algo más?

—Algunos escarabajos, una cosecha más bien abundante de cizaña... Pero mi especialidad son los gusanos del maíz. Unos bonitos y gordos gusanos verdes. Se comen hasta lo más pequeño de mis mazorcas.

—«Oh, tú, cizaña, tan deliciosamente clara y de fragancia tan dulce que el sentido se atormenta por ti, ¡ojalá jamás hubieras nacido!»

Carrie hizo caso omiso de las declamaciones poéticas de su hermano.

—No es verdad que Josh críe tan sólo cizañas y gusanos, o al menos no es toda la verdad. Josh sabe hacer muy bien muchas cosas.

Los dos hombres se volvieron hacia ella, ambos con idéntica expresión de interés en sus caras.

—Por favor, dime qué sé hacer, querida —le suplicó Josh.

Carrie le miró con los párpados entrecerrados. Se lo estaba tomando todo a broma. Cuando se trataba del hermano de Josh, el asunto era muy serio, pero con el hermano de ella, que además era alguien más bien difícil, podía bromearse.

—Quiere muchísimo a sus hijos, me quiere a mí y yo le quiero.

Josh le sonrió a 'Ring.

—No tiene motivo alguno para ello, se limita a quererme, simplemente.

'Ring le sonrió a su vez.

—«No tengo sino una razón de mujer: creo que es así porque creo que es así.»

—¡Exactamente! —exclamó Josh, que parecía en extremo complacido—. ¿Algo más de este estupendo brebaje; cuñado?

Éste alzó su copa.

—«¡Oh, tú, espíritu invisible del vino! ¡Si no tienes nombre por el que darte a conocer, entonces déjanos llamarte diablo!»

—¿Qué te pasa? —le interpeló Carrie, tajante—. ¿Es que no puedes decir otra cosa que esa espantosa poesía?

'Ring adoptó una expresión exagerada de compasión de sí mismo.

—«Ella habla puñales y cada palabra hiere: si su aliento fuera tan terrible como sus últimas sílabas, no habría vida cerca de ella; corrompería hasta la estrella del norte.»

—¡Basta! —exclamó Carrie, dando con el puño sobre la mesa—. ¿Se puede saber qué te pasa?

'Ring sacudió ligeramente la cabeza, como intentando despejarse.

—No lo sé. Desde el mismo instante en que bajé de la diligencia me rondan por la cabeza todas las frases de Shakespeare que he oído. En el baño estuve intentando recitar todo Hamlet.

—Puedes hacerlo en casa —replicó Carrie furiosa—. En estos momentos me gustaría pasar un rato agradable contigo y con mi marido, y no con un comediante de tres al cuarto.

Abrió la boca para decir algo, dando la impresión de que iba a empezar de nuevo a declamar; pero la cerró.

—Me estabas hablando de tu marido —dijo luego con expresión seria—. Creo que sobre los gusanos.

—Y la cizaña —agregó Josh.

Carrie miró a uno y a otro. No tenía idea de lo que estaba pasando, pero sintió deseos de ponerse en pie y dejarlos solos. Ambos tenían la misma expresión presumida, pagada de sí mismos, específicamente masculina, como si fueran superiores tan sólo por el mero hecho de haber nacido hombres.

'Ring alargó el brazo por encima de la mesa y apretó la mano de su hermana.

—Lo siento. Creo que ahora ya tengo mis ínfulas poéticas bajo control. Háblame de ti y de lo que has estado haciendo.

—Te estaba hablando de Josh. De su granja. —Pese a cuanto había asegurado de que a su hermano no le importaría la granja de Josh, la verdad era que se sentía algo preocupada ante la posibilidad de que encontrara la célebre granja un tanto descuidada—. Y en cuanto a Josh... —Se le iluminó la cara—. Sabe leer en voz alta tan bien como Maddie sabe cantar.

'Ring miró a Josh con nuevo respeto.

—¿De veras? Eso dice mucho en su favor.

—¿Quién es Maddie? —preguntó Josh.

—Es la esposa de 'Ring y en todo el mundo se la conoce como La Reina.

Esa vez le tocó el turno a Josh de mirar a 'Ring con nuevo respeto, ya que La Reina era una de las más ilustres cantantes de ópera del mundo.

—Le felicito por su elección y por el honor de tener como esposa a semejante mujer. Le he oído cantar muchas veces. En París, en Viena y en Roma. He ido a oírla siempre que me ha sido posible.

—No sabía que hubieras estado en todos esos sitios —observó Carrie, pero Josh no le hizo el menor caso.

—Gracias —dijo 'Ring—. Es una mujer maravillosa y... —Se interrumpió y abrió mucho los ojos—. Sabe leer en voz alta... Usted es...

Con un rápido movimiento, Josh alargó el brazo e hizo caer la copa de vino de 'Ring, impidiéndole seguir hablando. Como Carrie tenía toda su atención en el desastre de la mesa no vio cómo su marido miraba a su hermano suplicándole que no dijera nada más.

Cuando Carrie hubo terminado de enjugar el vino derramado, no sabía lo que había pasado, pero estaba segura de que había ocurrido algo. Era como si los dos hombres hubieran entrado a formar parte de un club secreto del que ella quedaba excluida; como si en cuestión de segundos se hubiesen convertido en los mejores amigos. Durante el resto de aquella interminable cena hablaron entre sí y sólo de vez en cuando tuvieron en consideración la presencia de Carrie. Hablaron de todas las ciudades que habían visto, de los espectáculos teatrales que habían presenciado y de las actuaciones de la esposa de 'Ring. Hablaron de personas que ambos conocían, de hoteles y de comida y vinos.

Carrie permaneció sentada, en silencio, durante toda la cena, ignorada y presa de ira por la forma en que la estaban tratando. Como si fuera demasiado joven y poco experimentada para que se sintieran interesados por ella.

Al cabo de un tiempo que le pareció interminable, los dos hombres decidieron que era hora de retirarse.

—Mañana os veré a los dos —dijo 'Ring—. Digamos que ¿a mediodía en la granja? La boda está fijada para las cinco en punto de la tarde. Eso me dará tiempo para conocer a tus hijos. Y dime —añadió dirigiéndose a Josh—, ¿se parecen en algo a ti?

Carrie tuvo la impresión de que su hermano estaba preguntando algo que tenía un significado diferente a lo que ella estaba oyendo.

—Son como yo, salvo en una cosa: que tienen mucho más talento.

Aquello pareció divertir muchísimo a 'Ring.

Para cuando Carrie y Josh le dieron las buenas noches, ella ya no hablaba con ninguno de los dos.

Josh la agarró del brazo y oyó que murmuraba algo para sí, pero no pareció darse cuenta de que estaba furiosa con él. Y tampoco se dio cuenta de que no le dirigía la palabra.

—Traje la carreta de Hiram. Está en las cuadras. Supongo que vendrás a casa conmigo.

En un principio, Carrie pensó decirle que se iba a quedar en la ciudad, en su tienda; pero deseaba ver de nuevo a los niños y quería decirles que se quedaba en Eternity. Era posible que no volviera a hablar nunca a su padre, pero al día siguiente iba a casarse con él... si su esposa le concedía el divorcio, naturalmente.

Josh se dirigió a las cuadras, sacó la carreta y ayudó a

Carrie a ocupar su asiento. Estuvo hablando durante todo el camino de regreso a casa. Le dijo lo estupendo que era su hermano, tan culto, tan juicioso, tan bien educado.

—Supongo que eso será porque conoce a toda la gente que tú conoces y porque ha estado en todos los lugares en que tú has estado. Lugares que yo nunca supe que hubieres visitado —señaló Carrie en un tono cargado de sarcasmo.

Josh aparentemente no se dio cuenta de la burla y siguió hablando de 'Ring y de lo estupendo que era. Todo un hombre.

—Un tipo como él sabe montar un caballo, manejar un arma, recitar un verso de Shakespeare y tratar a una mujer, todo a la vez.

Carrie dijo entonces que creía que iba a vomitar.

—¿Es el bebé? —preguntó Josh con tono preocupado, disponiéndose a detener los caballos.

—No, eres tú.

Josh, sonriente, agitó las riendas.

Antes de ir a casa se detuvieron en la inmensa y segura granja de Hiram, perfectamente limpia y escasamente atractiva, sin una flor a la vista. Tenían que recoger a los niños.

Carrie se quedó en la carreta, y Josh entró a buscarlos y volvió con una Dallas dormida en sus brazos y seguido por un adormilado Tem. Carrie se hizo cargo de Dallas y Tem subió al asiento y se acurrucó junto a ella.

—¿Te quedas o te vas? —preguntó bostezando.

—Me quedo —le contestó Carrie.

Tem asintió con la cabeza, como aceptando que aquélla era su decisión final, aunque pudiera cambiarla al minuto siguiente.

Ya en casa, Josh subió a los niños por la escalera hasta el desván y luego bajó y se encaminó bostezando al dormitorio.

Carrie le recibió delante de la puerta.

—¿Qué estás haciendo?

—Irme a la cama.

—En esta habitación no. Desde luego que no —se mostró ella firme.

Josh suspiró.

—Carrie, cariño, esto es ridículo. Estoy cansado y no quiero tener que compartir con Dallas la cama pequeña. Ten compasión de mí.

—Tú no pasas la noche conmigo. Tú y yo no estamos casados. De hecho, estás legalmente casado con otra mujer. Si durmiéramos juntos estaríamos cometiendo adulterio.

—Pero ya antes, cuando pasamos la noche juntos, estaba casado con ella.

—Pero entonces yo no lo sabía.

Se acercó más a ella y al tiempo que la mirada somnolienta desaparecía de sus ojos bajó la voz, que adquirió una suave inflexión seductora.

—Carrie, preciosa, sólo quiero un sitio donde dormir. No puedes negarle eso a un hombre, ¿verdad?

—¿Estás cansado de criar gusanos durante todo el día, o de hablar con mi hermano e ignorarme durante toda la velada?

—Carrie, mi amor —insistió suplicante, alargando la mano para acariciarle la mejilla.

—¡No me toques! —se rebeló ella, y le cerró en las narices la puerta del dormitorio.

Ya arriba, al meterse en la estrecha cama con su hija, Dallas le habló medio dormida:

—Te dije que Carrie quería la cama grande para ella sola.

A la mañana siguiente, Carrie estaba profundamente dormida cuando Josh permitió que los niños entraran en el dormitorio para despertarla. Pero en lugar de saltar a la cama como habitualmente hacían se subieron junto a Carrie y *Chu-chú* y muy pronto todos ellos se quedaron dormidos en un montón.

Josh se encontraba de pie en la puerta, bebiendo el café más horrible del mundo y mirando con cariño a su familia; bueno, tal vez no quisiera al perro, pero incluso aquel animalejo empezaba a caerle simpático.

La noche anterior, durante la cena y pese a lo que Carrie creyera, se había dado perfecta cuenta de su enfado. Probablemente no debería habérselo permitido, pero los celos de Carrie eran como un bálsamo. Había dado motivo de celos a mujeres al prestar su atención a otras, pero aquellas mujeres no significaban nada para él, no le amaban, no querían al hombre, sino a quien pensaban que era. En el pasado, muchas mujeres intentaron llegar hasta Josh a través de sus hijos, pero ellos se mostraron muy astutos: las odiaban a todas en general.

En aquellos momentos, mirando a Carrie y a los niños, sin poder delimitar dónde empezaba uno o terminaba otro, supo cuánto la amaba. Carrie tenía razón, él y los niños la necesitaban.

Sonrió. Todo se iba a arreglar. Estaba seguro. Lo único que tenía que hacer era tratar con Nora y por fin sería libre.

Como si al pensar en ella la hubiera conjurado, *Chuchú* saltó de entre las ropas de cama y empezó a ladrar frenéticamente.

De fuera llegó el ruido de un carruaje aproximándose y Josh hizo una mueca y se volvió hacia la puerta de entrada. No podía ser ya Nora. ¿O tal vez sí?

Con los ladridos de *Chu-chú* Carrie se despertó lentamente y durante los primeros minutos no estuvo segura de dónde se encontraba.

Tem levantó la cabeza.

—¿Qué pasa?

Pudieron oír que un carruaje se detenía delante de la casa y a un hombre gritando a los caballos.

—Espero que no sea el tío Hiram —dijo Dallas—. Le diremos que Carrie está aquí y así se llevará un buen susto y saldrá corriendo.

Carrie, riéndose, empezó a hacerle cosquillas a la niña. Tem salió de la habitación, pero volvió en cuestión de segundos, con la cara pálida.

—Es nuestra madre —musitó.

Carrie se incorporó en la cama. Había pensado en aquella mujer como en esposa de Josh, pero no como madre de los niños. ¿Estarían tan contentos de verla que se olvidarían de ella, de Carrie? Se reprochó haber tenido siquiera una idea tan terrible. Esa mujer era su madre y parecía lógico que la quisieran.

—Vamos, id a verla —les apremió Carrie.

Pero Dallas se sentó en el regazo de Carrie y Tem permaneció inmóvil junto a la puerta.

En aquel momento se abrió con fuerza la puerta de la calle e incluso Carrie, que no alcanzaba a ver a la mujer, pudo sentir su presencia que invadía la casa.

—¿Dónde están? ¿Dónde están mis preciosos niños?

Antes de que Carrie pudiera pronunciar palabra, antes de que pudiera decirle a Tem que cerrara la puerta del dormitorio para que la mujer no la viera sentada en la cama, con el pelo revuelto y vestida únicamente con un camisón, Nora entró como un rayo en la habitación.

Era grande. Alta, de vigorosa osamenta y con un rostro de un dramatismo exagerado. Cutis blanco, ojos oscuros, labios muy rojos y cabello negro. Llevaba un lujoso vestido de brocado negro y rojo y tenía la cintura encorsetada hasta no medir, a la mirada experta de Carrie, más de cincuenta centímetros. Sobre aquella cintura había un pecho por el que gran número de mujeres hubieran dado algunos o muchos años de su vida. Josh había dicho que su esposa no era exactamente bonita. No, esa mujer no era bonita; era hermosa, deslumbrante, una mujer que haría detenerse a los hombres, una mujer capaz de inspirar poemas y canciones.

Mientras Carrie, muda por el asombro, contemplaba aquella aparición, Tem se había acercado más a ella, así que le rodeó con un brazo mientras abrazaba con fuerza a Dallas en su regazo. Por una vez, incluso *Chu-chú* permanecía callado.

—¡Santo Cielo, qué escena tan... hogareña! Dime, Josh, ¿todas tus nuevas... señoras duermen contigo y con nuestros hijos?

Carrie quiso hablar en su defensa, pero ¿qué podía decir?, ¿que era la esposa del marido de aquella mujer?

Los niños se limitaban a mirar a su madre sin pronunciar palabra.

—Acercaos, queridos hijos, y dad un beso a vuestra madre.

Los niños, obedientes, se acercaron a ella sin decir palabra. Nora se inclinó y permitió que cada uno de ellos le diera un beso en su encantadora mejilla. Pero por su parte no los abrazó y ni los rozó siquiera.

—¿Y quién es vuestra amiguita? —le preguntó a Tem, señalando con la cabeza a Carrie.

—Es nuestra nueva..., quiero decir que ella y papá están casados.

—¿De veras? ¡Qué interesante! —Se giró hacia Josh, que se encontraba de pie detrás de ella—. Todo parece indicar que tienes dos esposas, querido. Tal vez yo no sepa mucho sobre leyes, pero no creo que esto sea legal.

—Deberíamos dejar que Carrie se vistiera —insinuó Josh, mientras hacía salir de la habitación a su bellísima y deslumbrante esposa.

Carrie se vistió con el traje de montar y, cuando estuvo lista, se dirigió a la sala. Josh y su esposa se encontraban sentados a la mesa, con las cabezas inclinadas y juntas. Nora levantó la cabeza y miró inquisitiva a Carrie de arriba abajo.

—¿Sabes que eres una cosita de lo más lindo? Es un encanto. ¿Dónde la encontraste, Josh?

—En el estanque de las ranas —murmuró Carrie entre dientes, tomando el camino de la puerta de entrada.

Josh la alcanzó, le sujetó los brazos a los costados, la condujo de nuevo junto a la mesa y, sin soltarla, le hizo sentarse.

—¡Tráele a Carrie un poco de café, Tem! —ordenó bruscamente. Y, una vez que puso delante de ella la taza, dijo—: Carrie, amor mío, mi único y eterno amor, tengo el gusto de presentarte a Nora.

—Tu esposa —precisó Carrie con voz neutra.

Intentó levantarse, pero Josh la sujetó fuertemente por los hombros.

—¡Caramba! Joshua, querido, creo que esta cosita está furiosa contigo. Le habrás hablado de mí, ¿verdad?

—¿Y cómo hubiera podido describirte de manera exacta? —La voz de Josh rezumaba acritud.

Nora pareció tomarlo como un cumplido, porque emitió una leve risa sugestiva.

—Claro que no puedes describirme, querido, aunque muchos hombres lo han intentado. —Se volvió de nuevo a Carrie—. Parece terriblemente pequeña para dedicarse al teatro.

—No se dedica al teatro —replicó secamente Josh—. Es esposa y madre, y nada más.

—Qué... interesante.

En el tono de Nora quedaba claro lo que a su juicio era la ocupación vital de Carrie.

—Sé llevar una tienda —arguyó en su favor ella, también en tono seco.

Nora enarcó una ceja.

—¿Una tienda?

—Compra vestidos —especificó Josh, haciendo que Carrie pareciera insignificante una vez más.

Carrie trató nuevamente de ponerse en pie, pero Josh no le dejaba moverse.

—Dame ese papel que he de firmar, Nora, y lárgate de aquí. En esta casa ya no tienes nada que hacer.

Al oír aquello Nora se puso a llorar con elegancia, llevándose a los ojos un pañuelo de encaje.

—¿Cómo puedes mostrarte tan desagradable conmigo, Josh? Sólo he venido como excusa para ver una vez más a mis hijos. ¡Los echo tanto de menos! Echo de menos el ruido de sus pisadas durante la noche. Incluso echo de menos la manera en que Dallas se despertaba con pesadillas. Echo de menos sus voces. Echo de menos...

Lloraba mucho más fuerte, así que no pudo seguir.

A pesar suyo, Carrie alargó el brazo a través de la mesa para tomar la mano de Nora. Hacía poco tiempo que conocía a los niños, pero ya pensaba que se moriría si hubiera de dejarlos; por lo tanto, ¿cómo se sentiría aquella mujer, a la que habían separado de sus hijos? ¿Y por qué Josh le hacía algo tan cruel a una mujer a la que un día había amado?

Josh detuvo la mano a Carrie antes siquiera de que llegara a tocar la de Nora.

—Estás fuera de ritmo —oyó decir a Josh—. Te estás volviendo perezosa.

Ante la consternación de Carrie, el rostro de Nora cambió en un instante de la tristeza a la sonrisa.

—Pero es que no te tengo a ti para ensayar, querido. ¿Cómo puedo actuar bien sin tener junto a mí al gran Templeton?

Carrie se giró hacia Josh, que tenía los ojos clavados en Nora.

—Quiero ese documento —dijo Josh.

Nora se inclinó adelante, con los brazos apoyados sobre la mesa. Su vestido tenía un escote muy bajo, no precisamente el que hubiera llevado cualquier mujer decente antes del anochecer; y era a todas luces evidente que no necesitaba rellenarse el pecho con algodón.

—Lo he perdido, querido —ronroneó—. Lo he perdido en el escote de mi vestido.

Carrie miró a Josh y le vio con la vista fija en el escote de su esposa, como si estuviera dispuesto a lanzarse en busca del documento. De manera que se levantó, salió de la casa y se encaminó al cobertizo. Estaba ensillando al viejo caballo de labor de Josh cuando entró él.

—Carrie... —empezó a decir.

—No me digas una palabra. Ni una sola palabra. No hay nada que puedas decir, querido... —Pronunció con burla la palabra—. No hay nada que puedas decirme. Ya me has mentido por última vez.

—Tem —dijo él en voz baja—. Dallas.

Carrie apoyó por un instante la cabeza en la silla, con los ojos llenos de lágrimas.

—¡No te atrevas a utilizar a los niños para obtener lo que quieres de mí!

Intentó apretarle la cincha al caballo, pero tenía la visión demasiado empañada. Josh se acercó, se puso junto a ella, le apartó las manos, apretó la cincha y se hizo a un lado.

—Eres libre de irte. No intentaré detenerte. Si para ti no tiene importancia que te ame ni que mis hijos te quieran ni que vayamos a tener otro niño, que crecerá sin padre, entonces vete. No haré el más mínimo esfuerzo por detenerte.

Carrie inició un movimiento para subir al caballo. Puso un pie en el estribo, pero entonces se volvió, se lanzó contra Josh y le golpeó con los puños en el pecho.

—¡Te odio, te odio, te odio! ¿Me comprendes? Te odio tanto como te quiero.

Una vez pasada la primera furia, Josh la mantuvo abrazada mientras ella lloraba.

—Es tan hermosa... Es la mujer más hermosa que jamás he visto.

—Semejante a la serpiente coral. Hermosa y mortífera.

—No es verdad que pienses eso, pues si no no te habrías casado con ella.

—Tenía diecinueve años. ¿Quién podría suponerme el menor sentido común?

—Yo sólo tengo veinte —alegó ella entre sollozos—. ¿Acaso eso me convierte en estúpida?

—Claro que no. Tú tienes el buen sentido de estar enamorada de mí.

Carrie se rio, hipando entre sus lágrimas.

—Eso está mejor. Ahora quiero que vengas aquí y te sientes. Creo que ha llegado la hora de que tengamos una charla.

—¿Una charla? ¿Vas a hablar conmigo? ¿Vas a hablar con la mujer a la que dices amar? No creo que vayas a decirme que todo el mundo lo sabe todo sobre ti, ¿verdad que no? Tu... esposa, tus hijos, tu hermano, incluso mi propio hermano... Todos están enterados. No me mires así. Aunque parezcas pensar que soy estúpida no lo soy. 'Ring no hubiera simpatizado tanto contigo anoche de no haber sabido algo sobre ti.

Josh hizo que se tumbara junto a él sobre un montón de heno y le pasó el brazo por los hombros.

—¿Por dónde he de empezar?

—¿Me lo preguntas a mí? No sé lo suficiente para decirte por dónde debes empezar. Además, ¿estás seguro de que tienes tiempo para hablar conmigo? ¿Acaso no quiere tu adorable, misteriosa y exuberante esposa que busques el documento del divorcio? Y no parece que necesites que te animen demasiado. Tal vez podamos atarte a la cintura la cuerda con la que rescatamos a Tem para que puedas bucear en busca de los documentos. Lo único que pido es que se me permita atar los nudos.

Josh se llevó la mano a la boca para que no le viera sonreír.

—Nora está muy ocupada con Eric. No le has visto, ¿verdad? Un metro ochenta. Rubio. Encantador. Diez años menor que ella.

—Ella es mayor que tú, ¿verdad?

Era el pensamiento más feliz que había tenido Carrie desde que Nora entró en el dormitorio.

—Bastante más. Y ahora ¿quieres que te hable de mí, o prefieres seguir mostrándote rencorosa con Nora?

Necesitó un momento para decidirse, pero dijo:

—Te escucho.

—Mis padres eran actores de segunda fila, no muy buenos, aunque creo que mi padre hubiera podido ser mejor si no se hubiera trasegado unos cuatro litros de cualquier bebida alcohólica al alcance de su mano todos y cada uno de los días de su vida adulta. De cualquier manera, yo crecí hasta los ocho años entre camerinos y oscuras habitaciones de hotel. Luego, mi padre murió y...

—¿Cómo? ¿Cómo murió tu padre?

—Cayó de la acera a la calzada y le pasó por encima un carro de cerveza. Así hubiera querido él morir.

Carrie pudo darse cuenta de que en la voz de Josh no había cariño por su padre.

—Para entonces mi madre ya no estaba en la plenitud de su vida para actuar en el teatro ni para ninguna otra cosa, pues también le daba firme al whisky. Intentó seguir siendo actriz, pero ni siquiera podía conseguir papeles pequeños. De manera que cuando yo tenía diez años contestó a un anuncio del periódico y viajamos hasta Eternity, en Colorado, donde se casó con el señor Elliot Greene, un viudo solitario que tenía una casita en el pueblo y un hijo ya crecido.

—¿Hiram?

—El mismo que viste y calza. —Apretó los labios—. Hiram ha sido toda su vida un asno presumido y despótico, pero durante años había estado recibiendo toda la atención de su padre y se resintió mucho por mi presencia. —Hizo una pausa, sonriendo—. Llegué a tomarle cariño al señor Greene. Era un hombre amable y apacible y siguió ocupándose de mí después de morir mi madre, a los dos años de su matrimonio. Pero él murió a su vez cuando yo tenía dieciséis, y el arrogante de su hijo lo heredó todo. Nada más terminar el entierro, Hiram me dijo que si no le obedecía me echaría de casa de un puntapié. Le ahorré el trabajo. Unas cuatro horas más tarde abandoné la casa.

—¿Y qué hiciste?

—Lo único que sabía hacer. Me dediqué al teatro.

Guardó silencio, como si pensara que Carrie debía deducir por sí misma el resto de la historia. Fue entonces cuando ella recordó algo que Nora había dicho.

—El gran Templeton —murmuró. Miró a Josh y vio aquella leve sonrisa tan característica suya—. Joshua Templeton. He oído hablar de ti.

Josh enarcó una ceja.

—¿Sí?

Su expresión era presumida, como si dijera: Pues claro que has oído hablar de mí, todo el mundo ha oído hablar de mí.

A Carrie eso no le gustó. Le miró con expresión de desprecio.

—¿Un actor?

—Un actor de Shakespeare. El mejor actor del mundo. El más ilustre...

Ante aquel alarde de jactancia, Carrie empezó a incorporarse, pero él volvió a tumbarla a su lado.

—Creí que te agradaría.

Carrie respiró hondo.

—Durante todo este tiempo he estado pensando que habías hecho algo espantoso. Creí que te habían encarcelado por robar a la gente. Me resistía a pensar que fueras un asesino. Y resulta que no eres más que un actor.

Pronunció la última palabra como lo hubiera hecho refiriéndose a una cucaracha.

—No soy un actor cualquiera. —Parecía dolido e incrédulo—. Soy Joshua Templeton. El gran Joshua Templeton.

—Bien, y yo soy Carrie Montgomery. La gran Carrie Montgomery. —Él se echó a reír—. ¿Te importaría decirme por qué creíste necesario ocultármelo? ¿Por qué me has mentido respecto a tu nombre y sobre lo que hiciste en el pasado?

—Pensé que podía marcar alguna diferencia.

Carrie reflexionó un instante antes de caer en la cuenta.

—Eres un vanidoso pavo real. Pensaste que si yo sabía que eras un hombre famoso podía quererte por esa razón. Realmente insultante.

Intentó una vez más levantarse, pero Josh tiró de ella y empezó a besarla.

—Es que entonces no te conocía. Jamás conocí a alguien como tú. La mayoría de las mujeres se sienten impresionadas por los adornos superficiales de un hombre.

—Has conocido una lamentable cantidad de mujeres,

Josh sonrió.

—Vaya que sí. Un montón lamentable. Pero por otra parte esa lamentable cantidad y yo éramos felices. Ellas tenían al hombre famoso que querían y yo tenía...

—No me digas lo que tuviste de ellas.

Volvió a reírse y rodó apartándose de ella.

—Verás, quiero enseñarte algo.

Escarbó en el heno y de debajo de un arnés que se caía de puro viejo sacó un pequeño baúl negro con las iniciales JT grabadas en él. Soltó los cierres, lo abrió y extrajo un paquete en el que había unos papeles que le pasó a Carrie. Eran fotografías del mundialmente famoso Joshua Templeton, personificando a Hamlet, a Otelo y a Petruchio. En algunas de las imágenes aparecía con traje de etiqueta y en otra blandía una espada, mirando a la cámara con un destello libertino en la mirada.

Carrie miró durante unos minutos las fotos y se las devolvió.

—¿Qué te parece? —preguntó Josh, ansioso.

Después de tanto tiempo quería hablarle de él, decirle que no era un fracasado en la profesión que eligió.

Quería que ella supiera que tal vez no se le diera muy bien la labranza, pero que era muy, muy bueno en otra cosa.

—No me gusta ese hombre —contestó ella en voz queda.

Por un instante Josh se quedó sin habla. Joshua Templeton había gustado a mujeres de todo el mundo. ¿No lo había demostrado hasta la saciedad? De costa a costa en Norteamérica y a través de la mayor parte de Europa, demostró ser irresistible para mujeres de todos los tamaños, edades, colores y estados civiles.

—No quiero herir tus sentimientos —le explicó Carrie con tono cortés—, pero este hombre no es real. Verás, ahora me acuerdo de que Euphonia tenía en su casa algunas fotos de este hombre..., de ti, supongo, y todas las chicas perdían el sentido al verle, al verte; pero yo no.

—Te gustó el hombre triste, aunque sonriente, que aparecía en la foto con sus hijos —recordó Josh, asombrado.

Carrie sonrió.

—Ese hombre tiene alma. Pero éste... —Señaló las fotos cuidadosamente preparadas en un estudio—. Este hombre no tiene alma. Sus ojos no dicen nada.

Josh se echó a reír, al tiempo que la abrazaba.

—Tenía miedo de que descubrir la verdad sobre mí cambiara tus sentimientos. El día que llegaste, cuando te vi por primera vez, solo pensé en tu precioso y pequeño cuerpo, pero me dije que no podía tocarte. Estaba seguro de que te volverías a casa tan pronto como vieras la pocilga en que vivía. —Sonrió—. Toda mi experiencia en lograr que las mujeres se enamoraran de mí tenía siempre que ver con champaña y con regalos en estuches de terciopelo negro.

—¿Sí? ¿Y cuánto duraba ese... amor?

—Hasta que la desnudaba.

Volvió a abrazarla con fuerza cuando ella trató de desasirse.

Carrie intentaba mantener el cuerpo rígido, pero Josh le estaba besando el cuello.

—En realidad no era amor, ¿verdad? Háblame de ella.

—¿De quién?

Estaba llegando al hombro. Carrie le dio un empujón.

—¡De ella! De ésa tan despampanante que está en la casa. De la mujer con la que estuviste ante el altar y a la que juraste amar y honrar durante toda la vida. De ésa.

—Ah, de Nora. Bien, tú misma puedes ver por qué me enamoré de ella. —Nada más decirlo se dio cuenta de que había metido la pata y tuvo que mantener a Carrie apretada contra él—. Me vi obligado a casarme con ella. Se quedó embarazada.

—¿Se quedó embarazada? ¿Por sí sola, con lo grandota que es? Debería tener cuidado con lo que bebe o quitarse de en medio cuando la cigüeña vuela cerca.

—Está bien. Yo tenía dieciocho años cuando la conocí. Disfrutaba de cierto éxito en el teatro y ella era una actriz ya conocida.

—Te hizo perder la cabeza, sin duda.

Josh no pudo evitar reírse.

—Estaba locamente enamorado de ella. Nos casamos y nació Tem, luego...

—¡Tem! —exclamó de pronto Carrie—. ¿Cuál es su nombre?

—Joshua Templeton II.

—Creímos que lo habías escrito mal al dorso de la foto. Adelante. Se te caía la baba ante la exuberante delantera de Nora.

—Después de nacer Tem salí a trabajar por esos mundos y Nora se quedó en casa con el bebé. —Hizo una pausa. En su voz ya no había notas risueñas—. He hecho cosas, Carrie, de las que no me siento orgulloso. Le fui terriblemente infiel a mi esposa, como ella lo fue conmigo, pero siempre he querido a mis hijos. No amaba a ninguna de las mujeres que, bueno, que me llevaba a la cama, ni siquiera a Nora, pero quise a Tem desde el instante mismo en que le vi. Estando de viaje le escribía todas las semanas, aunque no era más que una criatura. Cuando tuvo ya edad para andar le escribía todos los días. Le enviaba regalos, pensaba en él, yo... —Se detuvo, sintiéndose incómodo ante aquel desbordamiento de emoción auténtica. Había una diferencia inmensa entre exponer sus sentimientos ante un público y los que estaba mostrando en esos momentos. Bajó la voz—: No permití nunca que nadie se enterara de lo referente a Tem. Bueno, sí, sabían que tenía un hijo, pero ignoraban lo que yo sentía por él.

—¿Y Dallas?

Josh suspiró.

—Sabía que Nora me era infiel, pero no me importaba. Es de esas mujeres de las que todo lo que quieres es echarle mano a esos... —Carraspeó—. No tenía el menor deseo de vivir con ella. Le enviaba dinero y di por sentado que se ocupaba de Tem. Di por sentado también que le quería tanto como yo. Pero cuando estaba representando *Hamlet* en Dallas y la vi en la cama con otro hombre pensé que aquello no era bueno para Tem y le dije que quería el divorcio.

Durante un momento no dijo nada.

—Supongo que ella supo hacerte cambiar de idea respecto al divorcio —insinuó Carrie, con un cierto sarcasmo.

—Sí, lo hizo. Dallas nació nueve meses después y se le puso ese nombre absurdo para así recordarme cuándo y dónde fue concebida. Aguanté con Nora dos años después del nacimiento de Dallas, pero finalmente comprendí que tenía que librarme de ella. —Sonrió—. Y se me ocurrió lo más extraño. Al esfumarse todo deseo por Nora me di cuenta de que en realidad era muy mala actriz.

—Eso es toda una condena.

—Hasta entonces creía a Nora cuando decía que se ocupaba de los niños y que era una buena madre para ellos. —Soltó un bufido—. Pensé que sería muy fácil obtener el divorcio. Nora tenía un motivo, y divorciarme por infidelidad no dañaba ni mucho menos mi reputación; además, le daba a Nora todo el dinero que había ido ahorrando a lo largo de los años, ya que haber visto la pobreza de mis padres me hacía gastar menos de lo que ganaba, y sólo pedía la custodia de mis hijos. Nora estuvo más que dispuesta a cambiar a los chiquillos por dinero. Hubiera sido muy sencillo. Había contratado ya a una excelente institutriz francesa para que se ocupara de los niños cuando yo estuviera trabajando.

—¿Y por qué no resultó tan sencillo? ¿Por qué estás viviendo en la granja de tu hermano y destrozando el maíz?

Josh sonrió con ironía.

—Mi propia y descomunal vanidad. Una vanidad que sobrepasaba a todo cuanto en la vida significaba algo para mí. Una vanidad que estuvo a punto de hacerme perder a mis hijos.

Carrie le cogió una mano.

—Dime qué pasó.

—Que un juez me concedió lo que pedía. —El recuerdo le hizo sonreír de un modo siniestro—. Tenías que haberme visto aquel día en el estrado mientras le suplicaba al juez que me concediera la custodia de mis hijos. Probablemente fuera la actuación más brillante de toda mi vida. Lo había planeado con minucioso cuidado. Después de todo, yo era el gran Templeton e iba a defender mi propia causa. ¿Acaso podía perder? Llevaba una capa negra forrada de satén rojo y blandía un bastón con la empuñadora de plata. —Levantó la vista hacia las vigas—. «Los planes mejor preparados», etcétera. —Suspiró—. Para agradecerle al juez que me entregara la custodia de mis hijos, tenía pensado honrarle, a él y al resto de la sala, con una actuación privada, una actuación única del gran actor shakespeariano. Estúpido de mí, entré en la sala convencido de que les estaba haciendo un favor. —Calló un instante y luego bajó más la voz—: Tenía que hacer una representación porque no podía permitir que nadie se diera cuenta de mis verdaderos sentimientos, que se enteraran de que en lo más profundo de mi ser me sentía aterrado por que me quitaran a mis hijos.

—¿Qué le pediste al juez?

—Hablé durante más de una hora. Tenías que haber visto a mi público, porque así es como yo veía a los asistentes al juicio. Los tuve en la palma de la mano. Les hice reír, llorar, sentir terror, los tranquilicé. Me pertenecían. Les dije cuánto quería a mis hijos, que haría absolutamente cualquier cosa por ellos. Les dije que podría renunciar a todos los bienes mundanos a cambio de que ellos se quedaran conmigo. Dije que estaba dispuesto incluso a abandonar la escena por ellos. Para entonces les había hecho comprender que, si el mundo me perdía como actor, ese mundo sufriría terriblemente. Aseguré que sería capaz hasta de cultivar la tierra como un campesino si ello me permitiera conservar a mis hijos. Fue llegado a ese punto cuando me quité la capa forrada de satén para que el público intentara imaginarme como labrador. Al terminar recibí una ovación clamorosa del público y me sentí seguro de haber ganado el caso. El juez afirmó que jamás en su vida había escuchado un alegato tan elocuente, pero que tenía algo que preguntarme. ¿Acaso conocía siquiera a alguien que poseyera una granja? Yo incliné levemente la cabeza y le hice saber que mi hermano era miembro de tan digna profesión. El juez entonces proclamó que un discurso como el mío merecía una recompensa, de manera que iba a concederme exactamente lo que había pedido. Tendría que sacar a subasta todos mis bienes terrenales, con la sola excepción de un traje, y todo mi dinero había de quedar en depósito a favor de mis hijos. Me abstendría de actuar en escena durante cuatro años, período durante el cual habría de vivir y trabajar en la granja de mi hermano, junto con mis hijos. Si resistía esos cuatro años, los niños serían míos. Y, después de dictar sentencia, el juez me sonrió levemente y dijo que en su opinión yo iba a echar de menos mi capa roja, que sabía manejar con tanta maestría. Posteriormente, mi abogado me informó de que la esposa del juez se había fugado dos años antes con un actor, y que todos sus tíos, tías y primas eran granjeros. Me las había arreglado para molestar a aquel hombre en todos los niveles. —Suspiró profundamente—. Así que eso es lo que hice, me trasladé a Eternity, adopté el apellido de mi padrastro, con la esperanza de que nadie me reconociera, e intenté convertirme en labrador.

—O sea que tienes que vivir en la granja de tu hermano y portarte como una persona corriente durante cuatro años —resumió Carrie—. Nada de aplausos. Nada de candilejas. Nada de jovencitas adorables suplicándote que les firmes un autógrafo. Nada, salvo gente que te quiere y que te ve como eres, con verrugas y todo.

Josh sonrió.

—Un montón de verrugas.

—Algunas. Pero al menos no están ocultas bajo el maquillaje.

Él empezó a acariciarle el cuello con los labios.

—En este preciso momento querría no tener nada de nada, ni maquillaje ni ropa. Nada.

Carrie respondió a sus besos, le rodeó con los brazos el cuello y le besó en los labios con todo el ardiente deseo acumulado durante semanas.

—¡Papá! ¡Papá! —gritó Dallas al entrar corriendo en el cobertizo—. ¡Ha llegado un hombre y quiere verte!

Josh no tenía las ideas muy claras cuando se apartó de Carrie.

—¿Quién es?

—No lo sé. —Y añadió, en un susurro de lo más sonoro—: Creo que es Dios.

Carrie y Josh se miraron y exclamaron al unísono:

—¡'Ring!

16

Carrie y Josh siguieron sacudiéndose mutuamente la paja de sus vestidos mientras volvían a la casa.

—Me obligará a que vuelva con él —refunfuñó Carrie—. En cuanto conozca a esa mujer con la que te casaste me obligará a que me vaya con él.

Josh le apretó con más fuerza el brazo.

—Desearía que tuvieras más confianza en mí y menos en tu hermano. Puedo sacar adelante esta situación.

—¿Cómo? ¿Pescando los documentos en el estanque de Nora?

—Hay que hacer lo que se debe hacer —sentenció Josh, haciendo esfuerzos para que Carrie no se soltara—. Buenos días, hermano —le saludó a 'Ring, que se había arrodillado para hablar con los niños.

—Yo también tengo tres niños —le decía a Tem, mientras frotaba las orejas de *Chu-chú*—. Tenéis que venir a visitarlos y a navegar en una embarcación.

—Y yo les enseñaré a montar a caballo —se ofreció Tem, pero como sus tres nuevos primos eran más pequeños que él, no le interesaban demasiado. 'Ring se puso en pie y le entregó a Carrie una caja grande, cuyo contenido ya conocía ella. Se trataba del traje de novia de su madre.

Un momento después, Nora salió de la casa con el

grande y rubio Eric pisándole los talones, como *Chu-chú* se los pisaba a Carrie.

—¡Oh, no! —exclamó Josh, y se precipitó hacia delante, pero Carrie le contuvo.

—Si crees que mi hermano es tan estúpido como para que esa pintarrajeada, voluminosa, presumida...

Se calló, porque 'Ring estaba besando la enjoyada mano de Nora y mirándola como si fuera el ser más delicioso que jamás había visto.

—¿Decías...? —la animó Josh.

Con aire muy altivo, Carrie le dejó atrás y cuando llegó junto a su hermano se colocó entre él y Nora.

—Muy amable por su parte haber venido a visitarnos, señora...

No supo cómo llamar a aquella aborrecible mujer.

—West —la informó Nora, mirando a 'Ring por encima de la cabeza de Carrie—. Nora West es mi nombre profesional.

—La vi haciendo de Julieta —dijo 'Ring—. Estaba maravillosa.

—Romeo debía de ser un mulero —farfulló Carrie, antes de mirar a su hermano moviendo las pestañas—. Serías un niño, para haberla visto lo bastante joven como para hacer de Julieta.

Josh la agarró por el brazo y la arrastró prácticamente hacia la casa.

—La comida —se disculpó—. Carrie tiene que preparar el almuerzo para todos.

Una vez que estuvieron dentro de la casa, Josh se volvió hacia ella.

—¿Es que no puedes dominarte siquiera unas horas? Al menos hasta que me entregue el documento.

—¿Acaso esperas que me muestre amable con la mujer que está casada con mi marido?

—Sólo por unas horas.

Carrie soltó una desagradable risita.

—Tal vez tú seas un embustero profesional, pero yo no lo soy.

Exasperado, Josh se frotó los ojos y luego se echó a reír.

—No es posible que mi inmutable vanidad al pensar que soy un renombrado actor pueda cambiar tus sentimientos hacia mí. ¡Ay de mí! El gran Templeton ha quedado reducido a «embustero profesional». —La estrechó entre sus brazos—. ¿Crees que llegará el día en que pueda impresionarte? Una vez que haya cumplido mi condena y vuelva a los escenarios, ¿acudirás a verme? ¿Te sentirás desfallecer ante mis actuaciones?

Carrie cerró los ojos, extasiada mientras él la besaba en el cuello.

—Creo que me gustaría que recitaras algo de esa poesía de 'Ring sólo para mí.

Josh le rozó la mejilla.

—«¡Ved cómo descansa la mejilla sobre la mano! ¡Ah, ojalá fuera un guante en su mano para poder tocar esa mejilla!»

Carrie sonrió.

—No estoy segura de que me guste oír que les digas semejantes cosas a otras mujeres, aunque sea a mujeres tan viejas y gordas como ella.

—No sería de verdad —alegó en tono cariñoso—. Sería un embustero con ellas, pero no contigo, Carrie.

Ella sonrió y él la besó.

—Una escena realmente enternecedora. —Nora estaba en la puerta—. Claro que, Joshua, querido, no es porque no te haya visto besar a centenares de mujeres, tanto en escena como fuera de escena.

Josh soltó a Carrie.

—Quiero ese documento, Nora, y lo quiero ahora mismo.

—Ya te he dicho dónde está —ronroneó ella.

Josh mantuvo la vista apartada de sus generosos pechos porque sabía que Carrie le estaba observando.

—¿Qué es lo que quieres?

—A ti, naturalmente. Te he echado mucho de menos.

Josh tomó la mano de Carrie y la apretó.

—Me quieres a mí y otra media docena de hombres. Ya sabes que no tengo dinero, así que ¿qué andas buscando?

—Un trocito de la naviera de Warbrooke.

Estaba abriendo la boca para decirle que no sabía de qué hablaba cuando empezó a encajar las piezas del rompecabezas. Carrie parecía disponer de dinero sin límites, y ella procedía de Warbrooke, en el estado de Maine. Josh sabía que era rica, pero no que lo fuese hasta ese punto. El lema de la naviera, «Nosotros transportamos el Mundo», era famoso en todas partes, desde China a la India, a las selvas de América y a Australia.

Nora volvió a hacer uso de su tono ronco:

—Josh, amor mío, creo que has estado demasiado tiempo fuera de los escenarios. Tu cara es tan reveladora como la de un niño pequeño. De manera que no sabías que ella pertenecía a la naviera de Warbrooke.

Con una sonrisa absolutamente triunfante se sentó a la mesa.

Josh se volvió hacia Carrie, dispuesto a decirle lo que pensaba de ella por no haberle informado de que su familia era tan sumamente acaudalada, pero se limitó a sonreírle. Carrie no lo había mantenido en secreto; sencillamente a él no se le había ocurrido que su riqueza fuera tan importante.

Siguiendo un impulso la besó, pero no fue un beso apasionado, sino agradecido. Lo que le agradecía era que hubiese entrado en su vida. Con ella a su lado, con una mujer que tenía los pies tan firmemente asentados en la tierra como para no tener en consideración la gran importancia de su familia, Josh suponía que jamás se le permitiría que su vanidad de actor gobernara su vida. Carrie jamás le dejaría olvidar lo que era realmente importante en la vida.

Aun cuando no tuviera la menor idea de lo que Josh pensaba mientras la miraba con tanto amor, Carrie sonrió y se acercó más a él.

—¿Cómo te enteraste de lo de la naviera? —le preguntó Josh a Nora, tratando de ganar tiempo mientras se le ocurría qué hacer, ya que bajo ningún concepto podía permitir que la familia de Carrie tuviera que comprar su libertad.

—Por tu querido hermano Hiram. Realmente, Josh, no deberías tratar tan mal a ese hombre. Te ha dado esta encantadora granja. —Paseó la vista en derredor con gesto despectivo—. Jamás hubiera creído que pudieras vivir de esta manera. Tem dice que incluso cocinas.

Apretando la mano de Carrie y mirando a su ex mujer, Josh se preguntó cómo era posible que alguna vez la hubiera encontrado hermosa.

Debía de estar borracho.

—Así que Hiram te dijo que me había casado con alguien que tenía dinero.

—Sí. Al parecer tu pequeña... —Miró a Carrie de arriba abajo—. Tu pequeña amante hizo algo que desagradó a Hiram, así que ordenó que la investigaran. —Miró a Josh—. ¿Sabes que su adorable hermano se ha pasado la mañana comprando grandes parcelas de Eternity?

Josh miró interrogante a Carrie, que se encogió de hombros.

—'Ring hace eso en todas partes.

Josh parpadeó asombrado ante su indiferencia, tanto en lo referente a la gran fortuna de su familia como a los hábitos adquisitivos de su hermano. Cada cual tenía sus manías.

—Necesito cincuenta de los grandes —confesó Nora—. En cuanto pongas en mis manos cincuenta mil dólares, el documento es tuyo.

Después de sonreírles a ambos abandonó la casa. Carrie suspiró.

—Es una mujer odiosa, realmente odiosa. Me has decepcionado por haberte casado con una persona semejante.

—Resulta extraño —comentó Josh con sarcasmo—. A la mayoría de las segundas esposas les caen bien las primeras. ¿Adónde vas?

—A decirle a 'Ring que necesito cincuenta mil dólares.

Josh la agarró del brazo.

—¿Así, sin más? ¿Vas a pedirle a tu hermano esa cantidad fabulosa de dinero? ¿Y vas a decirle para qué la necesitas? ¿Le dirás que es para comprar un documento de divorcio? Todo el día de ayer y esta mañana te los has pasado hablando del carácter altamente moral de tu hermano y de que se pondría furioso si llegara a descubrir que en realidad no estamos casados.

—Pues no se lo diré.

—Claro, te limitarás a pedirle cincuenta mil dólares y él te los dará sin preguntarte en absoluto para qué los necesitas.

—Por supuesto. Para eso está la familia, para ayudarse. El dinero no importa. Que tú estés casado con otra es mucho más importante que el dinero.

Josh se sentó a la mesa y se llevó las manos a la cara. Jamás había conocido a nadie con las teorías que sobre la vida tenía Carrie. Quería gritarle que era demasiado ingenua para darse cuenta de que el dinero lo era todo, que la gente mentía, engañaba, robaba y mataba por dinero. Hubiera querido ser capaz de advertirle que ella no lo comprendía porque jamás se había visto obligada a ganar dinero ni tuvo nunca la responsabilidad de mantenerse a sí misma y mucho menos a toda una familia. Pero se había alejado de él tan sólo durante seis semanas y en ese breve tiempo no sólo se mantuvo ella, sino que hasta cambió la economía de todo un pueblo.

—Jamás he conocido a gente como tu familia, Carrie —le dijo con cariño—. Si para vosotros, los Montgomery, no tiene importancia el dinero, ¿qué es lo que la tiene?

—Bueno, para nosotros es muy importante el dinero, sólo que el amor lo es más. Amor y dinero, en ese orden. Renunciaríamos al dinero por amor, pero no al amor por dinero. Además, por otra parte, el dinero casi nunca supone un problema para nuestra familia. Parece ser que tenemos talento para dos cosas: para casarnos bien y para ganar dinero.

Sonriendo por lo que acababa de oír, Josh se puso en pie y la abrazó.

—Bueno, pues yo tengo talento para otras cosas. Y una de ellas consiste en ocuparme de mi propia familia. Acaso a veces no lo haga tan bien como debiera, pero me ocupo de ellos. No vas a pedirle a tu hermano un solo centavo. No vas a depender de él para que te saque de este enredo. Es mi problema y yo lo resolveré. ¿Me has comprendido bien?

—Pero sería tan fácil que 'Ring le extendiera un cheque... Y luego...

Josh la besó para que se callara.

—¿Quieres contarle a tu hermano la verdad? ¿Que esperas un hijo mío y no estamos casados?

Carrie suspiró.

—No, no quiero. Es que no lo entiendo, Josh. Nadie de mi familia ha tenido problemas con sus asuntos amorosos. 'Ring dice que cuando él y su esposa se conocieron se enamoraron a primera vista y no tuvieron problema alguno. —Le dirigió una mirada dolida—. Tú ni siquiera supiste que me querías cuando me viste por primera vez.

Josh sonrió.

—Así es, no lo supe. Por lo tanto, ¿qué te parece si me paso el resto de mi vida tratando de compensarte? —La atrajo hacia sí y la besó—. Tú me quieres, pero ¿confías en mí lo suficiente para creerme capaz de solventar nuestro problema?

—Pues claro que confío en ti.

—Pues entonces haz lo que te diga sin preguntarme nada.

—Pero...

Volvió a besarla.

—Me ocupo de mi familia, ¿lo entiendes? Ya no eres una Montgomery, sino una Templeton.

Carrie sonrió.

—Me gusta mucho más que Greene. Carrie Templeton. —Mientras miraba a Josh, era consciente de que no le resultaría fácil no solicitar la ayuda de 'Ring. Toda su vida había acudido a sus hermanos o a su padre cuando necesitaba algo—. Muy bien —dijo por fin, y volvió a besarle—. Haré lo que me digas.

17

Carrie sabía que lo más difícil que tendría que hacer en toda su vida sería mentirle a su hermano. 'Ring lo había preparado todo para que la boda tuviera lugar a las cinco de ese día y cuando él hacía planes esperaba que se cumplieran. Tan sólo su esposa era capaz de tomarse a la ligera sus programas y no salir mal parada. Por lo que respectaba a Carrie, si su hermano le hubiera dicho que se celebraría una reunión a las seis de la mañana, habría acudido a ella y a la hora en punto.

Y se veía en la tesitura de tener que mentirle. Debía decirle que no podía volver a casarse hasta la mañana siguiente, a las diez. Y lo peor de esa mentira era que no sabía lo que iba a ocurrir en ese espacio de tiempo. Desconocía lo que Josh pensaba hacer respecto a Nora y aquel documento sin firmar. Carrie se imaginó a Josh luchando con Nora por la posesión del documento, y sobre todo estaba segura de que 'Ring descubriría que Josh se encontraba casado con otra mujer. Y entonces ¿haría algo tan primitivo como apuntar con un arma a Josh? Sus hermanos se habían peleado varias veces con tipos que se mostraban demasiado atrevidos con su preciosa hermana pequeña. ¿Qué haría 'Ring si descubriera que un hombre había dejado embarazada a su hermana sin estar casado con ella? ¡Cuánto deseaba que su perfecto hermano mayor se hubiera enfrentado con problemas y obstáculos en su propio matrimonio!

Temblando, salió de la casa para decirle a 'Ring que la boda tendría que aplazarse.

Su asombro fue mayúsculo cuando él se limitó a sonreír y dijo que volvería al pueblo con Nora y con Eric. Se mostraba desagradablemente complacido con Nora y le rogó que fuera tan amable de representar para él algunas escenas de *Romeo y Julieta* durante el corto viaje de regreso.

Nora se hinchó como un pavo y, a juicio de Carrie, se comportó como una idiota delante de los tres hombres. Sabía que era cosa de su imaginación, pero estaba convencida de que todos miraban a Nora deslumbrados. Le dio un puntapié en la espinilla a Josh y sonrió al escuchar su ahogado grito de dolor.

Una vez hubo desaparecido el carruaje, con 'Ring cabalgando en su caballo junto a él, Josh se volvió hacia ella.

—¿Podrías prepararnos algo de comida? Los chicos y yo tenemos pendiente un trabajo.

—¿Preparar...? —empezó a decir Carrie—. ¿Comida? ¿Me vais a enviar a la cocina? ¿Qué tenéis pensado hacer vosotros tres juntos? Quiero tomar parte.

Josh la besó en la mejilla, con aire ausente.

—Lo que he preparado es para actores, para embusteros profesionales, podríamos decir, y tú, querida mía, no serías capaz ni de engañar a un ciego.

—¡Pues acabo de mentirle a mi hermano!

Las palabras de Josh le habían sonado a insulto.

—Sí, lo has hecho, y él no se creyó una palabra de lo que le dijiste.

—Claro que se lo creyó. De no ser así no se hubiera ido. Habría...

—Creo que subestimas a tu hermano. No me parece que sea el rígido moralista que tú dices que es. De hecho, creo que está disfrutando con todo esto y apuesto cualquier cosa a que esta noche halagará a Nora lo bastante para sonsacarle la mayor parte de la historia. Nora es muy sensible a los halagos.

—Hablas con conocimiento de causa —dijo Carrie entre dientes.

Josh simuló no haberlo oído. También tenía sus desventajas vivir con alguien que le conociera a uno tan a fondo, que conociera tu verdadera personalidad, no a la persona que uno quiere que el mundo crea que es.

—Y ahora prepáranos algo de comer mientras yo hablo con los niños.

—¿Va a hacer huevos Carrie? —preguntó Dallas. Parecía como si fuese a echarse a llorar.

Josh hizo salir a los niños.

—Tú sígueme la corriente y no digas una palabra, ¿entendido? —le dijo Josh a Carrie.

Los dos se encontraban con los niños en el hotel, ante la puerta de la habitación de Nora. Eran alrededor de las seis, una hora después de la hora en que debían haberse casado.

—Da-da-da —dijo Carrie, en imitación de un idiota—. Sí, creo que puedo hacerlo.

Todavía se sentía molesta por el hecho de que Josh hubiera creído conveniente contarles a los niños lo que había planeado, dejándola a ella fuera del juego.

Él le guiño un ojo y llamó con los nudillos a la puerta.

Nora, vestida con un traje de seda roja y todavía más escotado, si es que eso era posible, que el vestido que había llevado durante el día, abrió la puerta.

Carrie seguía mirando boquiabierta el traje de Nora cuando Josh la empujó al interior de la habitación, con los niños a la zaga, y cerró la puerta tras ellos.

—Tú ganas, Nora.

Ella sonrió.

—De manera que tienes los cincuenta mil.

—No, no los tengo. Al menos no tengo tanto dinero para darte. Estoy dispuesto a conservar para mí hasta el último centavo.

Por un instante, Nora se quedó mirándole desconcertada, aunque se recuperó pronto.

—Pero, querido, ya sabes que sin dinero no hay documento. Jamás obtendrías tu divorcio si no recibo el dinero, y nunca podrás casarte con tu pequeña heredera.

Tal como hablaba daba la impresión de que el dinero era el único motivo de que él quisiera casarse con Carrie.

Josh rodeó con el brazo los hombros de Carrie.

—Verás, Nora. Llevo un año entero en la granja de mi hermano y puedo asegurarte que ha sido un infierno. Tengo que levantarme con el alba y pasarme el día arrancando cizaña o quemando rastrojos o haciendo cualquier otra cosa igual de desagradable. Odio cada minuto de esos trabajos.

—Claro que sí, querido. Yo sabía que sería así. ¿No recuerdas cuánto me reí al escuchar la sentencia del juez?

—Bien, pues tenías razón. Por lo tanto, he decidido dejar de labrar la tierra.

Nora enarcó una ceja.

—Pero el juez dijo que te quitarían a los niños si no permanecías durante cuatro años en la granja de Hiram.

—Claro, y ése es otro asunto. Venid aquí, mocosos.

Carrie le miró incrédulo, mientras él agarraba a cada niño por un brazo y los empujaba hacia delante. La incredulidad de Carrie aumentó al mirar a los niños. Minutos antes, en el pasillo, ambos estaban limpios y presentables; pero en aquel momento tenían el pelo alborotado, el vestido de Dallas mostraba una gran mancha y a los dos les caían lágrimas por las mejillas.

—Cuando le dije al juez que quería su custodia no tenía ni idea de lo que hacía. Supongo que pensaba que sería fácil criarlos. Pero son unos auténticos trastos. Ocupan todo mi tiempo, no hacen otra cosa que gemir y quejarse y son unas criaturas sucias. Así que, Nora, querida, son tuyos.

Los empujó hacia Nora.

Por fortuna, Carrie se había quedado tan sobrecogida que no podía decir nada.

—¡Papá! —chilló Dallas—. ¡No, no! ¡Queremos quedarnos contigo! ¡Seremos buenos, lo prometemos!

—Josh, no querrás decir... —empezó a balbucear Nora.

Claro que quiero, y puedo. El juez dijo que si yo no cumplía la sentencia los niños quedarían bajo tu custodia, y estoy dispuesto a no cumplirla. Volveré a los escenarios, adonde pertenezco.

—Pe-pero ¿y qué pasa con ella? —preguntó Nora mirando a Carrie—. ¿Qué me dices del pequeño amor de tu vida?

Antes de que Josh pudiera abrir la boca, Carrie tomó la palabra. No estaba dispuesta a que no la dejaran participar.

—Vamos a vivir en pecado —contestó en tono alegre—. Hemos decidido que el pecado resulta mucho más excitante que el aburrido y viejo matrimonio. —Le dedicó a Josh una mirada de adoración—. Tan pronto como nos veamos libres de los niños nos iremos... ¿Adónde, cariño?

—A Venecia —respondió Josh, y en sus ojos se reflejaba la admiración.

—Sí, eso es, a Venecia. Utilizaremos los miles que recibo de la naviera para irnos a Venecia. ¿O tal vez prefieres que vayamos primero a París? Necesito algunos vestidos nuevos.

—Iremos donde tú quieras, mi amor. —Josh le besó la mano y se volvió de nuevo hacia Nora—. Como ves, querida, poco importa que tú y yo estemos o no casados. Tengo a Carrie, tengo su dinero y ya me he librado de la carga de estos dos mocosos. *Au revoir*.

Dicho lo cual, enlazó el brazo de Carrie con el suyo y se encaminaron hacia la puerta.

Dallas gritó a sus espaldas:

—¡No nos dejes, papá! Por favor, por favor, no nos dejes. Haremos todo lo que sea si nos dejas quedarnos contigo. ¡Todo lo que sea!

Josh hubo de sujetar con firmeza el brazo de Carrie para evitar que se volviera. Una vez que estuvieron fuera de la habitación, Carrie le miró y susurró:

—¿Está bien Dallas?

—No. Es un claro ejemplo de sobreactuación y pienso llamarle la atención al respecto. Ningún hijo mío va a actuar así. —Sonrió—. Tú, en cambio, estuviste excelente. Tal vez aún podamos hacer de ti una estupenda embustera.

—Los niños estaban fingiendo, ¿verdad, Josh? Y tú también, ¿no es así? No pensarás ni por un segundo dejarlos con ella, espero.

Se la quedó mirando.

—¿Tú qué crees?

—Creo que te mataría antes de que renunciaras a ellos.

Josh le besó la mano, sonriendo.

—Vayamos a comer algo. Me quedé sin el almuerzo.

Le brillaban maliciosos los ojos, porque había sido Carrie quien preparara aquel almuerzo incomible.

Pese a todo lo que aseguraba Josh, Carrie seguía nerviosa. Se limitó a picotear de los platos y más tarde, cuando fueron a la tienda de modas, no mostró el más mínimo interés.

Las empleadas tenían pendientes un centenar de preguntas, pero Carrie se sentía incapaz de pensar en las respuestas. Lo que hizo fue volverse hacia Josh.

—¿Y qué pasará si ella quiere quedárselos?

—No conoces a Nora.

—No tan bien como tú —replicó ella de inmediato—. Y recuerda que hubo un tiempo en que pensaste que era una buena madre.

—Pero yo era más joven y, sobre todo, más tonto.

Pretendía conseguir que sonriera, o que se enfadara; cualquier cosa menos sentirla tan asustada como estaba. Ni siquiera cuando le aseguró que no iba a permitir que le pusiera ella el nombre a su hijo, dada su tendencia a los *Chu-chú* y los «París en el desierto», pudo lograr que reaccionara.

Era ya anochecido cuando regresaron a la granja y Josh le dijo que iba a dormir con ella. A decir verdad, lo que ansiaba era tenerla en sus brazos; esa noche, necesitaba estar muy cerca de la mujer a la que amaba.

—¿Esperas que duerma contigo cuando acabas de deshacerte de tus hijos?

Josh le besó la mano, intentando, y lográndolo, mostrarse festivo.

—Por fin consigo que elogies una de mis actuaciones.

Carrie le miró desafiante.

—No me toques hasta que los hayas hecho volver.

Cuando le cerró de golpe la puerta en las narices, le oyó emitir un sonido que era en parte un lloriqueo y en parte una risa presumida. Pero había también algo más que casi hizo que abriera de nuevo la puerta. Pero se resistió. Por primera vez en su vida, Carrie no durmió en toda la noche. Cuando la claridad del día se deslizó por el horizonte, abandonó molida la cama y con *Chu-chú* debajo del brazo salió a la sala. Josh se encontraba ya sentado a la mesa, vestido con la misma ropa del día anterior.

—No te has acostado, ¿verdad? —dijo Carrie, sentándose enfrente.

Cuando la miró no había el menor engaño en sus ojos.

—No podía evitar el recuerdo de lo bien que miente Nora ni hasta qué punto es rencorosa. Quizá decida quedarse con los niños sólo por vengarse. Puede...

Se interrumpió, con la vista fija en su taza de café vacía. Carrie le tomó una mano entre las suyas a través de la mesa y Josh se puso en pie, se arrodilló delante de ella y dejó caer la cabeza sobre su falda. Carrie le acarició el pelo.

—Tengo miedo. No puedo perderlos. Cuando se me ocurrió el plan me sentía muy seguro, pero ahora no sé. Si Nora declara ante un tribunal que le he devuelto a los niños y también todo lo que le dije, creo que el juez..., cualquier juez, me los quitaría. ¿Y qué haría sin ellos? Tú y los niños sois lo único que me importa en la vida.

Carrie le besó en la cabeza y quería tranquilizarle, pero se sentía tan aterrada como él.

—Dime lo que tenías planeado.

Levantó la cabeza y volvió la cara para que Carrie no pudiera verle limpiarse las lágrimas.

—Tienen que acudir a la iglesia a las diez de la mañana. Como para entonces habrían convertido la vida de Nora en un infierno, estaría deseando darme el documento para librarse de ellos.

—Entonces, habremos de confiar en que tus hijos sean tan buenos actores como tú. A fin de cuentas, son los hijos del Gran Templeton.

Josh logró sonreír.

—Veamos qué podemos encontrar de comer y luego nos marcharemos. Tenemos que confiar en los niños.

Carrie asintió, intentando ocultar cómo le temblaban las manos.

Pensó que en la iglesia hacía frío, aunque no tanto como el que ella sentía. Tenía las manos heladas y, sin embargo, sudaba. Eran las diez y cinco y no había rastro de los niños. 'Ring, sentado en el primer banco de la iglesia, por otra parte desierta, consultó por tercera vez su reloj de bolsillo. El pastor ya había avisado que una hora más tarde tenía otra boda.

Pero Josh y Carrie habían asegurado que no podían casarse sin la presencia de los niños, y se mantenían firmes. Josh tomó la mano de Carrie y la suya estaba tan helada como la de ella. Incluso *Chu-chú*, escondido debajo del anticuado vestido de Carrie, permanecía inmóvil.

Tras mirar una vez a Carrie y haber visto el temor en su rostro bajo el velo, no pudo volver a mirarla a los ojos. En su cabeza se agitaban demasiadas ideas. ¿Sería posible que Nora hubiera descubierto todo el tejemaneje y se hubiera llevado a los niños con ella? ¿Se propondría mantener la farsa hasta que lograra hacerse con el dinero de la naviera? Dallas tenía sólo cinco años y, sin embargo, Josh le había pedido que se mostrara arisca y mala con su madre; ¿sería capaz de hacerlo, la pobre? Más aún, ¿debía hacerlo?

La cabeza de Josh era un torbellino de pensamientos. ¿Quizá se había pasado de listo y perdería a sus hijos? Debido a su reputación con las mujeres, el juez se había mostrado reacio a concederle la custodia de los niños, de manera que, si Nora se presentaba ante un juez y declaraba lo que Josh le había dicho la noche anterior, en cuanto a que sus hijos eran unos trastos y que no los quería, ningún tribunal del mundo se los entregaría a él.

Apretó con más fuerza la mano de Carrie.

'Ring se puso en pie y se acercó por detrás.

—Han pasado ya veinte minutos —le dijo a su hermana—. ¿Hay algo que quieras contarme?

—No —contestó ella, pero se le quebró la voz—. Quiero decir. ..

—Estoy seguro de que Nora traerá pronto a los niños —intervino Josh—. Es una vieja amiga suya y...

Se interrumpió ante el alboroto que tenía lugar al fondo de la iglesia.

Entró Nora y, por primera vez desde que Josh la conocía, tenía un aspecto desastroso. Llevaba sucio el vestido, le colgaba el pelo sobre los hombros, tenía unas grandes ojeras oscuras, debido a la falta de sueño, y lo que aún era peor: revelaba despiadadamente su edad.

Arrastrando tras sí a Tem y a Dallas, agarrados por las muñecas, avanzó por el pasillo central de la iglesia y los arrojó prácticamente sobre el primer banco. Acto seguido, le alargó un papel y una pluma a Josh. Su cara era una máscara de furia al mirarle.

Josh humedeció con la lengua la punta de la pluma y, a continuación, sostuvo el papel en la mano y firmó. Después, se lo guardó en el bolsillo de la chaqueta y miró a la mujer que acababa de dejar de ser su esposa.

Nora abrió la boca, pero no pudo decir palabra. Se dio media vuelta y salió de la iglesia como un huracán.

Carrie y Josh se volvieron con toda calma hacia el pastor.

—Puede empezar —dijo Josh.

—Amados míos, estamos hoy reunidos aquí para...

Carrie miró a Josh, él la miró a su vez y, de improviso, ambos empezaron a reírse como locos. Se volvieron al unísono hacia los dos niños, que sucios y desaliñados se encontraban sentados en el banco de atrás, balanceando las piernas. Por su expresión parecían en extremo complacidos consigo mismos. Carrie y Josh se inclinaron y les abrieron los brazos.

Mientras el pastor y 'Ring observaban, los cuatro se abrazaron y se besaron unos a otros, riéndose a carcajadas de algún chiste que sólo ellos conocían.

Josh fue el primero en dominarse. Tomó de la mano a Tem y a Carrie y ella tomó a su vez la de Dallas.

—Puede volver a empezar —habló Josh—. Cásenos a los cuatro.

—¡Hurra! —gritó Dallas.

Y los niños dijeron con los adultos los «sí, quiero» y los «prometo» y, al término de la ceremonia, todos se besaron unos a otros con profusión.

OTROS TÍTULOS
DE LA COLECCIÓN

SOMBRAS AL AMANECER

STEPHANIE LAURENS

«Casarme contigo... será un enorme placer.»

Amelia Cynster se queda sorprendida al escuchar esas palabras de boca de Lucien Ashford, el enigmático y apuesto vizconde de Calverton... y el hombre del que siempre ha estado enamorada. Claro que las escucha justo antes de que Luc caiga inconsciente a sus pies. Clarean las primeras luces del alba y ha hecho frente a un posible escándalo al esperarlo a las puertas de su casa londinense. Y si bien se debate entre el alivio y el agravio, está encantada con el hecho de que Luc haya aceptado su loca proposición de matrimonio.

Sin embargo, en vez de aceptar la boda apresurada que Amelia había planeado, el exasperante vizconde insiste en cortejarla como es debido. Amelia se siente secreta e irresistiblemente atraída, pero lo que no sabe es que Luc tiene sus razones. Pronto descubrirá que incluso un libertino tiene su precio...

EL HECHIZO DEL HIGHLANDER

KAREN MARIE MONING

Jessi St. James tiene que cambiar de vida. Demasiadas horas estudiando antigüedades han convertido a la estudiante de arqueología en una especie de huérfana sexual. Así, se figura que debe de estar soñando cuando descubre a un maravilloso hombre semidesnudo que la espía desde un espejo antiguo...

Heredero de los poderes mágicos de sus antepasados druidas, mil cien años atrás, Cian MacKeltar se vio atrapado dentro del Cristal Oscuro, una de las cuatro codiciadas Consagraciones creadas por los Invisibles. Cuando el Cristal Oscuro es robado, un antiguo enemigo se propondrá reclamarlo para sí, resuelto a acabar con la única mujer capaz de romper el hechizo que mantenía prisionero al Highlander...

UNA NOCHE SALVAJE

STEPHANIE LAURENS

Amanda está más que cansada del grupo de pretendientes anodinos que la cortejan en los rutilantes salones de fiestas de sociedad. Como buena Cynster que es, decide tomar cartas en el asunto y una noche acude a un lugar al que ninguna dama respetable debería acudir jamás, pero donde se puede encontrar a un buen número de hombres interesantes. La expectación pronto se troca en pánico cuando Amanda se da cuenta de que está fuera de su elemento. Busca ayuda con la mirada… y acaba siendo rescatada contra todo pronóstico por el conde de Dexter. Apuesto, sensual y misterioso, el conde ha retrasado su regreso a la alta sociedad y se ha decantado por vivir en la periferia de ese mundo. Es la personificación del caballero apasionado que Amanda ha estado buscando. Pronto logrará que la desee con locura, pero no le será fácil oírlo decir «te quiero»...